No deberíamos

T0243829

Primera edición: febrero de 2024
Título original: *We Shouldn't*

© Vi Keeland, 2019
© de la traducción, Iris Mogollón, 2024
© de esta edición, Futurbox Project S. L., 2024
Todos los derechos reservados.
Los derechos morales de la autora han sido reconocidos.

Diseño de cubierta: Taller de los Libros
Imagen de cubierta: Freepik | johand12 | user11947417
Corrección: Gemma Benavent, Sofía Tros de Ilarduya

Publicado por Chic Editorial
C/ Roger de Flor, n.º 49, escalera B, entresuelo, despacho 10
08013, Barcelona
chic@chiceditorial.com
www.chiceditorial.com

ISBN: 978-84-17972-86-8
THEMA: FRD
Depósito Legal: B 2029-2024
Preimpresión: Taller de los Libros
Impresión y encuadernación: Liberdúplex
Impreso en España – *Printed in Spain*

Cualquier forma de reproducción, distribución, comunicación pública o transformación de esta obra solo puede ser efectuada con la autorización de los titulares, con excepción prevista por la ley. Diríjase a CEDRO (Centro Español de Derechos Reprográficos) si necesita fotocopiar o escanear algún fragmento de esta obra (www.conlicencia.com; 91 702 19 70 / 93 272 04 47).

No deberíamos

Vi **Keeland**

TRADUCCIÓN DE
Iris Mogollón

CHIC

Puede que haya una fina línea entre el amor y el odio…
… pero cruzarla puede ser muy divertido.

Capítulo 1

Bennett

—¿Qué narices hace?

Cuando el semáforo se puso en verde, seguí corriendo en lugar de cruzar. La escena que se desarrollaba al otro lado de la calle era demasiado divertida para interrumpirla. Mi coche estaba aparcado delante de la oficina, y una rubia de pelo rizado y unas piernas de infarto se inclinaba sobre la luna. Al parecer, el pelo se le había enredado en mi limpiaparabrisas.

¿Cómo? No tenía ni puñetera idea. Pero parecía bastante cabreada, y el espectáculo era gracioso, así que mantuve las distancias para ver, por curiosidad, cómo se desarrollaba la situación.

Era un día típico de brisa en el Área de la Bahía, y se levantó una ráfaga de viento, que hizo que su larga cabellera volara por todas partes mientras luchaba con mi coche. Eso pareció molestarla todavía más. Frustrada, tiró de su pelo, pero el mechón enrollado en el limpiaparabrisas era demasiado grande y no se soltaba. En lugar de intentar desenredarlo con suavidad, tiró con más fuerza, esta vez de pie, mientras estiraba con ambas manos.

Funcionó. El pelo se soltó. Por desgracia, mi limpiaparabrisas todavía colgaba de él. Refunfuñó lo que sospeché que era una serie de insultos y luego hizo un último e inútil intento de deshacer el enredo. La gente que había cruzado la calle cuando yo debía haberlo hecho empezó a acercarse hasta ella, y la rubia de repente cayó en la cuenta de que alguien podría haberse fijado en ella.

En lugar de enfadarme porque esa loca había estropeado mi Audi nuevo, que tenía desde hacía solo una semana, no pude evitar reírme cuando ella miró a su alrededor, se abrió el chubasquero y escondió el limpiaparabrisas en él. Se alisó el pelo, se abrochó el cinturón y se marchó como si nada.

Creí que era el final del espectáculo, pero se pensó mejor lo que había hecho. O eso parecía. Se dio la vuelta y regresó a mi coche. Entonces, buscó algo en su bolsillo y lo metió bajo el limpiaparabrisas que quedaba intacto antes de huir corriendo.

Cuando el semáforo volvió a ponerse en verde, crucé y corrí hacia mi coche, curioso por saber qué ponía en la nota. Debía de haberse quedado atrapada un rato allí y haberla escrito antes de que yo la llegara, porque no había visto que sacara un bolígrafo mientras intentaba despegarse del coche.

Levanté el limpiaparabrisas que quedaba, cogí la nota y le di la vuelta. Descubrí que no había dejado una nota de disculpa. La rubia me había dejado una maldita multa de aparcamiento.

Menuda mañana. Me han destrozado el coche, no había agua caliente en el gimnasio de al lado de la oficina y uno de los ascensores estaba averiado otra vez. La avalancha matutina se apiñaba como sardinas en lata en el único ascensor que funcionaba. Miré el reloj. «Mierda». Mi reunión con Jonas empezaba hacía cinco minutos.

Y estábamos parando en cada maldita planta.

Las puertas se abrieron en la séptima planta, una por debajo de la mía.

—Perdona —dijo una mujer detrás de mí.

Me hice a un lado para dejar salir a la gente, y, al pasar, la mujer me llamó la atención. Olía bien, a loción bronceadora y a playa. La vi salir. Justo cuando las puertas del ascensor empezaban a cerrarse, se dio la vuelta y nuestras miradas se cruzaron durante un instante.

Unos preciosos ojos azules me sonrieron.

Me disponía a devolverle la sonrisa… cuando me detuve, parpadeé y observé su rostro, y su pelo, justo cuando las puertas se cerraban.

«Mierda». La mujer de esta mañana.

Intenté que la persona que estaba delante del panel del ascensor, al otro lado del habitáculo, pulsara el botón de apertura, pero habíamos empezado a movernos antes de que me escuchara.

Perfecto. Simplemente perfecto. A juego con el resto del maldito día.

Llegué a la oficina de Jonas casi diez minutos tarde.

—Siento el retraso. He tenido una mañana de mierda.

—No hay problema. Hoy las cosas están un poco agitadas con la mudanza.

Me senté en una de las sillas para visitantes frente al jefe y dejé escapar un profundo suspiro.

—¿Cómo va tu equipo con todo lo que está pasando hoy? —preguntó.

—Tan bien como se puede esperar. Iría mucho mejor si pudiera decirles que todos sus puestos de trabajo están a salvo.

—Nadie perderá su trabajo por ahora.

—Si hubieras acabado la frase después de la palabra «trabajo», sería genial.

Jonas se recostó en su silla y suspiró.

—Sé que no es fácil, pero esta fusión será buena para la empresa. Puede que Wren sea la empresa más pequeña, pero tiene una buena cartera de clientes.

Dos semanas antes, la empresa en la que trabajaba desde que había salido de la universidad se había fusionado con otra gran agencia de publicidad. Todo el mundo estaba en vilo desde entonces, nerviosos por lo que significaba para sus puestos de trabajo la adquisición de Wren Media por parte de Foster Burnett. Durante las dos últimas semanas, me había pasado la mitad de las mañanas tranquilizando a mi equipo, aunque no tenía ni puñetera idea de cómo sería el futuro de la fusión de dos grandes empresas publicitarias.

Nosotros éramos la empresa más grande, así que había recordado eso a la gente. Hoy era el día en que el nuevo equipo se trasladaba a la oficina de San Francisco, donde yo trabajaba. Personas cargadas con cajas se habían adueñado de nuestro espacio, y se suponía que debíamos sonreír y saludarlos. No era especialmente fácil, sobre todo cuando mi propio trabajo estaba en juego. Esta empresa no necesitaba dos directores creativos, y Wren tenía su propio equipo de *marketing,* que se estaba trasladando a nuestro espacio justo en este momento.

Aunque Jonas me había asegurado que mi puesto en la empresa estaba a salvo, todavía no había dicho si nos trasladarían a alguno de nosotros. La oficina de Dallas era más grande, y recientemente se había rumoreado que habría más traslados.

No tenía planes de mudarme a ningún sitio.

—Bueno, háblame de la mujer a la que voy a aplastar. He preguntado por ahí. Jim Falcon trabajó en Wren durante unos años y dijo que estaba bastante cerca de la jubilación. Espero no hacer llorar a una señora mayor.

Jonas frunció las cejas.

—¿Jubilación? ¿Annalise?

—Jim me dijo que a veces usa un andador. Tiene problemas con las rodillas o alguna mierda de esas. Tuve que pedir a mantenimiento que ensanchara el pasillo entre los cubículos donde se sienta el personal para que ella pueda pasar. Pero me niego a sentirme culpable por darle una paliza a esta mujer solo porque sea mayor y tenga algunos achaques de salud. La enviaré de vuelta a Texas, si se da el caso.

—Bennett... Creo que Jim podría estar confundido. Annalise no usa un andador.

Sacudí la cabeza.

—¿Estás de broma? No me digas eso. Me costó una botella de Johnnie Walker Blue Label conseguir que mi petición pasara a encabezar la lista de pendientes del equipo de mantenimiento.

Jonas negó con la cabeza.

—Annalise no es… —Se detuvo a media frase y miró por encima de mi cabeza hacia la puerta—. Justo a tiempo. Ya está aquí. Entra, Annalise. Quiero que conozcas a Bennett Fox.

Me giré en la silla para ver a mi nueva competidora, la vieja que estaba a punto de aniquilar, y casi me caigo al suelo.

Volví la cabeza hacia Jonas.

—¿Quién es esta?

—Es Annalise O'Neil, tu homóloga en Wren. Supongo que Jim Falcon la confundió con otra persona.

Me volví hacia la mujer que caminaba en mi dirección. Annalise O'Neil no era la anciana que me había imaginado. Ni por asomo. Tenía veintitantos años, como mucho. Y era preciosa, increíblemente preciosa. Tenía unas asombrosas piernas largas y bronceadas, unas curvas que harían que cualquier hombre se tirara por un acantilado y una melena rubia ondulada que enmarcaba un rostro digno de una modelo. Sin previo aviso, mi cuerpo reaccionó: mi pene, que había estado inactivo durante el último mes, desde que se había conocido la fusión, se animó de repente. La testosterona me hizo cuadrar los hombros y levantar la barbilla. Si fuera un pavo real, mis coloridas plumas se habrían abierto en un abanico.

Mi competencia era un maldito bombón.

Sacudí la cabeza y me reí. Jim Falcon no había cometido ningún error. El cabrón lo había hecho para fastidiarme. El tío era un listillo. Debería haberlo sabido. Seguro que se rio a carcajadas cuando pedí a los chicos de mantenimiento que desmontaran y volvieran a montar los cubículos para hacer sitio a su andador.

«Menudo cabrón». Aunque resultaba bastante gracioso. Me la había jugado, eso sí.

Pero eso no fue lo que me hizo sonreír de oreja a oreja.

No. Para nada.

La cosa estaba a punto de ponerse interesante, y no tenía nada que ver con mi idea de aplastar a una mujer que caminaba muy bien.

Mi competencia, Annalise O'Neil, la hermosa mujer que estaba delante de mí en el despacho de mi jefe, la mujer con la que estaba a punto de enfrentarme...

También era la mujer que esa mañana me había arrancado el limpiaparabrisas y me había dejado una maldita multa de aparcamiento en el coche, y la mujer que me había sonreído en el ascensor.

—Annalise, ¿verdad? —Me puse en pie y me enderecé la corbata con un movimiento de cabeza—. Bennett Fox.

—Encantada de conocerte, Bennett.

—Oh, créeme, el placer es mío.

Capítulo 2

Annalise

«Vaya».

Era el chico atractivo del ascensor. Y yo que pensaba que entre nosotros había saltado una pequeña chispa.

Bennett Fox sonrió como si ya lo hubieran nombrado mi jefe y me tendió la mano.

—Bienvenida a Foster Burnett.

«Uf». No solo era guapo; también lo sabía.

—Más bien es Foster, Burnett y Wren desde hace unas semanas, ¿verdad? —Con una sonrisa, congelé el sutil recordatorio de que ahora este era nuestro lugar de trabajo, y de repente agradecí que mis padres me hubieran hecho llevar ortodoncia hasta casi los dieciséis años.

—Por supuesto. —Mi nueva némesis sonrió con la misma intensidad.

Por lo visto, sus padres también habían recurrido a la ortodoncia.

Bennett Fox era alto. Una vez leí un artículo que decía que la altura media de un hombre en Estados Unidos es de un metro setenta y seis; menos del 15 % de los hombres miden más de un metro ochenta. Sin embargo, la altura media de más del 68 % de los directores ejecutivos de *Fortune 500* es superior a un metro ochenta. De forma inconsciente, relacionamos el tamaño con el poder en otros aspectos, aparte de la fuerza física.

Andrew medía casi uno noventa. Supongo que este tío medía más o menos lo mismo.

Bennett sacó la silla de invitados que estaba a su lado.

—Por favor, toma asiento.

Alto y con modales de caballero. Ya me caía mal.

Durante los veinte minutos que duró la charla de Jonas Stern, en la que intentó convencernos de que no estábamos compitiendo por el mismo puesto, sino forjando el camino como líderes de la actual mayor agencia de publicidad de los Estados Unidos, miré de reojo a Bennett Fox.

Zapatos: definitivamente caros. Conservadores, de estilo Oxford, pero con un toque moderno de pespuntes. Apostaría a que eran unos Ferragamo. «También tiene los pies grandes».

Traje: azul marino oscuro, confeccionado a medida para su cuerpo, alto y ancho. El tipo de lujo discreto que confirmaba que tenía dinero, pero que no necesitaba alardear de él para impresionarte.

Tenía una pierna larga cruzada con aire despreocupado sobre la otra rodilla, como si estuviéramos hablando del tiempo en lugar de informándonos de que todo por lo que habíamos trabajado durante doce horas al día, seis días a la semana, corría el riesgo de haber sido en vano.

En un momento dado, Jonas había dicho algo con lo que ambos estábamos de acuerdo, y nos miramos mientras asentíamos. Aproveché la oportunidad para inspeccionarlo más de cerca y recorrí su apuesto rostro con la mirada. Mandíbula fuerte, nariz atrevidamente recta y perfecta, el tipo de estructura ósea que se transmitía de generación en generación y que era mejor y más útil que cualquier herencia monetaria. Pero sus ojos eran lo mejor: de un verde profundo y penetrante que resaltaba su piel suave y bronceada. En ese momento, me miraban fijamente.

Aparté la vista y volví a prestar atención a Jonas.

—Entonces, ¿qué pasará al final del periodo de integración de noventa días? ¿Habrá dos directores creativos de *marketing* de la costa oeste?

Jonas nos miró y suspiró.

—No. Pero nadie va a perder su trabajo. Estaba a punto de darle la noticia a Bennett. Rob Gatts ha anunciado que se jubila en unos meses. Así que habrá una vacante para un director creativo que lo sustituya.

No tenía ni idea de lo que eso significaba, pero parecía que Bennett sí.

—¿Así que a uno de nosotros lo enviaréis a Dallas para sustituir a Rob en la región suroeste? —preguntó.

La cara de Jonas me indicó que Bennett no estaría contento con la idea de ir a Texas.

—Sí.

Los tres nos tomamos un momento para asimilar la situación. Sin embargo, la posibilidad de tener que trasladarme a Texas hizo que mi mente volviera a ponerse en marcha.

—¿Quién tomará la decisión? —pregunté—. Porque es evidente que has estado trabajando con Bennett…

Jonas sacudió la cabeza y descartó lo que mis palabras implicaban.

—En casos como este, en los que se fusionan dos puestos de alta dirección en una sola oficina, la junta directiva supervisa y toma la decisión final de quién es su primera elección.

Bennett estaba tan confundido como yo.

—Los miembros de la junta no trabajan con nosotros a diario.

—No, no lo hacen. Así que han ideado un método para tomar la decisión.

—¿Cuál?

—Tomarán la decisión en base a unas presentaciones para tres clientes importantes. Los dos crearéis unas campañas por vuestra cuenta y las presentaréis. Los clientes elegirán la que más les guste.

Por primera vez, Bennett parecía nervioso. Su perfecta compostura y seguridad en sí mismo se vieron afectadas cuando se inclinó hacia delante y se pasó los dedos por el pelo.

—Tienes que estar de broma. ¿Llevo aquí más de diez años y mi trabajo se reduce a unas cuantas presentaciones para unos clientes? He conseguido quinientos millones de dólares en cuentas publicitarias para esta empresa.

—Lo siento, Bennett. De verdad que lo lamento. Pero una de las condiciones de la fusión con Wren era que se tuviera en cuenta a sus empleados en los puestos que se pudieran eliminar por duplicidad. El acuerdo estuvo a punto de no llevarse a cabo porque la señora Wren insistió mucho en que no vendería la empresa de su marido para que la nueva organización se deshiciera de todos los empleados de Wren que habían trabajado muy duro.

Eso me hizo sonreír. El señor Wren se ocupaba de sus empleados incluso después de haber muerto.

—Estoy preparada para el desafío. —Miré a Bennett, que estaba claramente enfadado—. Que gane la mejor.

Él frunció el ceño.

—Querrás decir el mejor.

Seguimos reunidos otra hora, repasamos todas nuestras cuentas actuales y discutimos cuáles se reasignarían para centrarnos en la integración de nuestros equipos y en las presentaciones que decidirán nuestro destino.

Cuando llegamos a la cuenta de las Bodegas Bianchi, Bennett dijo:

—Es dentro de dos días. Estoy listo para esa presentación.

Sabía que había dos competidores, además de mí, que se candidaban para llevar la cuenta. Mierda, fui yo quien sugirió que el trabajo saliera a licitación para asegurarme de que recibían la mejor publicidad del mercado. Pero no sabía que Foster Burnett era una de las otras empresas involucradas. Y, por supuesto, la fusión lo había cambiado todo. Era inadmisible que la nueva dirección pensara que podía perder una cuenta nuestra.

—No creo que sea necesario que nos presentemos los dos. Hace años que llevo las campañas publicitarias de Bianchi. De hecho, debido a mi relación con ellos, fui yo quien sugirió…

El imbécil me interrumpió.

—La señora Bianchi estaba muy interesada en mis primeras ideas. No tengo ninguna duda de que se quedará con uno de mis conceptos.

«Dios, qué tío más arrogante».

—Estoy segura de que tus ideas son geniales, pero iba a decir que tengo relación con la bodega, y sé que trabajarán conmigo en exclusiva si se lo sugiero porque…

Me interrumpió de nuevo.

—Si estás tan segura, ¿por qué no dejamos que el cliente decida? Creo que tienes más miedo a un poco de competencia que seguridad ante esta relación. —Bennett miró a Jonas—. El cliente debería vernos a los dos.

—Está bien —dijo Jonas—. Ahora somos una única empresa. Preferiría que se realizara una sola presentación por cada cliente, pero como ambos las habéis terminado, no veo nada de malo en mostrarles las dos. Mientras seáis capaces de presentar un frente unido para Foster, Burnett y Wren, deberíamos dejar que el cliente juzgue.

Una sonrisa odiosa se dibujó en la cara de Bennett.

—Me parece bien. No me asusta un poco de competencia…, a diferencia de algunas personas.

—Ya no somos competencia. Tal vez, no se te haya metido en la cabeza todavía. —Suspiré y murmuré en voz baja—: La información debe penetrar una gran cantidad de gomina para llegar hasta tu cerebro.

Bennett se pasó los dedos por su frondosa melena.

—Te has fijado en mi precioso pelo, ¿eh?

Puse los ojos en blanco.

Jonas negó con la cabeza.

—Ya vale. Veo que no va a ser fácil. Y siento haceros esto. —Se volvió hacia Bennett—. Hemos trabajado juntos mucho tiempo. Sé que debe de escocer, pero eres un profesional, y estoy seguro de que harás todo lo posible para superarlo. —Luego se giró hacia mí—. Y puede que nos acabemos de conocer, Annalise, pero también he oído cosas maravillosas de ti.

Después, Jonas pidió a Bennett que buscara un despacho libre para que me instalara temporalmente. Al parecer, todavía estaban trasladando a la gente, y mi despacho definitivo aún no estaba listo; bueno, todo lo definitivo que pudiera ser, dadas las circunstancias. Comenté algunas de mis cuentas con Jonas hasta primera hora de la tarde.

Cuando terminamos, me acompañó al despacho de Bennett. El espacio de Foster Burnett resultaba mucho más agradable que el que tenía en Wren. La oficina de Bennett me pareció elegante y moderna, por no hablar de que era el doble de grande que la mía. Estaba hablando por teléfono, pero nos hizo un gesto para que entráramos.

—Sí, puedo hacerlo. ¿Qué tal el viernes hacia las tres? —Bennett me miró, pero no dejó de hablar por teléfono.

Mientras esperábamos a que terminara, sonó el teléfono de Jonas. Se excusó y salió del despacho para responder. Regresó justo cuando Bennett colgó.

—Tengo que subir a una reunión —dijo Jonas—. ¿Has encontrado un lugar para Annalise?

—Tengo el sitio perfecto para ella.

Noté algo de sarcasmo en su forma de responder, pero no lo conocía muy bien, y tampoco pareció molestarle a Jonas.

—Genial. Ha sido un día largo con mucho que asimilar para los dos. No os quedéis hasta muy tarde esta noche.

—Gracias, Jonas —dije.

—Que pases una buena noche.

Lo vi marcharse y luego volví a prestar atención a Bennett. Ambos esperábamos que el otro hablara primero.

Al final rompí el silencio.

—Bueno…, toda esta situación es algo incómoda.

Bennett salió de detrás de su escritorio.

—Jonas tiene razón. Ha sido un día largo. ¿Por qué no te enseño tu nuevo espacio de trabajo? Creo que me marcharé a casa pronto, para variar.

—Eso sería genial. Gracias.

Lo seguí por el largo pasillo hasta que llegamos a una puerta cerrada. Había un soporte para poner nombres, pero habían retirado la placa.

Bennett la señaló con la cabeza.

—Antes de irme esta noche, llamaré al departamento de compras para que te encarguen una nueva placa para tu despacho.

Bueno, eso fue todo un detalle por su parte. Después de todo, tal vez no sería tan incómodo.

—Gracias.

Sonrió y abrió la puerta antes de hacerse a un lado para que yo entrara primero.

—No hay problema. Aquí tienes. Hogar, dulce hogar.

Di un paso adelante justo cuando Bennett encendió las luces.

«¿Qué narices es esto?».

La habitación tenía una mesa plegable y una silla, pero resultaba más que evidente que no era un despacho. En el mejor de los casos, era un pequeño armario de suministros, y ni siquiera de esos agradables con estantes cromados en los que se almacena el material de oficina. Era el armario de un conserje; el espacio olía a limpiador de baños y a humedad del día anterior, seguramente por el cubo amarillo y la fregona húmeda que había junto a mi nuevo e improvisado escritorio.

Me volví hacia Bennett.

—¿Esperas que trabaje aquí? ¿Así?

Un destello de diversión bailó en sus ojos.

—Bueno, también necesitarás papel, por supuesto.

Fruncí el ceño. «¿Está de broma?».

Se llevó la mano al bolsillo, se dirigió a la mesa plegable y colocó un único papel en el centro. Al girarse para salir, se detuvo justo delante de mí y me guiñó un ojo.

—Que pases una buena noche. Ahora voy a arreglar mi coche.

Aturdida, me quedé en pie justo dentro del armario cuando la puerta se cerró de golpe tras él. El silbido del aire al cerrarse hizo que el papel que había dejado volara por los aires. Flotó durante unos segundos y luego se posó junto a mis pies.

Al principio, lo miré sin comprender.

Cuando entrecerré los ojos, me di cuenta de que había algo escrito en él.

¿Me había dejado una nota? Me agaché y la recogí para verla más de cerca.

¿Qué puñetas?

El papel que había dejado Bennett no era una nota, sino una multa de aparcamiento.

Y no cualquier multa.

Mi multa de aparcamiento.

La misma que había dejado en el parabrisas de alguien esa misma mañana.

Capítulo 3

Annalise

—No imaginas lo mucho que necesito un trago. —Tomé una silla y busqué a un camarero antes de sentarme.

—Y yo que pensaba que querías salir conmigo por mi encantadora personalidad y no por la comida gratis que consigues cada semana.

Mi mejor amiga, Madison, tenía el mejor trabajo del mundo: crítica gastronómica para el *San Francisco Observer.* Cuatro noches a la semana, iba a un restaurante diferente para disfrutar de una comida que se convertiría en una reseña. Los jueves, quedaba con ella. Básicamente, era mi vale de comida gratis. La mayoría de las veces era el único día que salía de la oficina antes de las nueve y la única comida decente que hacía en toda la semana, debido a las sesenta horas de trabajo que solía hacer.

«De mucho me ha servido».

El camarero se acercó y le entregó la carta de vinos. Madison hizo un gesto con la mano.

—Tomaremos dos merlots…, el que nos recomiende estará bien.

El pedido era su respuesta habitual, y yo sabía que era el primer paso para analizar el servicio del restaurante. Le gustaba evaluar lo que servía el camarero. ¿Le preguntaría sobre sus gustos para hacer una buena elección? ¿U optaría por la copa más cara del menú con el único fin de maximizar su propina?

—No hay problema. Elegiré algo.

—En realidad. —Levanté un dedo—. ¿Puedo cambiar lo que hemos pedido, por favor? Que sea un merlot y un Tito's con soda y una rodaja de lima.

—Por supuesto.

Madison apenas esperó a que el camarero se alejara.

—Oh, oh. Vodka con soda. ¿Qué ha pasado? ¿Andrew sale con alguien?

Negué con la cabeza.

—No. Peor.

Abrió los ojos de par en par.

—¿Peor que el hecho de que Andrew salga con alguien? ¿Has sufrido otro accidente de coche?

Bueno, tal vez exageré un poco. Descubrir que mi novio con el que llevaba ochos años estaba saliendo con otra mujer me destrozaría, sin duda. Hace tres meses, me dijo que necesitaba que nos diéramos un tiempo. No eran exactamente las palabras que esperaba oír al final de nuestra cena de San Valentín. Pero intenté ser comprensiva. Él había pasado por mucho el último año: su segunda novela había fracasado, a su padre le habían diagnosticado cáncer de hígado con sesenta años y había fallecido tres semanas después del diagnóstico y su madre había decidido volver a casarse tan solo nueve meses después de enviudar.

Así que acepté la separación temporal, aunque su idea de darnos un tiempo se parecía más a la de Ross que a la de Rachel: ambos éramos libres de ver a otras personas, si queríamos. Él había jurado que no había nadie más y que no era su intención acostarse con alguien. Pero también creía que si acordábamos no ver a otras personas, eso nos mantendría atados y no le permitiría la libertad que sentía necesitar.

Y en lo que respecta a conducir…; lo odié desde el primer mes en que tuve el carné, por culpa de un accidente bastante grave que me convirtió en una conductora nerviosa. No lo había superado. El año pasado sufrí un pequeño accidente en un aparcamiento y el miedo reprimido reapareció. Si sufría otro accidente pronto, me llevaría al límite.

—Quizá no sea tan grave —dije—, pero por ahí va.

—¿Qué ha pasado? ¿Un mal primer día en la nueva oficina? Y yo que pensaba que me hablarías de todos los tíos buenos de tu nuevo lugar de trabajo.

Madison no entendía la necesidad de Andrew de darnos un tiempo, y me había animado a volver al mundo de las citas y a seguir adelante.

El camarero llegó con nuestras bebidas y Madison le dijo que aún no sabíamos que íbamos a tomar. Así que le pidió que nos diera diez minutos para decidir.

Le di un sorbo a mi vodka. Quemaba al bajar.

—En realidad, había un tío bueno.

Puso los codos sobre la mesa y apoyó la cabeza en las manos.

—Necesito detalles. Dame detalles de él. La historia de tu mal día puede esperar.

—Bueno, es alto, tiene una estructura ósea que un escultor envidiaría y apesta a confianza.

—¿Cómo huele?

—No lo sé. No me he acercado lo suficiente para olerlo. —Arranqué la lima del borde del vaso y la exprimí en mi bebida—. Bueno, eso no es cierto. Lo he hecho, pero cuando lo he tenido cerca, estábamos en un armario de suministros, y solo olía el material de limpieza y la humedad. —Bebí un sorbo.

Los ojos de Madison se iluminaron.

—¡No es cierto! ¿Los dos… en el armario de suministros en tu primer día en la nueva oficina?

—Sí, pero no es lo que piensas.

—Empieza por el principio.

Sonreí.

—De acuerdo.

Ella pensaba que esta historia iba a tener un final diferente.

—Tenía el maletero del coche lleno de cajas de última hora con archivos y trastos de mi antigua oficina que debía trasladar al nuevo espacio. Buscaba aparcamiento, pero no he encontrado nada en varias manzanas…, así que he dejado el coche mal aparcado y he hecho varios viajes a la oficina con las cajas. En el penúltimo, había una multa en el parabrisas.

—Qué putada.

—Dímelo a mí. Casi doscientos dólares.

—Un mal comienzo de día —dijo—. Pero podría haber sido peor, supongo, contigo y los coches.

Tuve que reírme.

—Oh, ha sido peor. Esa ha sido la mejor parte de mi día.

—¿Qué más ha ocurrido?

—La empleada del parquímetro estaba a unos cuantos coches del mío y seguía poniendo multas. He supuesto que, como ya me había multado, podía terminar de descargar. He llevado las últimas cajas a mi nueva oficina y, cuando he vuelto a bajar, todos los coches tenían el mismo papelito. Excepto uno. El coche aparcado justo delante de mí.

—¿Así que el coche ha llegado después de que la policía se haya marchado y ha evadido la multa?

—No. Estoy convencida de que estaba allí antes que yo. Ella simplemente se lo ha saltado. Y estoy segura porque era la misma marca y modelo de Audi que tengo, pero de un año posterior. La primera vez que he pasado por delante, me he asomado para ver si había cambios en el interior de la edición más reciente. Me he fijado en que había un par de guantes de conducir con el logotipo de Porsche en el asiento delantero. Así que sé que era el mismo coche que llevaba aparcado allí más de una hora porque los guantes seguían dentro.

Madison dio un sorbo a su vino e hizo una mueca.

—¿El vino no está bueno?

—No, está bien. ¿Pero los guantes de conducir? Solo los pilotos de carreras y los imbéciles pomposos llevan guantes de conducir.

Incliné la copa hacia ella antes de llevármela a los labios.

—¡Exacto! Eso es precisamente lo que he pensado al verlos. Así que le he regalado mi multa de aparcamiento al imbécil pomposo. Mi coche es de la misma marca, modelo y color. ¿Por qué tengo yo que pagar doscientos dólares si al señor Porsche con guantes no lo han multado? El papel no tenía nombre, solo la marca, el modelo y el número de bastidor del coche, y la matrícula de mi copia apenas era legible. He imaginado que no se sabría el número de bastidor y que probablemente la pagaría; al fin y al cabo, estaba mal aparcado.

Mi mejor amiga sonrió de oreja a oreja.

—Eres mi heroína.

—Quizá quieras dejarme terminar la historia antes de afirmar eso.

Su sonrisa se marchitó.

—¿Te han pillado?

—Creía que no, pero he tenido un pequeño percance. Cuando me he inclinado y levantado el limpiaparabrisas para meter la multa debajo, de alguna manera, unos mechones de pelo se han enganchado y enredado.

Madison frunció el ceño.

—¿En el limpiaparabrisas?

—Lo sé. Es extraño. Pero hoy hacía mucho viento y, cuando he ido a desenredarlo, lo he empeorado. Ya sabes que mi pelo es muy grueso. Podría perder un cepillo en él durante unos días y nadie lo notaría. Estas ondas tienen vida propia.

—¿Cómo lo has sacado?

—He tirado hasta que se ha liberado. Sin embargo, cuando lo he conseguido soltar del coche, el limpiaparabrisas estaba pegado a mi pelo en lugar de al flamante Audi al que pertenecía.

Madison se llevó la mano a la boca mientras se reía a carcajadas.

—Ay, Dios mío.

—Sí.

—¿Le has dejado una nota al dueño?

23

Le di un buen trago a mi bebida, que cuanto más bebía, mejor sabía.

—¿La multa cuenta como una nota?

—Bueno…, ¿al menos hay una ventaja?

—¿La hay? Dímela, porque ahora mismo, después del día que he tenido, no veo ninguna.

—Hay un dios griego en la oficina. Eso es bueno. ¿Cuánto hace que no tienes una cita? ¿Ocho años?

—Créeme. El dios griego no me pedirá una cita.

—¿Está casado?

—Peor.

—¿Es gay?

Me reí.

—No. Es el dueño del Audi que he destrozado y al que luego he regalado la multa de aparcamiento. Al parecer, me ha visto hacerlo.

—Mierda.

—Sí. Mierda. Ah, y tengo que trabajar con él a diario.

—Vaya. ¿Qué hace?

—Es el director creativo regional de la empresa con la que nos hemos fusionado.

—Espera un momento. ¿Ese no es tu puesto?

—Sí. Y solo hay espacio para uno de nosotros.

Un camarero, que no era el que nos había atendido, pasó por nuestro lado. Madison extendió la mano y lo agarró.

—Necesitamos otro vodka con soda y una copa de merlot. De inmediato.

A la mañana siguiente, hice una parada de camino a la oficina. Por mucho que odiara lo que estaba pasando con mi trabajo, tendría que trabajar con Bennett durante los próximos meses. Y seamos sinceros, me había equivocado. Le había destrozado el coche y dejado una multa de aparcamiento en lugar de una nota. Si alguien me hubiera hecho eso a mí… Bueno, dudaba que yo fuera tan educada como él lo había sido durante todo el día. Había esperado a que estuviéramos solos para ponerme en evidencia, cuando podría haberme hecho quedar mal delante de mi nuevo jefe.

Cuando llegué a su coche, seguía mal aparcado, igual que ayer. Anoche, al repasar el día en mi cabeza, pensé que tal vez la empleada del parquímetro se lo había saltado sin querer porque había perdido la cuenta y pensó que ya lo había multado, ya que parecía idéntico al mío desde el exterior. Pero si ese era el caso, y ya se había salido con la suya una vez, ¿por qué volvería a aparcar allí hoy para arriesgarse a recibir otra multa?

Solo había unas pocas respuestas lógicas. Una, era rico y arrogante. Dos, era idiota. O tres, sabía que no le iban a multar.

La puerta del despacho de Bennett estaba cerrada, pero vi la luz encendida por la rendija de la puerta. Levanté la mano para llamar, pero dudé. Habría sido más fácil si no fuera tan guapo.

«Échale ovarios, Annalise».

Me erguí antes de llamar a la puerta con decisión. Al cabo de un minuto, el alivio me invadió cuando decidí que Bennett no estaba. Debía de haberse dejado la luz encendida. Estaba a punto de darme la vuelta cuando, sin previo aviso, la puerta se abrió de golpe.

Me sobresalté y me agarré el pecho.

—Me has dado un susto de muerte.

Bennett se quitó un auricular de la oreja.

—¿Acabas de decir que te he asustado?

—Sí. No esperaba que abrieras la puerta.

Se quitó el otro auricular y los dejó colgando del cuello. Frunció el ceño.

—¿Has llamado a la puerta de mi despacho, pero no esperabas que la abriera?

—Tu puerta estaba cerrada y todo estaba en silencio. Creía que no estabas.

Bennett levantó su iPhone:

—Acabo de volver de correr. Llevaba los auriculares puestos. La música resonaba en ellos y reconocí la canción.

—¿«Enter Sandman»? ¿En serio? —Mi voz insinuó mi diversión.

—¿Qué tiene de malo Metallica?

—Nada. Nada en absoluto. Es solo que no te pega escuchar a Metallica.

Entrecerró los ojos.

—¿Y qué me pega escuchar exactamente?

Le eché un vistazo. No llevaba el traje caro y los zapatos de ayer. Pero incluso con ropa informal —una camiseta negra de Under Armour ceñida al cuerpo y una sudadera holgada—, había algo en él que apestaba a refinamiento.

Aunque la forma en que una vena sobresalía de su bíceps parecía más masculina que refinada en ese momento. Supuse que Bennett era mayor que yo —alrededor de los treinta años, tal vez—, pero su cuerpo era firme y musculoso, e imaginé que sería aún más increíble sin esa camiseta.

Cuando salí de mi ligero ensimismamiento, recordé que me había hecho una pregunta.

—Música clásica. Te habría tomado por una persona que prefiere la música clásica a Metallica.

—Eso es una especie de estereotipo, ¿no? En ese caso, ¿qué debo suponer de ti? Eres rubia y guapa.

—No soy estúpida.

Cruzó los brazos sobre el pecho y arqueó una ceja.

—Se te quedó la cabeza enganchada al parabrisas de mi coche.

Tenía razón. Y desde luego no estaba empezando la mañana con buen pie al discutir con él de nuevo. Me centré y levanté el paquete largo y delgado que había recogido de camino a la oficina.

—Eso me recuerda que quería disculparme por lo de ayer.

Bennett me evaluó durante un minuto. Luego me quitó el limpiaparabrisas de la mano.

—¿Cómo narices se te enganchó el pelo a mi coche?

Sentí que me ardía la cara.

—Déjame empezar diciendo que los coches no son lo mío. No me gusta conducir y tengo una suerte de mierda para hacer que funcionen bien. En la antigua oficina, iba andando al trabajo. Ahora tengo que conducir todos los días. De todos modos, ayer por la mañana me pusieron una multa de aparcamiento mientras descargaba las cajas del coche. Resulta que tenemos un Audi de la misma marca, modelo y color. El tuyo también estaba mal aparcado, pero no te habían multado. Así que intenté poner la mía bajo tu limpiaparabrisas, con la esperanza de que la pagaras. Pero llegó una ráfaga de viento, y mi pelo se enredó de alguna manera con el limpiaparabrisas cuando lo levanté. Al intentar desenredarlo, lo empeoré. No era mi intención destrozar tu coche.

Su cara no delataba nada.

—Solo querías hacerme pagar tu multa de aparcamiento, no romper mi limpiaparabrisas.

—Así es.

Sonrió.

—Ahora todo tiene sentido.

Bennett tenía una botella de agua en la mano. Se la llevó a los labios y bebió un largo trago, sin dejar de mirarme. Cuando terminó, asintió con la cabeza.

—Disculpa aceptada.

—¿De verdad?

—Tenemos que trabajar juntos. Será mejor que seamos profesionales.

Me sentí aliviada.

—Gracias.

—Me ducho en el gimnasio de abajo después de mi carrera matutina. Dame unos veinte minutos y empezamos a revisar nuestras cuentas.

—De acuerdo. Genial. Te veo en un rato.

Tal vez había subestimado a Bennett. Solo porque era guapo, había asumido que sería un ególatra, y que nunca superaría mi momento de locura. Cuando llegué a mi despacho, en el armario de suministros, metí la llave en la cerradura. Estaba atascada, pero al final hizo clic y la puerta se abrió. El olor a productos de limpieza me invadió la nariz de inmediato. Al menos, ahora entendía por qué me había metido ahí. Suspiré, encendí la luz y me sorprendí al ver que alguien había dejado una bolsa sobre mi escritorio.

Supuse que había sido el conserje, la tomé para llevarla al lugar donde se apilaban los demás productos químicos y vi una nota escrita a mano encima.

«Vas a necesitar esto, Bennett».

¿Un regalo para mí?

Dejé el portátil y el bolso en el suelo y rebusqué en el interior de la bolsa. Era ligera —sin duda, no contenía productos de limpieza— y el contenido estaba envuelto en papel de seda.

Lo desenvolví con curiosidad.

«¿Un sombrero vaquero?».

¿Qué?

«Vas a necesitar esto».

Hmm…

Vas a necesitar esto.

Es decir, para mi trabajo.

En Texas.

Tal vez Bennett no era tan maduro después de todo.

Capítulo 4

Bennett

«Tal vez, mañana debería dejar algo de lencería».

Justo a tiempo, Annalise entró pavoneándose en mi despacho con una gran caja de cartón. Llevaba el sombrero vaquero que le había dejado para que pareciera una idiota. Pero, ahora que se lo había puesto, el idiota era yo al pensar con la polla.

Estaba muy *sexy* con ese salvaje pelo rubio que le sobresalía por todas partes. «Apuesto a que estaría muy atractiva con un corsé de encaje negro y unos tacones de aguja a juego con ese sombrero de vaquero». Sacudí la cabeza para eliminar esa imagen de mi cabeza, pero mi mente no me hacía caso. Estaba ocupada pensando en un millón de formas en las que me gustaría verla con él.

«Cabalgando sobre mí».

«Haciendo la "vaquera inversa"».

Sí, eso no es muy inteligente, Fox.

Aparté la mirada un minuto antes de aclararme la garganta y acercarme para quitarle la caja de las manos.

—Te queda bien. Encajarás a la perfección en la nueva oficina dentro de unos meses.

—Al menos allí podré trabajar sin estar todo el día colocada por el olor de los productos químicos.

—Solo te tomaba el pelo. Te están preparando tu verdadero despacho mientras hablamos.

—Oh. Guau. Gracias.

—No hay problema. Seguro que la mierda de los urinarios hace que el nuevo despacho huela mucho mejor.

—Yo no…

Levanté una mano y la interrumpí.

—Es una broma. El despacho tiene la misma distribución que el mío, dos puertas más allá. Sé que te gustaría estar más cerca de mí, pero es lo mejor que he podido conseguir.

—¿Siempre eres tan insoportable a estas horas? —Levantó una taza grande de café con una A rosa brillante—. Porque acabo de empezar mi segunda taza, y si es así, necesitaré más cafeína antes de llegar aquí.

Me reí.

—Sí, acostúmbrate. Me han dicho que por la mañana es cuando menos insoportable soy, así que tal vez quieras llenar esa taza grande con algo más fuerte después de la comida.

Puso los ojos en blanco.

Marina, mi asistente —nuestra asistente— entró y dejó un sobre en mi mesa. Le dedicó una sonrisa a Annalise y le dio los buenos días mientras fingía que yo no estaba en la habitación.

Sacudí la cabeza cuando salió.

—Por cierto, me siento obligado a advertirte: no toques la comida de tu nueva asistente por accidente.

Annalise pareció pensar que bromeaba.

—De acuerdo.

—No digas que no te lo advertí.

Me acerqué a la mesa redonda en la esquina donde normalmente realizaba pequeñas reuniones y dejé su caja. Al ver la etiqueta, dije:

—¿Las Bodegas Bianchi? Creía que íbamos a revisar todas nuestras cuentas para equilibrar la carga de trabajo y reasignar clientes entre nuestros equipos.

—Así es. Pero he pensado que no estaría de más mostrarnos mutuamente nuestras presentaciones para mañana. Tal vez nos pongamos de acuerdo sobre cuál es la mejor y así no tendremos que enfrentarnos entre nosotros.

Sonreí.

—Tienes miedo de perder, ¿eh?

Suspiró.

—Olvídalo. Repasemos las cuentas como nos ha pedido Jonas.

«Dios, qué susceptible».

—De acuerdo. ¿Por qué no trabajamos aquí? Hay más espacio para moverse.

Ella asintió y sacó una carpeta de acordeón de la caja. Al soltar la banda elástica que la mantenía perfectamente comprimida, la carpeta se expandió y mostró unas cuantas docenas de ranuras individuales compartimentadas. Cada una tenía una etiqueta codificada por colores con algo escrito en ella.

—¿Qué es eso?

—Es mi kit rápido.

—¿Tu qué?

—Kit rápido. —Sacó un montón de papeles de uno de los departamentos y los extendió por la mesa—. Hay una hoja de contactos del cliente con el nombre y los números de todos los participantes principales, una hoja informativa con un resumen de las líneas de productos que comercializamos, una lista de los miembros de mi equipo que trabajan en la campaña, un resumen de la información presupuestaria, gráficos de los logotipos del cliente, una lista de las fuentes preferidas y los códigos de color PMS y un resumen del proyecto actual.

La miré fijamente.

—¿Qué?

—¿Para qué es todo eso?

—Bueno, guardo el kit rápido en el archivador de la zona de la sala de *marketing* para que, siempre que llame un cliente, cualquiera pueda sacar la información y ser capaz de hablar de la cuenta tras revisar los documentos durante unos minutos. También lo utilizo cuando me convocan a reuniones para dar información actualizada sobre la cuenta al equipo ejecutivo. Pero he pensado que podríamos usarlo hoy cuando hablemos de cada cliente.

Mierda. Es una de esas personas superorganizadas y neuróticas.

Miré la carpeta.

—¿Y a qué se deben los distintos colores?

—Cada cuenta tiene su propio color, y todo los activos y archivos están codificados por colores para que sea más sencillo archivar y reunir la información.

Me rasqué la barbilla.

—¿Sabes qué? Tengo una teoría sobre la gente que utiliza sistemas de codificación por colores.

—Ah, ¿sí? ¿Cuál?

—Mueren pronto por estrés.

Se rio, pero luego vio mi cara.

—Oh, no estás de broma, ¿verdad?

Negué con la cabeza lentamente.

Enderezó la carpeta frente a ella.

—De acuerdo. Me rindo. Dime, ¿por qué la gente que prefiere la codificación por colores muere antes?

—Ya te lo he dicho. Por el estrés.

—Eso es ridículo. En todo caso, mi nivel de estrés se reduce gracias a mi sistema de codificación por colores. Encuentro las cosas con facilidad y no pierdo tiempo abriendo cada cajón y revisando montones de activos antiguos. Solo tengo que buscar un color.

—Puede que eso sea cierto. De hecho, estoy bastante seguro de que me oirás gritar «joder» unas cuantas veces a la semana cuando no encuentre algo que esté buscando.

—¿Ves?

Levanté un dedo.

—Pero no es el código de colores en sí mismo lo que causa el estrés, sino la necesidad incesante de organizarlo todo. Alguien que codifica por colores cree que todo tiene su lugar, y el mundo no funciona así. No todo el mundo quiere ser tan ordenado y, cuando no siguen tus sistemas, eso te estresa por naturaleza.

—Creo que exageras. El hecho de que me guste la codificación por colores no significa que sea una loca neurótica de la organización y que me altere cuando las cosas están fuera de lugar.

—Ah, ¿no? Dame tu teléfono.

—¿Qué?

—Dame tu teléfono. No te preocupes. No voy a revisar los *selfies* de labios de pato que tienes guardados. Solo quiero comprobar una cosa.

Annalise me tendió su teléfono de mala gana. Era tal y como sospechaba. Todas las aplicaciones estaban archivadas y organizadas. Había seis carpetas diferentes y etiquetadas: redes sociales, entretenimiento, compras, viajes, aplicaciones de trabajo y servicios. No había una sola aplicación fuera de las pequeñas burbujas organizadas. Hice clic en la burbuja de redes sociales, arrastré la aplicación de Facebook y la solté. Luego fui a la carpeta de compras, tomé el icono de Amazon y lo arrastré a la burbuja de redes sociales. Saqué la aplicación e-Art de la burbuja de trabajo y la dejé colgando sobre el fondo de pantalla.

Una vez que se lo devolví, puso una mueca.

—¿Qué se supone que demuestra eso?

—Ahora, tus aplicaciones están desordenadas. Vas a empezar a volverte loca. Cada vez que abras el teléfono para hacer algo, sentirás un fuerte impulso de archivar los íconos en su sitio. Al final de la semana, te habrá causado tanto estrés que cederás y lo arreglarás para mantener tu presión arterial baja.

—Eso es ridículo.

Me encogí de hombros.

—Vale. Ya veremos.

Annalise se enderezó en el asiento.

—¿Y cuál es exactamente tu sistema de gestión de cuentas? ¿Qué utilizarás cuando revisemos las cuentas juntos hoy? ¿Una lista escrita en el reverso de un sobre con un lápiz de color?

—No. No necesito una lista. —Me recliné en la silla y me di un golpecito con el dedo en la sien—. Memoria fotográfica. Está todo aquí.

—Qué Dios nos ayude si allí es donde está toda la información —murmuró.

Annalise repasó todas sus cuentas durante las dos horas siguientes. Nunca lo admitiría en voz alta, pero su archivo hiperorganizado le permitía tener un montón de datos al alcance de la mano. Estaba claro que rendía al máximo.

Apartamos algunas de las hojas de resumen para anotar las cuentas que creía que podría reasignar.

Como era de esperar. Cuando llegó el momento de hablar de mis cuentas, Annalise tenía intención de tomar notas en lugar de limitarse a escuchar como yo.

—He olvidado traer un cuaderno —dijo—. ¿Me prestas uno?

—Claro. —En aras del trabajo en equipo, saqué dos libretas y un bolígrafo del cajón de mi escritorio. Sin pensarlo, puse una en la mesa frente a ella y la otra frente a mí. Annalise se dio cuenta antes que yo del dibujo a tinta en el anverso. Giró la libreta para mirarla.

Mierda.

Intenté arrebatársela de la mano, pero ella la apartó y la puso fuera de mi alcance.

—¿Qué tenemos aquí? ¿Has dibujado todo esto?

Extendí la mano.

—Dame eso.

Me ignoró y miró mis garabatos con atención.

—No.

Arqueé una ceja.

—¿No? ¿No vas a devolverme mi libreta? ¿Cuántos años tienes?

—Umm… Al parecer… —Agitó la libreta en el aire y me mostró mi arte—… la misma que el niño de doce años que ha hecho estos dibujos. Si te dedicas a esto en el trabajo, no estoy segura de qué me preocupaba. Pensaba que tendría que competir contra un profesional experimentado.

Tenía la mala costumbre de garabatear mientras escuchaba música. Lo hacía siempre que estaba atascado creativamente o necesitaba un descanso entre proyectos. No tenía ni puñetera idea de por qué, pero los bocetos sin sentido me ayudaban a despejar la cabeza ajetreada, lo que a su vez permitía que la creatividad surgiera. El hábito no sería tan malo —tal vez era un poco embarazoso que un hombre de treinta y un años todavía dibujara superhéroes en su escritorio—, ni me metería en problemas…, si los superhéroes fueran hombres. Pero no lo eran. Eran mujeres superheroínas con partes del cuerpo pronunciadas, algo así como las caricaturas de un artista callejero en las que la cabeza es cinco veces mayor que el cuerpo de alguien que patina o hace surf. Sabes a los que me refiero, ¿verdad?

Tal vez tengas una montando en monociclo escondida en el fondo de tu armario. Estará rota y arrugada, pero aún no la has tirado. Pues las mías son parecidas, pero no con las cabezas exageradas, sino con las tetas o el culo y, de vez en cuando, los labios, si me apetece. Ya te imaginas.

Hace poco, Jonas me había vuelto a advertir de que no dejara esa mierda por la oficina después de un pequeño incidente con una mujer de recursos humanos que se había pasado por allí de forma inesperada y había echado un vistazo.

Le quité la libreta de la mano, arranqué la página e hice una bola.

—Hago garabatos para relajarme. No me he dado cuenta de que he sacado esa libreta. Por lo general, arranco la página y la tiro cuando termino. Perdona.

Inclinó la cabeza, como si me estuviera examinando.

—Te disculpas, ¿eh? ¿De qué te disculpas exactamente? ¿De que los haya visto o de que hayas dibujado personajes que cosifican a las mujeres en horario de trabajo?

«Supongo que es una pregunta capciosa». Por supuesto, solo lamentaba que los hubiera visto.

—Ambas cosas.

Ella entrecerró los ojos y me miró fijamente.

—Eres un mentiroso de mierda.

Volví a mi escritorio, abrí el cajón y dejé la página de garabatos arrugada. Lo cerré y dije:

—No creo que estés capacitada para saber si soy un mentiroso de mierda. ¿Cuánto tiempo hemos pasado juntos? ¿Una hora en total?

—Deja que te pregunte algo. Si fuera un hombre, digamos uno de tus compañeros de aquí con el que probablemente sales a tomar algo en la hora feliz de vez en cuando, ¿te habrías disculpado conmigo?

«Por supuesto que no». Otra pregunta capciosa. Tuve que pensar en la forma correcta de responder. Por suerte, había recibido formación sobre sensibilidad y acoso sexual de recursos humanos, así que estaba armado con la respuesta correcta.

—Si pensara que te ofendería, sí. —Dejé de lado que no ofendería a ninguno de los hombres con los que me relacionaba fuera de la oficina. Sobre todo, porque no salgo con nenazas. Imaginé que Jonas se alegraría de ver mi moderación si lo supiera.

—¿Así que te has disculpado conmigo porque has pensado que podría ofenderme?

«Fácil».

—Sí.

Esperaba que ese fuera el final de la discusión, así que me senté. Annalise hizo lo mismo, pero no lo dejó pasar tan rápido.

—¿Así que cosificar a las mujeres está bien, pero no cuando crees que puedes ofender a alguien con ello?

—Yo no he dicho eso. Estás asumiendo que cosifico a las mujeres. No creo que lo haga.

Me lanzó una mirada que decía que eso era mentira.

—Creo que eres tú quien cosifica a las mujeres.

—¿Yo? —Alzó las cejas—. ¿Yo cosifico a las mujeres? ¿Cómo?

—Bueno, el dibujo era de una superheroína que tenía el poder de volar. Todos los días salta de edificios altos y lucha contra el crimen como una campeona. Y aquí estás tú, asumiendo que porque sea un poco pechugona es una especie de fantasía demente. Ni siquiera has tenido en cuenta que Savannah Storm tiene un coeficiente intelectual de 160 y que ayer mismo salvó a una anciana de ser aplastada por un autobús.

Annalise levantó una ceja.

—¿Savannah Storm?

Me encogí de hombros.

—Hasta tiene un nombre molón, ¿eh?

Sacudió la cabeza y vi el resquicio de una sonrisa amenazadora.

—¿Y cómo iba a saber yo lo molona que era Savannah simplemente por tu garabato?

De alguna manera, me las arreglé para mantener el rostro serio.

—Llevaba una capa, ¿verdad?

Annalise no aguantó más y se echó a reír.

—Lo siento. He pasado por alto esa gran pista debido a que cada uno de sus pechos era más grande que mi cabeza. O sea, su coeficiente intelectual debería haber sido obvio por la capa.

Me encogí de hombros.

—Suele ocurrir. Pero deberías tener cuidado con los prejuicios. Algunas personas podrían ofenderse y pensar que estás cosificando a las mujeres.

—Lo tendré en cuenta.

—Muy bien. Entonces, ahora tal vez podamos llegar a las cuentas importantes: las mías.

Capítulo 5

Annalise

Intenté advertirle.

Incluso anoche, cuando terminamos de repasar nuestras cuentas juntos, intenté mencionar la presentación de hoy para Bodegas Bianchi. Pero el imbécil engreído me detuvo antes de que le explicara por qué sabía que no tenía ninguna posibilidad de conseguir la cuenta.

Así que, a la mierda, espero que haya desperdiciado toda la mañana con un numerito que era totalmente innecesario.

Murmuré para mis adentros mientras descendía por el camino de tierra de medio kilómetro y aparcaba junto al gigantesco sauce llorón. Venir aquí siempre me traía una oleada de paz. Me recibían hileras e hileras de vides pulcramente plantadas, sauces que se balanceaban y barriles apilados que permitían que la serenidad se filtrara a través de mis poros. Al salir del coche, cerré los ojos, respiré profundamente y exhalé parte del estrés de la semana. Paz.

O eso creía.

Hasta que abrí los ojos y vi que había un coche aparcado a la derecha, junto al enorme viejo tractor verde. Y ese coche era casi idéntico al mío.

«Sigue aquí».

La cita de Bennett había sido a las diez de la mañana. Miré la hora en mi reloj y me aseguré de que no había llegado horas antes. Pero no era así. Eran casi las tres de la tarde. Supuse que ya se habría marchado para cuando yo llegara. ¿De qué demonios habrían estado hablando durante cinco horas?

Knox, el gerente del viñedo, salió de la pequeña tienda minorista cargado con una caja de vino justo cuando terminé de sacar los archivos del coche. Knox llevaba trabajando en la bodega desde antes de que se sembraran las primeras semillas de uva.

—Hola, Annie —me saludó.

Cerré el maletero de golpe y me colgué el maletín de cuero sobre el hombro.

—Hola, Knox. ¿Necesitas que vuelva a abrir el maletero para que guardes mis botellas para el fin de semana? —bromeé.

—Seguro que podría esconder hasta la última botella en tu maletero y al señor Bianchi no le importaría.

Sonreí. En cierto modo, tenía razón.

—¿Matteo está en la oficina o en la casa? Tengo una reunión de negocios con él.

—La última vez que lo he visto, estaba recorriendo los campos con un visitante. Pero es posible que ya estén en la bodega. Creo que le estaba haciendo una visita completa.

—Gracias, Knox. No dejes que te hagan trabajar demasiado.

La puerta del despacho no estaba cerrada con llave, pero no había nadie dentro. Así que dejé mis cosas para la presentación en el mostrador de la recepción y fui a buscar dónde se escondían todos. La puerta de la tienda estaba abierta, pero nadie respondió cuando llamé. Estaba a punto de darme la vuelta e ir hacia la casa principal cuando oí el eco de unas voces al pasar por la puerta que llevaba de la tienda a la bodega y la sala de catas.

—¿Hola? —Subí con cuidado la escalera de piedra con mis altos tacones.

La voz de Matteo, hablando en italiano, retumbó en la distancia. Pero cuando llegué al fondo, solo encontré a Bennett. Estaba sentado en una de las mesas de degustación en un rincón, con las mangas de la camisa remangadas, la corbata aflojada y una cata de copas de vino en la mesa frente a él.

Tres de las cuatro copas estaban vacías.

—¿Bebiendo en el trabajo? —Arqueé una ceja.

Entrelazó los dedos detrás de la cabeza y se echó hacia atrás para deleitarse con su petulancia.

—¿Qué puedo decir? Los dueños me adoran.

Contuve la risa.

—Ah, ¿sí? Entonces, ¿no les has dejado ver tu verdadero yo?

Bennett esbozó una sonrisa. Una preciosa. «Imbécil».

—Has desperdiciado un viaje hasta aquí, Texas. Intenté decírtelo, pero no me escuchaste.

Suspiré.

—¿Dónde está Matteo?

—Acaba de recibir una llamada y ha entrado en la sala de fermentación.

—¿Has visto a Margo?

—Ha salido corriendo hacia la bodega.

—De todos modos, ¿qué haces aquí todavía? ¿Has llegado tarde a la presentación?

—Por supuesto que no. Matteo se ofreció a darme una vuelta para que viera las nuevas viñas que han plantado este año, y luego Margo ha insistido en que hiciera una cata completa. Ahora soy como uno más de la familia. —Se inclinó hacia mí y bajó la voz—. Aunque estoy bastante seguro de que a la señora Bianchi le gusto. Como he dicho, no tienes ninguna posibilidad de ganar.

De alguna manera, me las arreglé para mantener el rostro serio.

—A Margo…, la señora Bianchi…, ¿le gustas? Sabes que Matteo es su marido, ¿verdad?

—No he dicho que fuera a intentar nada. Solo digo lo que veo.

Sacudí la cabeza.

—Eres increíble.

El sonido de una puerta que se abría y se cerraba hizo que giráramos las cabezas hacia el fondo de la sala de catas. Todos los sonidos aumentaban aquí abajo, incluidos los pasos de Matteo mientras caminaba hacia nosotros. Abrió los brazos y habló con su marcado acento italiano cuando levantó la vista y me vio.

—Mi Annie. Ya estás aquí. No te he oído entrar.

Matteo me abrazó con cariño, luego me sostuvo la cara y me besó ambas mejillas.

—Estaba hablando por teléfono con mi hermano. El hombre sigue siendo un idiota, incluso después de todos estos años. Ha comprado cabras. —Juntó los cinco dedos en el gesto universal italiano de: *«Ma che fa!»*—. ¡Cabras! El idiota ha comprado cabras que viven en sus terrenos de las colinas. Y se sorprende cuando se comen la mitad de su cosecha. Qué idiota. —Matteo negó con la cabeza—. Pero no importa. Te presento. —Se volvió hacia Bennett—. Este caballero es el señor Fox. Trabaja en una de las grandes empresas de publicidad a las que nos hiciste llamar.

—Umm… Sí. Ya nos conocemos. No he podido hablar con vosotros porque las cosas han sido una locura en la oficina. Pero Bennett y yo… trabajamos para la misma empresa ahora. Foster Burnett, la firma para la que trabajaba cuando concertaste la cita con él hace unos meses, se ha fusionado con la mía, Wren Media. Ahora es una gran agencia de publicidad: Foster, Burnett y Wren. Así que, sí, Bennett y yo nos conocemos. Trabajamos… juntos.

—Oh, bien. —Dio una palmada—. Porque tu amigo se unirá a nosotros para cenar esta noche.

De golpe, miré a Bennett, que se regodeaba.

—¿Te quedas a cenar?

Bennett sonrió como el gato Cheshire y guiñó un ojo.

—La señora Bianchi me ha invitado.

Matteo no tenía ni idea de que la gran sonrisa tonta de Bennett era para intentar sacarme de quicio, ya que el cabrón engreído creía que lo habían invitado porque le gustaba a la señora.

La idea era divertidísima, la verdad. Porque yo conocía a Margo Bianchi y, créeme, no había invitado a Bennett Fox a cenar porque le gustara.

Y lo sabía, no porque adorara a su marido —lo cual era cierto—, sino porque Margo Bianchi era una eterna casamentera. Solo había una razón para que hubiera invitado a un joven a cenar: quería emparejarlo con su hija.

—¿Oh? La señora Bianchi te ha invitado, ¿eh? —Qué ganas tenía de borrar esa sonrisa de su cara.

Bennett tomó su vino y lo agitó un par de veces antes de llevárselo a los labios sonrientes.

—Sí.

Exageré una sonrisa.

—Eso es genial. Creo que disfrutarás mucho de la cocina de mi madre.

Bennett estaba a medio sorbo. Vi cómo fruncía las cejas por la confusión y luego las alzaba en señal de sorpresa, justo antes de atragantarse con el vino.

—No me creo que hayas invitado al enemigo a cenar.

Mi madre levantó la tapa de una olla y removió la salsa.

—Es un hombre muy guapo y tiene un buen trabajo.

—Sí, lo sé. Tiene mi trabajo, mamá.

—Tiene treinta y un años, una buena edad para que un hombre siente la cabeza. Si empiezas a tener bebés a los cuarenta años, como muchos jóvenes de hoy en día, tendrás un adolescente a los cincuenta, cuando no te quedará energía para seguirle el ritmo.

Volví a llenar mi copa de vino. En lo que respecta a las madres, siempre me había considerado afortunada. Después de que ella y mi padre se separaran, me había criado prácticamente sola. Trabajaba a tiempo completo y, sin embargo, nunca se perdía un partido de fútbol o una función escolar. Mientras la mayoría de mis amigos se quejaban de su madre casada y entrometida o de su madre divorciada y ausente, que andaba a la caza de un nuevo marido, yo nunca protesté, hasta que llegué a la madura edad de los veinticinco años. Por la forma en que mi madre actuaba, ese era el momento en el que la sombra de la soltería empezaba a perseguir a las mujeres.

—Bennett no es tu futuro yerno, mamá. Hazme caso. Es un puñetero arrogante, condescendiente, dibuja caricaturas y roba empleos.

Mi madre dejó el cazo en la olla y frunció los labios mientras me miraba.

—Creo que estás exagerando, cariño.

La observé.

—Pensó que lo habías invitado a cenar porque te gustaba.

Frunció el ceño.

—¿Gustarme?

—Sí. Como si… estuvieras interesada en él. Y sabe que estás casada.

Ella se rio.

—Oh, cariño. Es un hombre atractivo. Supongo que les gusta a la mayoría de las mujeres, así que está acostumbrado a confundir que una mujer sea amable con él porque sí con una mujer que es amable por alguna razón.

Tenía la sensación de que no importaba lo que dijera sobre Bennett, mamá buscaría una excusa para defenderlo.

—Intenta robarme el trabajo.

—Vuestras empresas se han fusionado. Es una situación desafortunada, pero él no tiene nada que ver con esto.

—Maltrata a gatitos —espeté con la mayor frialdad posible.

Mi madre negó con la cabeza.

—Estás tratando de encontrar cualquier excusa para que no te guste.

—No tengo que encontrar ninguna excusa; me pone las razones en bandeja de plata cada vez que estoy en su presencia.

Mamá bajó la potencia de la llama a fuego lento y sacó otra botella de la nevera de los vinos.

—¿Crees que a Bennett le gustará el 02 Cab?

Me di por vencida.

—Por supuesto. Creo que le encantará.

———

—¿Así que creciste aquí? ¿Vivías en una bodega?

Salí al porche a jugar con Sherlock, el labrador de color chocolate de mi madre y Matteo, para evitar a Bennett antes de la cena. Por desgracia, me encontró.

—No. Ojalá. —Lancé una pelota de tenis por encima de la barandilla del porche, hacia las hileras de enredaderas. Sherlock salió corriendo—. Mi madre y yo vivimos en la zona de Palisades la mayor parte de mi vida. No conoció a Matteo hasta que yo estuve en la universidad. Fue como un regalo para su quincuagésimo cumpleaños.

Bennett se apoyó en el poste, con una mano metida de forma despreocupada en el bolsillo del pantalón.

—Que mi madre no lo sepa. Lo único que le regalé fue una cafetera Keurig que escondió en el fondo de un armario, donde acumula polvo.

Sonreí.

—Cuando yo era pequeña, ella siempre decía que quería ir a Italia. Yo acababa de conseguir mi primer trabajo y ella estaba a punto de cumplir cincuenta, así que ahorré para un viaje de diez días por Roma y la Toscana. Matteo era el dueño de uno de los viñedos que visitamos. Hicieron buenas migas, y dos meses después de que ella volviera, él puso en venta su viñedo y decidió mudarse a Estados Unidos para estar más cerca de ella. —Señalé la finca de uvas—. Compró este lugar y se casaron aquí mismo en el primer aniversario del día en que se conocieron.

—Vaya. Eso es muy bonito.

—Sí. Es un gran tipo. Mi madre se merecía conocerlo.

Sherlock volvió corriendo con la pelota en la boca, pero en lugar de dejarla caer a mis pies, el traidor la llevó a Bennett. Él se agachó y le rascó la cabeza.

—¿Cómo te llamas, chico?

—Se llama Sherlock.

Bennett lanzó la pelota por la finca, y el mejor amigo del hombre salió tras ella.

—Bueno, podrías haber mencionado que Bodegas Bianchi era de tu familia.

Me quedé boquiabierta.

—¿Estás de broma? Lo intenté. Varias veces. Pero cada vez que trataba de decírtelo, me interrumpías para hablar de que ibas a hacerte con la cuenta y de lo mucho que te quieren los propietarios. Fuiste muy arrogante al respecto. Sobre todo esta tarde, al decirme que le gustas a mi madre.

—Ya. Siento haber dicho eso. Solo quería fastidiarte. Mermar tu confianza antes de tu presentación.

—Qué bien. Muy bonito.

Desató su encantadora sonrisa.

—¿Qué puedo decir? Todo vale en el amor y en la guerra.

—Así que estamos en guerra, ¿eh? Y yo que pensaba que el mejor candidato obtendría el puesto por sus méritos, no por sabotear al otro.

Bennett se puso de pie y me guiñó un ojo.

—No estaba hablando de guerra. Ya me quieres.

Me reí.

—Dios, eres un imbécil pomposo.

Me quedé en el porche para terminar de jugar a la pelota con Sherlock mientras Bennett paseaba por el interior de la casa. Me sorprendió que volviera a salir con la chaqueta del traje puesta, un vaso de vino en una mano y el maletín de cuero en la otra.

—¿Adónde vas?

Me tendió la copa de vino, pero cuando extendí la mano para aceptarla, la retiró y dio un sorbo.

—Tu madre me ha pedido que te trajera esto al salir.

—¿Adónde vas?

—Creo que me iré a casa.

—¿Estás en condiciones de conducir? Mis padres sirven vino como si fuera agua.

—No, estoy bien. Solo he hecho una serie de catas y me las he bebido hace ya unas horas.

—Oh. Vale. Pero aún no hemos cenado.

—Lo sé. Y me he disculpado con tus padres. Les he dicho que había surgido algo y que tenía que irme.

—¿Ha surgido algo?

—No quiero entrometerme en vuestro tiempo en familia. Tu madre ha mencionado que no os habéis visto en unos meses.

—El trabajo ha sido una locura desde que el señor Wren murió.

Bennett levantó las manos.

—Lo entiendo. Créeme, mi madre te diría que no la llamo ni la veo lo suficiente.

—No tienes que irte.

—No pasa nada. Puedo admitir la derrota en las raras ocasiones en que ocurre. Has ganado esta batalla, pero no ganarás la guerra, Texas. Dejaré que les expongas tus ideas sin que yo te distraiga.

Me quedé parada.

—Mi madre quedará muy decepcionada. Tal vez, durante la cena pensaba discutir qué tipo de ropa interior llevas para asegurarse de que no estás matando el esperma con calzoncillos ajustados para proteger a sus futuros nietos.

Bennett tomó otro sorbo de vino y me ofreció la copa, ahora medio vacía. Pero cuando fui a aceptarla, no la soltó. En cambio, se inclinó hacia mí mientras las yemas de nuestros dedos se tocaban.

—Dile a mamá que no se preocupe. Mis chicos están sanos. —Me guiñó un ojo y soltó el vino—. Prefiero ir en plan comando.

Me reí y le vi caminar hacia el coche. Cargó el material de la presentación en el maletero y cerró de golpe.

—¡Oye! —le grité.

Levantó la vista.

—¿Alguna vez te dibujas a ti mismo? Comando podría ser un buen nombre de superhéroe.

Bennett se acercó a la puerta del coche. La abrió y se agarró a la parte superior mientras gritaba.

—Soñarás con ello esta noche, Texas. Y no tengo que adivinar qué parte exagerarás.

Capítulo 6

Bennett

—Llegas tarde.

Miré el reloj.

—Son las doce y tres. Había un embotellamiento en la 405.

Fanny me señaló con un dedo torcido por la artritis.

—No lo traigas tarde porque no hayas llegado a tiempo.

Me mordí la lengua y retuve lo que de verdad quería decir.

—Sí, señora.

Ella me miró con los ojos entrecerrados, como si no estuviera segura de si mi respuesta era condescendiente o si de verdad estaba siendo respetuoso. Esto último era imposible, ya que es necesario sentir respeto por una persona para mostrárselo.

Nos quedamos en el porche de la casita con la mirada clavada el uno en el otro. Miré a su alrededor, hacia la ventana, pero las persianas estaban cerradas.

—¿Está listo?

Extendió la mano, con la palma hacia arriba. Debería haberme dado cuenta de que eso era lo que estaba esperando. Rebusqué en el bolsillo de los vaqueros y saqué el cheque, la misma paga que le había dado cada primer sábado de mes durante ocho años para que me dejara pasar tiempo con mi ahijado.

Lo examinó como si fuera a intentar estafarla y luego se lo metió en el sujetador. Me ardían los ojos por haber visto accidentalmente un escote arrugado mientras la observaba.

Se hizo a un lado.

—Está en su habitación. Lleva castigado toda la mañana por grosero. Será mejor que no haya aprendido ese lenguaje de ti.

«Sí. Es posible que lo aprenda de mí. Lo que le maleduca son las cinco horas que paso con él cada dos semanas. No su cuarto o quinto marido borracho, ya he perdido la cuenta, que grita "cierra la puta boca" al menos dos veces durante los cinco minutos que tardo en llevármelo y traerlo».

Los ojos de Lucas se iluminaron cuando abrí la puerta de su habitación. Saltó de la cama.

—¡Bennett! ¡Has venido!

—Por supuesto que he venido. No me perdería nuestra cita. Ya lo sabes.

—La abuela ha dicho que a lo mejor no querías pasar tiempo conmigo porque soy horrible.

Eso hizo que me hirviera la sangre. Ella no tenía derecho a utilizar mis visitas como una táctica intimidatoria.

Me senté en su cama para que estuviéramos frente a frente.

—Primero, no eres horrible. Segundo, nunca dejaré de venir. Por ninguna razón, nunca.

Bajó la mirada.

—¿Lucas?

Esperé hasta que sus ojos se encontraron con los míos.

—Nunca. ¿De acuerdo, colega?

Asintió con la cabeza, cubierta por una melena cortada a la taza, pero no estaba tan seguro de que me creyera.

—Venga. ¿Por qué no nos vamos de aquí? Tenemos un gran día planeado.

Se le iluminaron los ojos.

—Espera. Tengo que hacer una cosa.

Metió la mano bajo la almohada, tomó unos cuantos libros y se dirigió a su mochila. Imaginé que estaba guardando sus cosas del colegio hasta que conseguí ver la portada del primer libro que tenía entre las manos.

Junté las cejas.

—¿Qué es ese libro?

Lucas lo levantó.

—Son los diarios de mi madre. La abuela los encontró en el desván y me los dio después de leerlos.

Un recuerdo de Sophie sentada en la acera mientras escribía en esa cosa pasó por mi cabeza. Me había olvidado por completo de esos diarios.

—Déjame verlos.

El primer libro era un diario encuadernado en cuero con una flor dorada con relieve en la parte delantera, casi completamente desvaído. Sonreí mientras hojeaba las páginas y sacudí la cabeza.

—Tu madre escribía en esta cosa el primer día de cada mes, nunca el segundo, y siempre con bolígrafo rojo.

—Comienza la página con «Querida yo», como si no supiera que se está escribiendo a sí misma. Y las termina con estos extraños poemas.

—Se llaman *haiku*.

—Ni siquiera riman.

Me reí y pensé en la primera vez que Soph me enseñó uno. Le había dicho que se me daban mejor los poemas graciosos. ¿Cuál era el que recité? Oh, espera… «Había una vez un hombre llamado Antón. Tenía dos bolas gigantes hechas de latón. Y en tiempos de tormenta, se calentaban y un rayo salía disparado de ese culón». Sí, muy bueno. Soph me había dicho que me limitara a dibujar.

Una vez, en el instituto, se quedó dormida mientras estábamos juntos, yo me hice con el diario y lo leí. Se enfadó cuando se despertó, pero me pilló cuando casi lo había terminado.

Miré a Lucas.

—¿Tu abuela sabe que estás leyendo esto?

Frunció el ceño.

—Dijo que aprendiera todo sobre mi madre y luego hiciera lo contrario. Dijo que me ayudaría a conocer mejor quién eres tú también.

Maldita Fanny. ¿Qué estaba tramando?

—No estoy seguro de que sea una buena idea que leas esto ahora mismo. Quizá cuando seas un poco mayor.

Se encogió de hombros.

—Acabo de empezar. Ella habla mucho de ti. Tú le enseñaste a dejar de lanzar como una niña.

Sonreí.

—Sí. Estábamos muy unidos.

No recordaba los detalles de lo que había leído hacía tanto tiempo, pero estaba prácticamente seguro de que no era algo que un niño de once años debería leer sobre su madre muerta.

—¿Qué te parece si te los guardo por un tiempo y escojo algunas partes para que las leas? No creo que quieras saber cómo hablaba tu madre de chicos y esas cosas, y eso es lo que suelen escribir las adolescentes en los diarios.

Lucas frunció el ceño.

—Quédatelos. De todas formas, era un poco aburrido.

—Gracias, colega.

—¿Hoy vamos a pescar? —preguntó.

—¿Has hecho nuevos cebos?

Corrió hacia su cama y se metió debajo hasta que solo sobresalieron sus pies. Tenía una sonrisa de oreja a oreja cuando volvió a salir con la caja de madera que le había dado y la abrió.

—He hecho un *woolly bugger,* un *bunny leech* y una oreja de liebre con ribete dorado.

No tenía ni idea de cómo narices era ninguno de ellos, pero sabía que, si los buscaba en Google, sus cebos estarían hechos a la perfección. Lucas estaba obsesionado con todo lo relacionado con la pesca con mosca.

Hacía aproximadamente un año que Lucas había empezado a ver un programa de televisión sobre el tema y su entusiasmo no había disminuido. Lo que significaba que yo tenía que descubrir cómo pescar con mosca.

Una vez vi un vídeo de YouTube sobre lagos del norte de California donde pescar con mosca, y cuando le mencioné que estaba pensando en llevarle a pasar el día fuera, empezó a recitar los mejores lugares para pescar diferentes especies alrededor del lago. Al parecer, había visto el mismo vídeo con el que yo había topado, pero unas cien veces.

Saqué los cebos de la caja y comprobé su trabajo. No parecían diferentes de los que se compran en la tienda.

—Vaya. Buen trabajo. —Levanté uno—. Me pido usar primero el *woolly bugger*.

Lucas se rio.

—Vale. Pero ese es el *bunny leech*.

—Ya lo sabía.

—Seguro que sí.

———

—¿Cómo va el colegio, colega? Nos estamos acercando a las vacaciones de verano.

—El cole va bien. —Frunció el ceño—. Pero no quiero ir a Minnetonka.

Mi cuerpo se puso rígido. Sabía que el padre de Lucas vivía allí. Pero no creía que nadie más lo supiera.

—¿Por qué ibas a ir a Minnetonka?

—La abuela me obliga a ir con ella a casa de su hermana, que vive en medio de la nada. He visto fotos. Y cuando viene a vernos, lo único que hace es sentarse en el sofá a ver telenovelas tontas y pedirme que le frote los pies. —Hizo una pausa—. Tiene cebollas.

—¿Cebollas?

—Sí. En los pies. Son como protuberancias extrañas, huesudas y esas cosas, y quiere que se las frote. Es asqueroso.

Me reí.

—Oh. Juanetes. Sí, pueden ser bastante desagradables. ¿Cuánto tiempo os vais a quedar?

—La abuela dice que un mes. A su hermana van a… —Lucas levantó los dedos para hacer unas comillas de aire—… operarla en las partes femeninas.

Su discurso me habría hecho reír si hubiéramos estado hablando de otra cosa que no fuera que se marchaba durante un mes a un lugar al que su madre nunca tuvo la intención de llevarlo.

—Me ha dicho que voy a conocer a un montón de familia, pero prefiero quedarme en casa e ir al campamento de fútbol.

¿Qué narices tramaba Fanny ahora? Estaba claro que debíamos tener una charla cuando dejara a Lucas esta tarde. No me había dicho nada de que fuera a perderse ninguna visita, y yo ya había pagado el campamento de fútbol de todo el verano que parecía que iba a perderse. Pero había aprendido a no prometerle a Lucas que haría que su abuela viera lo que era mejor para él, así que intenté dejar el tema en un segundo plano y no permitir que arruinara nuestro sábado.

—¿Cómo van las cosas con Lulu? —Las chicas eran un nuevo tema de conversación últimamente.

Lucas lanzó el sedal al lago, y vimos cómo se hundía en el agua a una distancia de al menos veinte metros de distancia. Yo tendría suerte si llegaba a la mitad. Aseguró el sedal y me miró.

—Le gusta Billy Anderson. Está en el equipo de fútbol americano.

Ah. Ahora tiene sentido. Hace dos semanas, cuando vine a recogerlo, me había preguntado si podía hablar con su abuela para que intentara entrar en el equipo de fútbol americano. Ella le había dicho que era un deporte demasiado peligroso. Nunca había expresado interés en otra cosa que no fuera el fútbol, y Dios sabe que intenté que lanzara una pelota de béisbol y un balón de fútbol americano. Pero ahora tenía casi doce años, más o menos la misma edad que yo cuando descubrí que Cheri Patton, de doce años, saltaba y me animaba si marcaba un *touchdown*. «Joder, esa chica tenía unos pompones estupendos».

—Ah, ¿sí? Bueno, no te preocupes. Hay muchos peces en el mar.

—Sí. —Se puso de pie—. Creo que la próxima vez me gustara una fea.

Contuve la risa.

—¿Una fea?

—Todas las guapas son muy mandonas y malas. Pero las feas son bastante geniales.

«Tal vez debería ser él quien me aconsejara sobre chicas, en lugar de lo contrario».

—Parece un buen plan. Pero déjame darte un consejo.

—¿Cuál?

—No le digas a la chica que elijas que te gusta porque no es de las guapas.

—Sí. No lo haré. —Enrolló el sedal con una sonrisa en la cara—. Apuesto a que la chica que llevaba tu camiseta cuando le cambiaste la rueda hace unas semanas era muy muy mala.

Me reí. Al chico no se le escapaba nada. Normalmente, no llevaba mujeres cuando estaba con Lucas. No porque pensara que no le parecería bien, sino porque las relaciones que tenía no duraban demasiado. Excepto hace unas semanas, cuando conoció a Elena, la atractiva empleada del parquímetro que hizo realidad más de una fantasía que yo tenía con una chica vestida de uniforme. Habíamos pasado en mi casa la noche anterior a mi visita habitual de cada sábado con Lucas. Diez minutos después de haberlo recogido, ella me llamó al móvil para decirme que su coche, que estaba en mi edificio, donde la había dejado todavía en mi cama, necesitaba unas pinzas para arrancar. No podía negarme a ir a ocuparme de su coche cuando ella me había cuidado tan bien. Así que Lucas conoció a Elena. Le había dicho que era una amiga, pero al parecer había sumado dos y dos. «El muy cabroncete».

—Elena fue muy agradable. —«Hasta que no llamé en toda la semana siguiente». Entonces me mandó a la mierda. Y, de repente, ayer empecé a recibir multas de aparcamiento cada vez que dejaba el coche en mi sitio habitual fuera de la oficina.

—Mi amigo Jack dice que debes hacerle tres preguntas a una chica, y si responde que no a alguna de ellas, no debe gustarte.

—Ah, ¿sí? ¿Qué preguntas son esas?

Lucas contó con los dedos y levantó el pulgar para la primera.

—Primero preguntas si alguna vez ha dejado que alguien le copie los deberes. —Levantó el dedo índice—. Segundo, le preguntas si se puede comer más de una porción de *pizza*. Y tercero… —Añadió el dedo corazón—. Necesitas saber si ha salido alguna vez en pijama.

—Interesante. —Me rasqué la barbilla. Puede que tenga que probar esta teoría yo mismo—. ¿Lulu come más de una porción de *pizza*?

—Ella come ensalada.

Lo dijo como si la palabra fuera una maldición, pero tenía algo de razón. Cuando llevo a una mujer a un buen restaurante italiano o a un asador y pide una ensalada —la mitad de las veces no se la termina porque está demasiado llena—, nunca es una buena señal.

—Déjame preguntarte algo. ¿Cómo se le ocurrió a tu amigo Jack esta prueba?

—Tiene un hermano mayor de dieciocho años. También le dijo que, si le dices a una chica que tienes tres testículos, siempre te dejará enseñarle la salchicha.

Eso sí que lo probaría. Me pregunté si funcionaría con la señorita «Papá es dueño de una bodega».

—Eh, no creo que debas poner a prueba ese último consejo. Podría hacer que te arrestaran por exhibicionismo.

Lucas y yo pasamos todo el día pescando con mosca. Él llenó un cubo de truchas. Yo pesqué un bronceado. Cuando lo llevé de vuelta a la casa de Fanny, ella se mostró tan agradable como siempre. Tuve que meter el pie en la puerta para evitar que me la cerrara en la cara después de que Lucas y yo nos despidiéramos.

—Necesito hablar contigo un minuto.

Se llevó ambas manos a las caderas enseguida.

—¿No se va a cobrar tu cheque?

«Dios no quiera que eso ocurra».

—El cheque está bien. Al igual que el que di a Kick Start, el campamento de día que pagué para que Lucas fuera este verano.

Fanny era insoportable, pero también lista. No necesitaba que le explicara nada.

—Tengo que ayudar a mi hermana. Solo podrá ir a medio campamento.

—¿Y qué pasa con mis visitas de los sábados?

Ignoró mi pregunta.

—¿Sabes que ha estado haciendo muchas preguntas sobre su madre esta semana? Encontré algunos viejos diarios de Sophie. Son una lectura muy interesante.

—Es demasiado pequeño para leer los diarios de su madre.

—Ese es el problema de los jóvenes de hoy. Los padres los protegen demasiado. La realidad no siempre es perfecta. Cuanto antes lo aprenda, mejor.

—Hay una diferencia entre darle a un niño una dosis de realidad y marcarlo de por vida.

—Entonces, supongo que tenemos suerte de que sea yo quien determine lo que le marcará y lo que no.

«Sí, claro».

—¿Qué pasa con mis fines de semana?

—Puedes quedarte con él hasta las seis en lugar de las cinco cuando volvamos. Compensará las horas perdidas.

Increíble.

—Le prometí que lo vería cada dos sábados. No quiero decepcionarlo.

Me dedicó una sonrisa viciosa.

—Creo que ese barco ya ha zarpado.

Tensé la mandíbula.

—Teníamos un acuerdo.

—Quizá sea hora de renegociar ese acuerdo. Me ha subido el precio de la electricidad por el nuevo teléfono y el ordenador que le compraste.

—Recibes tu cheque puntualmente todos los meses, y yo pago un montón de extras como el campamento, el material escolar y cualquier otra cosa que necesite.

—Tienes muchas ganas de que asista a ese campamento. Quédate con él durante el mes que yo cuidaré de mi hermana.

—Trabajo hasta tarde y viajo continuamente. —Por no mencionar que mi trabajo estaba en juego, y que debería dedicarle más horas durante los meses siguientes.

Fanny se apartó de la puerta y entró en la casa.

—Parece que vas a romper tu promesa el mes que viene, ¿no? Igual que hiciste con su madre. Algunas cosas nunca cambian.

Me cerró la puerta en la cara.

Capítulo 7

1 de agosto

Querida yo:

¡Hoy hemos hecho un amigo! Aunque no ha empezado como si fuéramos a ser amigos. Estaba practicando el lanzamiento de una pelota de sóftbol en el terreno que los antiguos propietarios dejaron frente a nuestra nueva casa, y un chico se detuvo en su bicicleta para observarme. Dijo que lanzaba como una chica. Le di las gracias, aunque sabía que no lo decía por ser amable. Bennett se bajó de la bicicleta y la dejó caer al suelo, sin molestarse en utilizar la pata de cabra. Parecía que lo hacía a menudo, porque la bici estaba bastante arañada.

De todos modos, se acercó, me quitó la pelota de la mano y me enseñó a sujetarla para que no volviera a lanzar como una niña. Pasamos el resto de la tarde jugando juntos. ¿Y sabes qué? Bennett y yo tendremos el mismo profesor cuando comiencen las clases la semana que viene. Ah, y no le gusta que le llamen Ben.

Iba a enseñarle la casa nueva cuando terminamos de jugar a la pelota, pero Arnie, el nuevo novio de mamá, estaba allí. Trabaja por la noche, así que se supone que no debo hacer ruido durante el día porque él duerme. Por tanto, fuimos a casa de Bennett y su madre nos hizo galletas. Bennett me mostró un cuaderno de cosas que había hecho. ¡Dibuja retratos muy buenos de superhéroes! ¿Y sabes otra cosa? Le hablé de la poesía que escribo, y no se rio. Así que hoy mi poema se lo dedico a él.

El verano es lluvia.
Una niña canta fuera.
Se ahoga en la música.

Esta carta se autodestruirá en diez minutos.
Anónimamente,
Sophie

Capítulo 8

Annalise

Algo iba mal.

Ni un solo insulto ni un comentario insolente desde que había entrado en su despacho hacía veinte minutos. Había escrito la lista de las cuentas que habíamos acordado mantener y las que íbamos a transferir al personal. Pero vi que algunas de las que queríamos reasignar ya tenían reuniones programadas, y era probable que debiéramos asistir a ellas para facilitar la transición. Enumeré los clientes y las fechas mientras Bennett se sentaba detrás de su escritorio y lanzaba y atrapaba continuamente una pelota de tenis en el aire.

—Sí. Está bien —dijo.

—¿Y la campaña de Morgan Food? No hemos hablado de ella porque aún no habíamos recibido la solicitud de propuesta. Ha llegado esta mañana.

—Puedes aceptarla.

Fruncí el ceño. Ummm. No iba a cuestionar eso en voz alta.

Lo taché de mi lista y continué.

—Creo que deberíamos tener una reunión de personal, una conjunta. Para demostrarles a nuestros dos equipos que podemos actuar como uno, aunque solo estemos fingiendo para que se queden tranquilos. Eso aumentará la moral.

—De acuerdo.

Taché otro punto, luego dejé la libreta y el bolígrafo y le observé con más atención.

—Y la campaña de Arlo Dairy. Pensé que tal vez podrías hacer algunos de esos bocetos de superhéroes con partes del cuerpo exageradas para incluirlos en nuestra presentación.

Bennett lanzó la maldita pelota al aire y luego la atrapó. De nuevo.

—Está bien.

Sabía que no me prestaba atención.

—Quizá podrías dibujar a la vicepresidenta de operaciones. Apuesto a que le quedarían muy bien un par de tetas más grandes.

Bennett lanzó la pelota y giró la cabeza en mi dirección. Sus ojos vidriosos se volvieron a centrar, como si acabara de despertarse de una siesta y me viera allí sentada por primera vez.

La pelota cayó al suelo.

—¿Qué acabas de decir?

—¿Dónde estás? Llevo veinte minutos aquí sentada y has estado tan agradable que he pensado que tendrías la gripe o algo así.

Sacudió la cabeza y parpadeó un par de veces.

—Lo siento. Es que tengo muchas cosas en la cabeza. —Le dio la vuelta a la silla para mirarme y tomó un café de su escritorio—. ¿Qué decías?

—¿Solo ahora o todo el tiempo?

Me miró sin comprender.

Resoplé, pero volví a empezar. La segunda vez, cuando prestó atención de verdad, mi adversario no fue tan agradable. Sin embargo, todavía parecía estar raro. Cuando terminamos de repasar mi lista, creí que necesitaría animarse.

—A mis padres les gustaste mucho…

—Sobre todo a tu madre. —Me guiñó un ojo.

Con ese comentario se parecía más al Bennett que había conocido durante la última semana.

—Debe de ser senilidad precoz. De todos modos, me mostraron tu propuesta para la campaña publicitaria. Era realmente buena.

—Por supuesto que lo era.

Por un segundo, reconsideré lo que había reflexionado durante días. Su ardiente ego no necesitaba que lo avivaran, pero mis padres se merecían la mejor campaña publicitaria posible. Y esa no era la mía, por desgracia.

—Por mucho que me duela decirlo, tus ideas eran mejores. Nos gustaría seguir adelante con el anuncio para la radio y los bocetos para las revistas que propusiste. Tengo algunos retoques que proponer y, por supuesto, me gustaría seguir en la campaña como la persona de contacto, pero podemos llevarla juntos. Le haré saber a Jonas que es mi familia y te daré el crédito por haber hecho la mejor presentación.

Bennett me miró fijamente durante un largo rato, sin decir nada. Luego, se inclinó hacia atrás en su silla, entrelazó los dedos y me miró como si fuera una sospechosa.

—¿Por qué harías eso? ¿Dónde está el truco?

—¿Hacer qué? ¿Decírselo a Jonas?

Negó con la cabeza.

—Todo. Estamos en medio de la lucha por nuestros puestos de trabajo, y vas a entregarme una victoria que sería un punto fácil para ti.

—Porque es lo correcto. Tu publicidad es mejor para el cliente.

—¿Porque es tu familia?

No estaba muy segura de qué responder a eso. El hecho de que fuera la bodega de mis padres era una obviedad. Pero ¿qué haría si se tratara de un cliente habitual al que ambos habíamos presentado nuestras propuestas? Sinceramente, no sabía si le entregaría algo. Me gustaría pensar que mi moral me llevaría a poner al cliente en primer lugar, pasara lo que pasase. Sin embargo, mi puesto de trabajo estaba en juego...

—Bueno, sí. El hecho de que sean mis padres hizo que fuera fácil poner al cliente primero.

Bennett se rascó la barbilla.

—Muy bien. Gracias.

—De nada. —Volví a abrir la libreta de tareas pendientes—. Ahora, el siguiente orden del día. Jonas nos ha enviado un correo electrónico esta mañana sobre la campaña de Venus Vodka. Quiere ideas para este viernes sin que le digamos de quién es cada propuesta. Creo que pretende asegurarse de que lo tengamos antes porque no confía en que seamos capaces de trabajar juntos lo suficientemente bien.

—¿Harías eso por cualquier cliente?

—¿Estar preparados antes de tiempo cuando el jefe lo pida? Por supuesto.

Negó con la cabeza.

—No. Me refiero a utilizar mi campaña si crees que es mejor que la tuya.

Al parecer, yo era la única que había cambiado de tema. Cerré la libreta y me recosté en mi asiento.

—Si soy sincera, no estoy segura. Me gusta pensar que pondría a cualquier cliente por delante, que actuaría con ética por sus intereses, pero me encanta mi trabajo y he tardado siete años en llegar a donde estoy en Wren. Así que me avergüenza decir que no puedo responder a eso con certeza.

La cara de Bennett había permanecido estoica, pero ahora una lenta sonrisa se extendió por ella.

—Puede que vayamos a llevarnos bien después de todo.

—¿Qué harías tú en esta situación? ¿Lo mejor para el cliente o para ti mismo?

—Fácil. Te quitaría de en medio y el cliente se quedaría con lo segundo mejor. Aunque, en el caso de que mi trabajo fuera ese, sería por un pelo, así que el cliente no sufriría mucho.

Me reí. Era un maldito cabrón engreído, pero al menos era sincero.

—Es bueno saber a qué me enfrento.

Pasamos la siguiente media hora repasando los temas pendientes y luego decidimos que empezaríamos con la campaña de Venus más tarde, porque ambos teníamos la tarde repleta de reuniones.

—Tengo una cita con un cliente a las dos. Creo que estaré de vuelta en la oficina sobre las cinco —dije.

—Pediré algo de cenar. ¿Qué eres? ¿Vegetariana, vegana, pescetariana, apivegetariana?

Me quedé parada.

—¿Por qué tengo que ser algo de eso?

Bennett se encogió de hombros.

—Pareces ser de ese tipo.

Qué pena que poner los ojos en blanco no fuera una forma de ejercicio. Dios sabe que estaría en plena forma tras haber pasado tanto tiempo con este hombre.

—Como cualquier cosa. No soy exigente.

Había llegado a la puerta cuando Bennett me detuvo.

—Oye, Texas.

—¿Qué? —Tenía que dejar de responder a ese nombre.

—¿Alguna vez has dejado que alguien copie tus deberes?

Fruncí la nariz.

—¿Deberes?

—Sí. En el colegio. En su día. En la escuela primaria, en el instituto o incluso en la universidad.

Creo que Madison no hizo una sola cuenta en casi toda la asignatura de álgebra.

—Por supuesto que sí. ¿Por qué lo preguntas?

—Por nada.

Mi cita se alargó más de lo que había previsto, y la oficina estaba casi vacía cuando volví. Marina, la asistente de Bennett —o más bien, nuestra asistente— estaba recogiendo su escritorio.

—Hola, siento llegar tarde. ¿Le has dicho a Bennett que me he retrasado?

Ella asintió mientras sacaba su bolso del cajón.

—¿Vas a pedir la cena? Porque mis Lean Cuisines* están claramente marcados con mi nombre en el congelador de la cocina de empleados.

—Umm. Sí. Bennett me ha dicho que pediría cena para los dos.

Frunció el ceño.

—También tengo dos latas de *ginger-ale,* cuatro palitos de queso cheddar Sargento y una mermelada de uva Smucker exprimible a medio usar.

—Vale. Bueno, no pensaba quitarle a nadie la comida de la nevera, pero es bueno saberlo.

—Hay menús en el cajón superior derecho.

—Vale. Gracias. ¿Bennett está en su oficina?

—Ha salido a correr. Normalmente corre por la mañana, pero se ha marchado hace unos cuarenta y cinco minutos, cuando le he dicho que ibas a llegar tarde. —Marina miró la habitación, luego se inclinó más cerca y bajó la voz—: Entre nosotras, es posible que quieras vigilar tus suministros cerca de él.

—¿Suministros?

—Clips, libretas, grapadoras…, algunas personas de por aquí tienen las manos largas, ya me entiendes.

—Lo… recordaré. Gracias por el aviso, Marina.

Veinte minutos después, Bennett asomó la cabeza en mi oficina. Tenía el pelo mojado y peinado hacia atrás, y se había puesto una camiseta y unos vaqueros. Llevaba una caja de *pizza* en una mano.

—¿Estás lista?

—¿Has pagado la *pizza* o se la has robado a Marina?

Dejó caer la cabeza.

* Marca de platos congelados que Nestlé vende en Estados Unidos y Canadá y Vesco en Australia. *(N. de la T.)*

65

—Ya te ha avisado.

Sonreí.

—Sí, pero tengo curiosidad por escuchar tu versión de la historia.

—Bueno, a menos que te guste la *pizza* fría, eso tendrá que esperar. Porque explicar lo chiflada que está esa mujer me llevará un rato.

Me reí.

—Vale. ¿Dónde quieres trabajar? —Señalé con la cabeza la caja que estaba sobre la silla de invitados al otro lado de mi escritorio—. He preparado unas cosas por si querías ir a otro lugar.

Se dirigió hacia mi escritorio.

—Por supuesto que sí. ¿Quieres saber qué he hecho para prepararme?

—¿Qué?

—He cogido dos vasos de chupito en la tiendecita turística del final de la calle, por si teníamos la necesidad de catar el producto. —Bennett puso la caja de *pizza* encima de la mía y la levantó desde abajo. Inclinó la cabeza hacia la puerta—. Venga. Vamos a ponernos cómodos en la sala. Creo que todos los demás han terminado por hoy.

La sala de *marketing* de Foster Burnett era muy diferente a la de Wren. Aparte de que era el doble de grande —lógico, porque Foster Burnett tenía el doble de empleados que Wren—, estaba dispuesta como el salón de una residencia universitaria de ensueño. En ambas había dos sofás y una mesa de centro, pero ahí terminaban las similitudes. La de Wren tenía citas inspiradoras enmarcadas, caballetes con pizarras blancas, una gran mesa de dibujo para esbozar ideas y una pequeña nevera con refrescos. La de Foster Burnett tenía una larga pared pintada de negro que hacía las veces de enorme pizarra, un futbolín, una máquina recreativa de tamaño natural de comecocos, pufs de colores, docenas de animales de papiroflexia colgados del techo y dos máquinas expendedoras de estética años cincuenta bien surtidas, con refrescos y aperitivos, todo a solo veinticinco centavos.

—Esta sala no se parece en nada a la que teníamos en la antigua oficina.

Bennett se inclinó hacia delante y arrancó una segunda porción de *pizza,* que deslizó sobre su plato de papel. Sostuvo la caja abierta.

—¿Quieres otro?

—No, gracias. Todavía no.

Asintió y dobló su *pizza* por la mitad.

—¿Cómo era la sala de Wren?

—Tenía menos decoración típica de residencia de estudiantes y más de edificio corporativo.

—¿Con una foto enmarcada de una manada de lobos y una mierda de eslogan sobre el trabajo en equipo?

No teníamos esa en concreto, pero sabía la foto a la que se refería.

—Exacto.

—Preparé esta sala cuando nos mudamos a esta planta. Intenté que pusieran unas duchas, pero Recursos Humanos no quiso.

—¿Duchas?

—En la ducha pienso mejor.

—Eh… Creo que a mí también se me ocurren las mejores ideas en la ducha. Siempre me he preguntado a qué se debe.

—Aleja todos los estímulos externos y permite que nuestra mente cambie al modo de ensoñación al relajar la corteza prefrontal del cerebro. Se conoce como RND, red neuronal por defecto. Cuando el cerebro está en RND, utilizamos diferentes regiones de este y abrimos nuestra mente literalmente.

Se metió un cuarto de su porción en la boca y no pareció notar la sorpresa en mi cara.

—Vaya, no tenía ni idea. A ver, sabía que a veces necesitamos salir de la oficina o jugar a un videojuego para liberar la mente, pero nunca había oído la explicación científica que hay detrás.

Abrí la caja de *pizza* y saqué otra porción. Al llevármela a la boca, levanté la vista y vi que Bennett me observaba con atención.

—¿Qué? —Me limpié la mejilla con la servilleta que tenía en la otra mano—. ¿Tengo salsa en la cara o algo así?

—Me sorprende que comas más de una porción de *pizza*.

Entrecerré los ojos.

—¿Estás diciendo que no debería comerme más de una?

Levantó las manos.

—En absoluto. No era un comentario sobre el peso.

—¿Entonces qué querías decir?

Bennett negó con la cabeza.

—Nada. Solo pensaba en algo que un amigo mío me dijo sobre las chicas que realmente comen.

—Crecí comiendo un plato de pasta como guarnición. Puedo comer.

Bennett recorrió mi cuerpo con la mirada a toda prisa, como si estuviera a punto de hacer un comentario, pero entonces se metió más *pizza* en la boca.

—Entonces, ¿qué pasa con Marina? —pregunté—. Ha hecho un inventario detallado de lo que guarda en la nevera para hacerme saber que estará muy atenta si falta algo.

Bennett se dejó caer en el sofá.

—Hace dos años, me comí su comida «por accidente».

—¿Pensaste que era tuya y te la zampaste por error?

—No. Sabía que no era mía. Yo no traigo la comida. Pero una noche me quedé trabajando hasta muy tarde y pensé que era de Fred, el de contabilidad, así que me la comí. Era un maldito sándwich de mantequilla de cacahuete y mermelada, y ahora me acusa de robarle la grapadora o algo así cada dos semanas.

—Bueno, he oído que la tasa de reincidencia de los ladrones de comida que roban por primera vez es bastante alta.

—Cometí el error de contárselo a Jim Falcon. Ahora, de vez en cuando, le roba algo del escritorio y lo planta en el mío. Cree que es divertido, pero estoy bastante seguro de que ella está a tres clips de envenenarme el café.

—Algo me dice que no es la única mujer que siente eso por ti.

———————

Una vez que guardamos la *pizza,* no conseguimos ponernos de acuerdo en nada.

Primero, nos turnamos para compartir nuestras ideas para la campaña de Venus Vodka. La empresa había solicitado una propuesta de marca completa para su último vodka aromatizado. Teníamos que presentar un paquete coherente: nombres para el producto, logotipos, eslóganes y una estrategia general de *marketing.* No es de extrañar que mis ideas y las de Bennett estuvieran a kilómetros de distancia. Todas mis sugerencias tenían un tono femenino y las suyas se decantaban más por las tendencias masculinas.

—Los hombres de dieciocho a cuarenta años consumen más alcohol —dijo.

—Sí. Pero esto es vodka aromatizado. Con sabor a miel. Las principales bebedoras de alcohol aromatizado son las mujeres.

—Eso no significa que tengamos que pintar la botella de rosa y venderla con una pajita dentro.

—No estaba sugiriendo eso, pero Buzz no es un nombre femenino.

—Lo es cuando añades un abejorro en la etiqueta. Si la marca es demasiado femenina, los hombres no comprarán la botella en las tiendas.

—¿Hablas en serio? ¿De verdad estás sugiriendo que, si algo es demasiado femenino, los hombres no lo van a comprar?

—No lo estoy sugiriendo. Es un hecho.

Estuvimos media hora discutiendo. Si queríamos llegar a alguna parte trabajando juntos, teníamos que pasar menos tiempo intentando vender la idea al otro y más aportándolas. Suspiré. «Qué pena». Me encantaba la idea del vodka Buzz con una abeja en la etiqueta.

—Creo que necesitamos un sistema.

—Claro que sí —murmuró Bennett.

Fruncí el ceño.

—Cada uno tendrá tres vetos. Si uno de nosotros invoca el poder de veto, significa que pensamos que el concepto es totalmente inviable y que no tiene sentido intentar darle forma en una campaña. Si uno de nosotros veta una idea, tenemos que seguir adelante de inmediato y no intentar debatir por qué es una buena idea. —Miré mi reloj—. Ya son las ocho menos cuarto. Podríamos pasarnos la noche discutiendo.

—Está bien. Si eso hace que abandones tu campaña de la abeja, adelante. —Bennett consultó su reloj—. Y son las siete cincuenta y una, no las ocho menos cuarto.

Sí. Volví a poner los ojos en blanco.

Bennett decidió jugar un poco a los comecocos para despejarse. Yo también necesitaba relajarme un poco para ponerme en modo lluvia de ideas, así que me quité los tacones y me levanté. Pasear me ayuda a pensar. Sacudí las manos mientras caminaba.

—Vodka de miel…, sabor a miel. Dulce. Azúcar. Caramelo. —Empecé a repasar asociaciones de palabras en voz alta—. Jarabe. Colmena. «Bzz». «Bzz». Peludo. Amarillo.

—¿Qué demonios haces? —El sonido del comecocos al engullir acentuó la frase.

Me detuve.

—Trato de despejar la mente y empezar a pensar con frescura.

Bennett sacudió la cabeza.

—Tu parloteo está haciendo lo contrario para que despeje la mía. Tengo una idea mejor para ti.

—¿Cuál? ¿Qué corra hasta casa y me duche?

Metió la mano en la caja que había traído para mí y sacó la botella sellada y sin etiqueta que Venus había enviado con la solicitud de propuestas. Luego, se llevó la mano al bolsillo e hizo aparecer dos pequeños vasos de chupito.

Pensé que bromeaba cuando dijo que los había comprado para preparar nuestra sesión de lluvia de ideas.

—Necesitamos probar el producto. Nada como un poco de alcohol para despejar la mente.

Capítulo 9

Bennett

Annalise O'Neil se emborrachaba con facilidad.

Solo habíamos tomado dos chupitos —con fines de investigación, por supuesto— y su comportamiento ya había cambiado. Agitó el dedo índice en el aire. Únicamente faltaba una bombilla en una burbuja sobre su cabeza.

—Lo tengo. Me So Honey.*

Pronunció «*honey*» de manera que sonaba como si fuera «*horny*». Luego se desternilló.

Me gustaba la Annalise borracha.

—En realidad, es muy buena idea.

—¿Verdad?

—Pero ya está pillada.

—Nooooo.

—Sí. Hay una cerveza rubia que se llama Me So Honey. En realidad, es bastante buena.

—¿La has probado?

—Por supuesto. ¿Cómo podría dejar pasar una cerveza con ese nombre y no llevarla a casa de mis amigos? ¿Quién no ha llevado una botella de vino Ménage à Trois a una fiesta por la misma razón?

Annalise puso los pies descalzos sobre la mesa de café.

* Juego de palabras con «*honey*» ('miel') y «*horny*» ('cachonda'). *(N. de la T.)*

—¡Yo! Nunca lo he comprado.

—Bueno, eso es porque eres una estirada.

Abrió los ojos de par en par.

—No soy estirada.

—¿Así que has participado en un *ménage à trois?* —Era divertido molestarla.

—No. Pero eso no me convierte en una estirada.

Me incliné hacia delante y serví dos chupitos más de vodka. Annalise vaciló, pero le di un codazo.

—Uno más. Te ayudará a despejar la mente.

Hizo una mueca después de los dos primeros, pero este bajó sin problemas. Sí. Annalise se emborrachaba con facilidad.

Golpeó el vaso vacío sobre la mesa con demasiada fuerza.

—*Ménage à* blablablá. Una vez me dejaron por no querer hacer un intercambio de parejas.

Me quedé sorprendido. No era lo que esperaba que saliera de su boca.

—¿Tu novio quería que te acostaras con otro tío?

—Sí. En mi primer año de universidad. Y por supuesto, él se acostaría con otra mujer.

Me tragué mi chupito.

—Eso nunca me ha atraído. No me gusta compartir a una mujer.

Annalise se rio.

—Tal vez deberías salir conmigo. Eso hará que quieras acostarte con otras mujeres.

Asimilé el comentario un minuto antes de responder. «¿Acaba de decirme que es mala en la cama?».

—Ummm… ¿Perdona?

Se rio tan fuerte que se cayó del sofá. No tenía ni idea de por qué se estaba riendo, pero yo también me eché a reír. Ver cómo se relajaba y lo pasaba bien con sus propios comentarios era muy divertido.

Cuando se puso seria, dejó escapar un suspiro melancólico.

—Los hombres dan asco. No te ofendas.

Me encogí de hombros. Los hombres dan asco, sobre todo yo.

—No me ofendo.

—Lo siento. Creo que los chupitos se me han subido a la cabeza. —Se sentó recta y se alisó el pelo—. Volvamos a la lluvia de ideas. Al parecer, mi cerebro se ha desviado.

—Oh, no, no. No puedes dejar caer que salir contigo hace que los hombres se acuesten con otras mujeres y cambiar de tema. Soy un hombre, ¿recuerdas? Doy asco. No puedo pasar de eso sin una explicación. ¿Eres mala en la cama o algo así?

Annalise forzó una sonrisa, pero era bastante triste.

—No. Al menos, eso creo. Me han dicho que soy buena en… —Bajó la mirada y, luego, miró de nuevo hacia arriba, con esas gruesas pestañas—… ciertas cosas. Solo me refería a que una vez me dejaron por rechazar un intercambio y ahora…, mi novio…, exnovio… Andrew y yo…, nos hemos dado un tiempo.

Esa respuesta tenía mucha información, pero no podía dejar de pensar en «ciertas cosas».

¿Era flexible?

¿La chupaba bien?

Una vez conocí a una mujer que me hizo una cosa increíble en las pelotas…

Tragué saliva. Joder.

—Ummm… Tienes razón. Deberíamos volver al trabajo. Discúlpame un momento. —Me levanté con brusquedad y fui al baño a echarme agua en la cara. Unos minutos más tarde conseguí apartar mis pensamientos de los posibles talentos de Annalise.

Al volver a la sala, me senté frente a ella.

—¿Qué te parece Wild Honey? Tanto los hombres como las mujeres responden bien a la palabra «salvaje». Podemos comercializarlo por alguna asociación con el nombre: fiestas salvajes, aventuras salvajes, animales salvajes.

Annalise reflexionó un rato sobre mi sugerencia. Al menos, eso es lo que supuse que estaba haciendo hasta que habló.

—Tú eres un tío. ¿Qué significa para ti «darse un tiempo»?

Mierda. ¿Respondía a eso con sinceridad o le decía lo que quería oír?

—Veto.

Frunció la frente.

—¿Qué?

—Has dicho que cada uno de nosotros tiene tres vetos, y cuando a uno no le guste algo que se le ocurra al otro, solo tenemos que decir «veto» y seguir adelante, sin debatir la idea. Estoy invocando mi primer poder de veto. No voy a tocar ese tema.

—Oh, vamos. Quiero saberlo. Solo tengo la perspectiva de una mujer, y tú no me pareces el tipo de persona que mentiría.

La estudié detenidamente. Se había estado riendo hacía unos minutos, pero también parecía sincera al pedirme una respuesta. Así que respiré hondo.

—Está bien. Para mí, darse un tiempo significa que quiero tener mi parte del pastel y comérmelo. No quiero comprometerme con una sola mujer, pero tampoco quiero que ella lo haga con nadie más, por si llega el día en que decida que estoy preparado para sentar la cabeza. Así que la mantengo en el anzuelo, mientras me voy a pescar a otra parte durante un tiempo.

Ella frunció el ceño.

—Andrew me dijo que necesitaba descubrir quién es. En San Valentín. Me dejó el día de San Valentín.

«Menudo idiota».

—¿Cuánto tiempo llevabais juntos?

—Ocho años. Desde el primer año de universidad.

Era posible que me odiara por ello, pero alguien tenía que decirle la verdad.

—Así que tiene cuántos, ¿veintiocho? ¿Treinta años?

—Veintinueve. Iba un curso por delante de mí.

—Está jugando contigo.

Se quedó boquiabierta.

—Ni siquiera lo conoces.

—No lo necesito. Ningún hombre de veintinueve años que quiera a una mujer la deja libre porque necesita «encontrarse a sí mismo». Especialmente el maldito día de San Valentín.

Ella se enderezó.

—¿Y tú lo sabes porque eres un tío legal?

—Yo no he dicho eso. De hecho, soy todo lo contrario a un tío legal. Nunca he tenido novia en el día de San Valentín. Me aseguro de deshacerme de ellas de antemano para que no esperen velas ni romance. Por eso puedo decir con certeza que tu ex no necesita tomarse un tiempo para encontrarse a sí mismo. Porque hay que ser un cabrón para identificar a otro cabrón.

Los ojos azules de Annalise resplandecieron. Frunció los labios y se sonrojó de rabia. Si no hubiera estado seguro de ser el cabrón que acababa de admitir que era, lo habría demostrado el hecho de que verla enfadada hiciera que se me retorciera el pene.

Me miró fijamente durante dos minutos y luego se levantó para situarse junto al futbolín.

—Vamos —dijo—. Necesito darte una paliza.

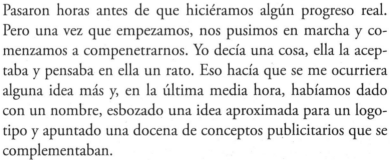

Pasaron horas antes de que hiciéramos algún progreso real. Pero una vez que empezamos, nos pusimos en marcha y comenzamos a compenetrarnos. Yo decía una cosa, ella la aceptaba y pensaba en ella un rato. Eso hacía que se me ocurriera alguna idea más y, en la última media hora, habíamos dado con un nombre, esbozado una idea aproximada para un logotipo y apuntado una docena de conceptos publicitarios que se complementaban.

Annalise bostezó.

Miré el reloj.

—Es casi medianoche. ¿Qué te parece si damos la jornada por terminada? Vamos por buen camino. Por la mañana trabajaré en el logotipo y dibujaré algo en el Mac. Tal vez podamos barajar algunas ideas más el miércoles para concretar las que queremos presentarle a Jonas.

Se inclinó y se quitó los tacones.

—Suena bien. Estoy agotada. Y creo que empiezo a notar la resaca de esos chupitos de antes, si es que es posible.

Inclinada de esa manera, se le abrió la blusa y tuve una visión clara de su escote. Lo más caballeroso habría sido no mirar, pero ya se sabe que soy un cabrón. Además…, llevaba un sujetador de encaje negro que, en contraste con la piel pálida, era mi kriptonita. Dejé volar la imaginación con una fantasía de cocinera en la cocina, zorra en el dormitorio.

Lo que me hizo pensar…

«Apuesto a que le quedaría muy bien un gorro de chef y unos zapatos de tacón de aguja».

Era evidente que necesitaba echar un polvo. No era buena idea fantasear con alguien del trabajo, y menos con una mujer de la que me quería deshacer. La noticia de la fusión debería haber desinflado mi perpetua erección, pero, al parecer, la señorita O'Neil me había sacado de ese periodo de sequía. No era la primera vez que mi pene se animaba cerca de ella.

Desvié la mirada justo a tiempo, medio segundo antes de que ella me observara.

Su sonrisa era genuina.

—Nos ha ido bien esta noche. Admito que no estaba segura de que pudiéramos trabajar juntos.

—Es fácil trabajar conmigo.

Puso los ojos en blanco, una respuesta habitual a mis tonterías, por lo que había visto. Pero esta vez, era más en plan juguetón que de verdad.

Recogimos lo que habíamos traído a la sala y Annalise envolvió los restos de *pizza* en papel de aluminio que encontró en un cajón.

—¿Me prestas el rotulador que estabas usando para dibujar antes? Quiero etiquetarlo.

Busqué en el bolsillo y se lo di. En letras grandes y gruesas, escribió en la parte delantera del papel de plata: NO ES DE MARINA.

—Va a pensar que lo he hecho yo.

Sonrió.

—Lo sé. Estoy de acuerdo en que es fácil trabajar contigo. No he dicho que no fueras un cabrón. Te he visto mirando por debajo de mi camisa antes.

Me quedé inmóvil, sin saber cómo reaccionar ante su comentario, y cerré los ojos. El sonido de sus tacones en el suelo me indicó cuándo era seguro abrirlos. A pocos pasos de la puerta, habló sin detenerse ni girarse. Pero, por su voz, me di cuenta de que le divertía.

—Buenas noches, Bennett. Y deja de mirarme el culo.

Capítulo 10

Annalise

Llevaba más de tres meses sin ir al gimnasio.

Andrew era un animal de costumbres e iba todos los días a las seis de la mañana en punto. Yo había intentado acompañarle al menos tres días a la semana cuando estábamos juntos, aunque prefería hacer ejercicio por la tarde. Pero desde que habíamos decidido darnos un tiempo, me resultaba incómodo verlo allí. Nos saludábamos con la mano y nos decíamos hola. Una o dos veces incluso charlamos. Pero la despedida al final de nuestra conversación hacía que me doliera el corazón de nuevo. Había dejado de ir por mi salud mental.

Hasta hoy.

No tenía ni idea de qué me había llevado a elegir el día de hoy para volver al gimnasio, sobre todo porque cuando anoche llegué a casa después del trabajo, ya era casi la una de la madrugada. Sin embargo, llegué a las seis menos diez de la mañana, con la intención de estar en la cinta de correr antes de que Andrew entrara, si es que lo hacía. Llevábamos más de dos meses sin vernos, desde la boda de un amigo común de la universidad, y habían pasado casi tres semanas desde los últimos mensajes de texto.

Elegí una cinta de correr en una esquina, con una vista directa a la salida de los vestuarios y a la puerta principal. Me puse los auriculares y pulsé el modo aleatorio de la aplicación

Pandora en mi iPhone. Los primeros cinco minutos fueron duros. Tal vez, evitar el ejercicio por completo no había sido una buena idea después de todo. Resoplé una y otra vez, como un fumador que consume dos paquetes al día, hasta que al final la adrenalina me hizo efecto y encontré mi ritmo con la velocidad que había establecido.

Aunque eso no me impidió mirar las puertas como si esperara que Ryan Reynolds entrara en cualquier momento.

A las seis y diez, sentí que mis hombros empezaban a relajarse. Andrew nunca llegaba tarde. A diferencia de mí, era muy estricto con el tiempo. Hoy no le tocaría venir. Que yo supiera, podría estar fuera, o incluso haber cambiado de gimnasio. Aunque esto último no era muy probable. Andrew no cambiaba: comía la misma tostada de trigo integral con dos cucharadas de mantequilla de cacahuete orgánica a las cinco y cuarto de la mañana y entraba por la puerta del gimnasio a las seis. A las siete, se sentaba frente al ordenador en su escritorio y empezaba a escribir.

Mientras la ansiedad de anticipar su llegada se disipaba, aumenté la velocidad a diez kilómetros por hora y tomé la decisión mental de no parar hasta que hubiera corrido cinco kilómetros completos. De todas formas, tal vez era mejor que no apareciera y me encontrara, ya que últimamente me sentía muy mal.

Tras alcanzar la marca de cinco kilómetros, hice una caminata de enfriamiento de diez minutos y luego limpié la máquina. No había traído ropa para ducharme, pero tenía que recoger el bolso de la taquilla y pasar por el vestuario femenino antes de irme a casa a prepararme para el trabajo. Me encontraba a medio camino cuando se abrió la puerta principal y entraron dos personas. Andrew era el segundo. Se me aceleró el corazón más que en la cinta de correr. Eso fue antes de que la mujer que había entrado delante de él se girara para reírse de lo que acababa de decir.

Habían venido juntos.

Me quedé parada unos dos segundos antes de que Andrew levantara la vista y me viera. Debí de parecer un ciervo ante los faros de un camión Mack a punto de arrollarlo. Le dijo algo que no oí a la mujer con la que había entrado, y ella me miró, frunció el ceño y se dirigió hacia las máquinas elípticas.

Andrew dio unos pasos vacilantes hacia mí.

—Hola, ¿cómo estás? No esperaba verte aquí.

Eso era obvio.

Asentí con la cabeza y me tragué el sabor agrio que tenía en la garganta.

—Llegas tarde.

—He cambiado la rutina. Ahora escribo más tarde a lo largo del día. Incluso por la noche, a veces.

Forcé una sonrisa.

—Eso es genial.

—Me enteré de lo de Wren. ¿Cómo van las cosas con la fusión?

—Es complicado.

La conversación trivial me mataba. Miré por encima del hombro y vi que la mujer con la que había entrado nos observaba. Ella volvió la cabeza de inmediato. Mi orgullo quería que no la mencionara y escapar con la cabeza bien alta.

Pero no pude evitarlo.

—¿Nueva compañera de entrenamiento?

—No hemos venido juntos, si es lo que estás pensando.

No pude contener mis emociones más tiempo. Me comenzó a temblar el labio, así que me lo mordí. El sabor metálico me inundó la boca mientras me tragaba la sangre.

—Tengo que ir a trabajar. Me alegro de verte. —Me alejé antes de que dijera algo, pero ni siquiera hizo amago de detenerme.

Decir que esta mañana he estado distraída es quedarse corta. Me había pasado tres horas contestando media docena de correos electrónicos y mirando un texto que debía aprobarse antes del mediodía, pero, aun así, no había pasado de las dos primeras frases. Tampoco oí que Bennett entraba en mi despacho y empezaba a hablar.

—Tierra llamando a Texas.

Levanté la vista.

Agitó las manos en mi línea de visión.

—¿Estás aquí?

Parpadeé un par de veces y negué con la cabeza.

—Lo siento. Estaba soñando despierta con una campaña.

Bennett entornó los ojos como si supiera que mentía, pero para mi sorpresa, lo dejó pasar.

—Ven conmigo. —Señaló con la cabeza la puerta de mi despacho.

—¿Adónde?

—Ven. Quiero enseñarte algo.

Hoy, la pelea me habría absorbido. Así que suspiré y me levanté. Lo seguí hasta un rincón al final del pasillo, donde había un archivador con cuentas cerrado. Lo abrió y sacó un archivo al azar.

—Mira a Marina.

Observé el archivo. La primera página estaba al revés.

—¿Eh?

Señaló discretamente con la mirada en dirección a nuestra asistente, cuyo escritorio estaba en nuestra línea de visión al final del pasillo.

Seguí su mirada y abrí los ojos de par en par.

—¿Eso es…?

Pasó la página del archivo que estaba al revés y sonrió de oreja a oreja.

—Sí. Creo que sí. Me di una vuelta y revisé la papelera: dos bolas de papel de aluminio arrugadas. Y faltaban nuestras sobras. Fui a buscarlas para comer y, cuando me vio pasar, sonrió como si estuviera en el autobús de la ciudad de los locos con Jack Nicholson conduciendo para ir a pescar.

Me reí, algo que no pensé que haría en un tiempo después de lo ocurrido esta mañana.

—¿Sabes lo que pienso?

—¿Qué?

Cerré la carpeta que fingía mirar y la dejé caer en el archivador.

—Creo que los dos estáis locos.

Cerré el cajón de golpe.

Me siguió hasta mi despacho.

—Al menos, cuando me comí la suya, fue un accidente de verdad.

—Claro. Querías robarle a otra persona.

—Exacto.

Me senté detrás de mi escritorio. Bennett se colocó en la silla para las visitas. Al parecer, no se iba a ir.

—¿Has traído la comida?

—No. De hecho, la olvidé en la nevera de casa.

Cogió un pequeño portarretratos que había en mi escritorio y lo examinó. Era una foto de mamá conmigo el día de su boda con Matteo. La hizo Andrew. Bennett sonrió y la dejó en su sitio.

—Mi chica estaba preciosa.

Sacudí la cabeza. «Listillo».

—Tenía una reunión para comer pero se ha cancelado. ¿Quieres pedir y te enseño los nuevos conceptos de logotipos que he hecho esta mañana? Me apetece comida griega.

Dios, ya había dibujado los nuevos logotipos. No podía permitirme distraerme.

—Claro. Tomaré un *gyro* con la salsa aparte.

—Genial. —Se levantó—. Y yo tomaré un falafel con una guarnición de *patates tiganites*, esas raciones de patatas fritas.

—¿Para qué me lo explicas?

Se metió las manos en los bolsillos.

—Para que pidas. El nombre del lugar es Santorini Palace. Está en la calle principal.

—¿Yo? ¿Por qué voy a pedir? Has dicho que pidamos.

Sacó la cartera del bolsillo y dos billetes de veinte del interior.

—Yo pago, pero pides tú.

—¿Pedir es indigno de ti o algo así?

Se dirigió a la puerta.

—Hace unos meses salí con la mujer que anota los pedidos. Su familia es la dueña del local.

—¿Y?

—No quiero que escupa en mi comida.

Sacudí la cabeza.

—Eres increíble.

—El amarillo y el negro quedan muy bien.

Acabábamos de terminar de comer y Bennett me estaba mostrando cuatro versiones diferentes del logotipo que había desarrollado esta mañana a partir de los bocetos que habíamos hecho anoche. Era un artista con verdadero talento. Señalé el último.

—Este es el que más me gusta. La fuente es más nítida.

—Vendido. Avanzaremos con eso para nuestra reunión con Jonas el viernes. ¿Has hecho algún progreso con el eslogan y las ideas del anuncio?

—Yo… he tenido una mala mañana.

—¿Se te ha enganchado la cabeza en el limpiaparabrisas de otro tío guapo?

Sonreí a medias.

—Ya me gustaría. Es que… he empezado el día con mal pie. —Como si fuera una señal, mi teléfono comenzó a sonar. El nombre de Andrew apareció en la pantalla. Lo miré fijamente.

Cuando sonó por segunda vez, Bennett me miró.

—¿No vas a contestar? Te llama Andy.

—No.

Pensaba que había ocultado mi tristeza, pero cuando el teléfono dejó de sonar, Bennett dijo:

—¿Quieres hablar de ello?

Lo miré de golpe. Parecía realmente preocupado.

—No. Pero gracias.

Asintió y me dio un minuto mientras él limpiaba nuestros recipientes de comida vacíos. Cuando volvió a sentarse, le dio la vuelta al papel que había traído con los logotipos y empezó a dibujar algo.

—Tengo una idea para un anuncio.

Miré el papel todo el tiempo que dibujó, perdida en mis pensamientos.

—¿Qué te parece?

Suspiré.

—Me he encontrado con Andrew en el gimnasio esta mañana con otra mujer.

Bennett arrugó el papel que acababa de dibujar y formó una bola. Se recostó en la silla, estiró las piernas largas frente a él y se cruzó de brazos.

—¿Te lo has encontrado por casualidad?

Pensé en decir que sí, pero decidí no admitir que era una pringada. Bajé la cabeza y la sacudí.

—¿Quién era la mujer?

—No lo sé. No me lo ha dicho.

—¿Qué ha dicho?

—No demasiado. Sin duda, se ha sorprendido al verme. Hacía tiempo que no iba al gimnasio. Desde que se hizo incómodo verlo allí.

—¿Y estás segura de que son pareja?

Me encogí de hombros.

—Me ha dicho que no habían ido juntos. Creo que ha visto lo que pensaba en la expresión de mi rostro: igual que cuando los dos entrábamos juntos al gimnasio después de pasar la noche en mi casa.

—Tú misma dijiste que podíais ver a otras personas.

—Decirlo y verlo son dos cosas diferentes.

Mi teléfono vibró de nuevo. Los dos observamos el nombre de Andrew que parpadeaba en la pantalla. Antes de que pudiera detenerlo, Bennett tomó mi teléfono y respondió.

—¿Hola?

Casi se me salen los ojos de las cuencas mientras le lanzaba una mirada asesina de advertencia.

—Annalise está… —Hizo una pausa durante un instante. Al menos, creo que fue el tiempo que duró. Mi corazón había dejado de latir—… ocupada ahora mismo.

Escuchó y luego negó con la cabeza.

—Soy Bennett, un buen amigo de Annalise. ¿Y tú quién eres?

Silencio.

—Arthur. Vale. Le diré que has llamado.

Pausa.

—Oh. Andrew. Muy bien, Andy. Cuídate.

Bennett deslizó el dedo para finalizar la llamada y tiró el teléfono de nuevo sobre la mesa.

—¿Qué demonios acabas de hacer?

—Le he dado a ese capullo indigno algo en lo que pensar.

—Tienes mucha cara para coger mi teléfono y contestar.

Inclinó la cabeza para quedar a la altura de mis ojos y me miró fijamente.

—Alguien debe plantarle cara a ese imbécil.

Luego se levantó y salió de mi despacho.

Capítulo 11

Bennett

Joder, las mujeres son muy sensibles.

Releí por tercera vez un correo electrónico de Recursos Humanos.

> Bennett:
>
> Como sabe, la reciente fusión ha dejado a muchos empleados preocupados por la situación a largo plazo de sus puestos en Foster, Burnett y Wren. Debido a ello, los trabajadores pueden interpretar las palabras de los directivos de una manera inadecuada. Por ello, le pedimos a usted, así como a los demás altos directivos, que respondan con sensibilidad a los empleados. Le rogamos que se abstenga de criticar a un trabajador diciendo que «da demasiada importancia a las cosas» y que «se aguante». Aunque no se ha presentado ninguna queja formal, este tipo de comentarios puede considerarse acoso y propiciar un ambiente de trabajo difícil.
>
> Gracias,
>
> Mary Harmon

Sabía exactamente quién se había quejado. Finley Harper. ¿Verdad que ese nombre grita «tengo un palo metido en el culo»? Todo por culpa de Annalise. Finley era un empleado de

Wren, por supuesto. Ningún miembro de mi equipo había ido nunca a Recursos Humanos. Joder, la semana pasada le había dicho a Jim Falcon que no me importaba si tenía que chupársela al cliente, que le despediría si el CEO de Monroe Paint no salía de la sala de conferencias sonriendo, como el maldito idiota que era, cuando terminara nuestra reunión.

Negué con la cabeza. Annalise y su maldito código de colores y su espíritu de equipo. Seguro que llora con la gente a la que tiene que despedir. Y, ahora que lo pienso, ¿dónde narices se ha metido? No la había visto desde ayer a la hora de la comida, cuando respondí a la llamada de su patético ex.

Tal vez, a partir de ahora, debería empezar a decir y hacer lo contrario de todo lo que pensaba acerca de la gente de Wren. La próxima vez que Finley se pase media hora quejándose de que a un cliente no le gustan los diseños hechos según sus especificaciones exactas, en lugar de decirle que se aguante y vuelva al trabajo, me sentaré y le preguntaré cómo se siente cuando un cliente no esté contento con su trabajo. Quizá incluso mientras tomamos un té.

Y cuando Annalise me pregunte qué pienso de su supuesta ruptura, en lugar de ser sincero y decirle que el capullo de su ex quiere que se la coma alguien que no sea ella, le explicaré que es normal que los hombres necesiten un periodo de separación de vez en cuando y que apostaría a que vuelve como un hombre más feliz y equilibrado gracias a su comprensión.

«Despertad de una puñetera vez, gente».

Le di a responder y escribí a Mary de Recursos Humanos, pero luego lo pensé mejor. En lugar de eso, fui a buscar a Miss Sunshine, que había entregado la copia para nuestra reunión de mañana con Jonas.

La puerta de Annalise estaba abierta, pero tenía la cabeza metida en la pantalla del ordenador. Llamé dos veces y entré.

—Antes de decir nada, ¿estás grabando esta conversación para llevarla a Recursos Humanos? Si es así, déjame volver a mi despacho y ponerme los calzoncillos rosas de llorica.

Levantó la vista y me sentí como si me hubieran dado con un mazo en el pecho.

Estaba llorando.

Annalise estaba llorando. O lo había estado hacía poco. De forma inconsciente, me froté un dolor sordo en el lado izquierdo del pecho.

Tenía el rostro enrojecido e hinchado, y un hilo de rímel le corría por la mejilla.

Retrocedí unos pasos hacia la puerta y, por un segundo, me planteé no detenerme. ¿Por qué estaría llorando? Lo más probable era que fuera por el trabajo o por su ex. Yo era la persona menos indicada para darle consejos sobre relaciones a nadie. ¿Y en el trabajo? Esta mujer era mi adversaria, por el amor de Dios. Ayudarla a ella era ayudarme a mí mismo a perder mi maldito trabajo.

Sin embargo, en lugar de volver a cruzar el umbral, me encontré cerrando la puerta…, conmigo todavía dentro.

—¿Estás bien? —Mi voz era vacilante.

Las mujeres siempre son impredecibles, pero a una que llora hay que tratarla como a un puma herido que yace en la llanura que intentas cruzar. Podía seguir tumbada, dolorida, mientras se lamía en silencio las heridas infligidas por otra persona, o en cualquier momento podía decidir desgarrar a un transeúnte inocente y darse un festín con él.

Básicamente, estaba cagado de miedo porque una mujer lloraba.

Annalise se irguió en su asiento y revolvió los papeles que tenía en el escritorio.

—Bien. Estoy terminando el texto para la reunión de Venus con Jonas de mañana. Siento no habértelo entregado antes. He estado… ocupada.

Había abierto la puerta para darme la oportunidad de no hablar de nada personal y, de nuevo, me negué a echarme atrás. ¿Qué narices me pasaba? Me estaba agitando la tarjeta «Pasa por la casilla de salida (cobra 200 dólares)» en la cara. Sin embargo, extendí la mano y, en su lugar, tomé la tarjeta «Ve directo a la cárcel» del montón.

Me senté en la silla para visitas que había frente a mí.

—¿Quieres hablar de ello?

«¿Qué narices?».

«¿Eso acaba de salir de mi boca?».

«¿Otra vez?».

Sabía que no debería haber visto *El diario de Noa* hacía unas semanas, pero tenía demasiada resaca como para levantarme y buscar el mando a distancia para cambiar de canal.

Annalise levantó la vista una vez más. Esta vez, nuestros ojos se encontraron. Vi cómo intentaba fingir que no pasaba nada y entonces…, su labio inferior empezó a temblar.

—He hablado… He hablado con Andrew hace un rato.

«El imbécil». Genial. Supongo que la había llamado por teléfono y herido sus sentimientos mientras ella estaba en el trabajo. Para empezar, cualquier tío que pronuncie las palabras «Deberíamos darnos un tiempo» no tiene pelotas.

No tenía ni idea de qué responder, así que dije lo menos posible para no meter la pata.

—Lo siento.

Se sorbió la nariz.

—He intentado no llamarlo, de verdad. Ayer, después de que contestaras tú, me envió varios mensajes en los que decía que teníamos que hablar. Pero verlos y no responder me estaba volviendo loca. —Rio entre lágrimas—. Más loca de lo que me ha vuelto tener los iconos en las carpetas equivocadas durante la última semana.

Sonreí.

—De nada. Es posible que haya añadido tres años a tu vida al ayudarte a superar el demonio del control organizativo.

Annalise abrió el cajón y sacó un pañuelo de papel. Se secó los ojos y dijo:

—¿Cuántos años me añades de nuevo si los arreglo a los cuatro días?

Asentí.

—Trabajaremos en ello. La semana que viene, me darás tu lista de tareas pendientes de una página entera e intentaremos que pasen cinco días sin que taches nada.

—¿Cómo sabes que tengo una lista de tareas pendientes de una página entera?

La miré como diciendo: «¿Estás de broma, capitana obviedad?».

Ella suspiró.

—Apuesto a que Andrew también sabía que lo llamaría.

Yo tampoco lo dudaba. El tío era un imbécil porque sabía que podía hacer lo que quisiera y que ella estaría ahí esperando hasta el final.

—Puede que sea la última persona que debería dar consejos sobre relaciones, pero conozco a los hombres. Y cualquier tío que termina una relación por teléfono es un imbécil y no se merece tus lágrimas.

—Oh. Andrew no ha cortado conmigo.

—¿Ah, no? ¿Entonces por qué lloras?

—Porque me ha pedido que nos veamos mañana después del trabajo para cenar.

Fruncí el ceño.

—Me he perdido. ¿Por qué es algo malo?

—Porque Andrew es un buen hombre. No ha querido decirme que lo nuestro se ha acabado por teléfono. —Se le llenaron los ojos de lágrimas otra vez—. Me ha pedido que nos veamos después del trabajo en el Royal Excelsior. Estoy segura de que es porque va a invitarme a una cena cara antes de terminar la relación en persona.

—¿El Royal Excelsior? ¿No es el local del Hotel Royal que está en el centro? Tengo un cliente a unas manzanas.

Ella asintió y se limpió la nariz.

Vale. Así que soy lo bastante hombre para admitir cuando me equivoco. Y es evidente que me equivoqué al pensar que su ex era tan cabrón como para cortar por teléfono. No me había dado cuenta de que el tío era un gran cabrón y que iba a acostarse con ella antes de cortar.

—No deberías reunirte con él.

Annalise sonrió con tristeza.

—Gracias. Pero tengo que hacerlo.

Me debatía entre mis pensamientos. ¿Le explicaba que el tío no quería romper, sino echar un polvo? Joder, si era listo —algo de lo que estaba casi seguro, si tenemos en cuenta que se las había ingeniado para que la hermosa mujer sentada frente a mí lo hubiera esperado durante meses—, probablemente se las arreglaría para hacerle creer que el revolcón había sido idea suya.

¿O me mantenía al margen? Después de todo, era una mujer adulta, capaz de tomar sus propias decisiones. Y también era mi némesis.

«Pero parece muy vulnerable».

—Escucha. Ya te dije lo que pensaba sobre que este tío te dijera que necesitaba tomarse un tiempo. Así que estoy bastante seguro de que no querrás oír lo que pienso de esto…, pero ten cuidado.

—¿Tener cuidado con qué?

—Con los hombres. En general. Podemos parecer buenos tíos cuando en realidad somos unos cabrones.

Parecía confundida.

—¿Por qué no dices lo que quieres, Bennett?

—¿No me culparás por ser sincero?

Me miró con los ojos entrecerrados. «Sí, me va a culpar por ser sincero». Pero ahora había abierto la maldita boca y estaba atrapado, así que a la mierda.

—Simplemente digo… que no dejes que se aproveche de ti. Te ha pedido que os reunáis para cenar en un hotel por una razón. A menos que te diga que ha cometido un gran error y que quiere que vuelvas, no te metas en la cama con él. Escucha con atención las palabras que elige. Decir que te echa de menos no es comprometerse a una mierda y puede que solo sea para que bajes las defensas y levantarte la falda.

Annalise me miró fijamente. Tenía la cara manchada de llorar, pero el rojo empezaba a rellenar las manchas blancas. «Está cabreada».

—No sabes de qué narices hablas.

Levanté las manos en señal de rendición.

—Solo me preocupaba por ti.

—Hazme un favor, no lo hagas. —Se levantó—. Tendré el texto en una o dos horas. ¿Necesitas algo más?

Entendí la indirecta. Me levanté y me abotoné la chaqueta.

—En realidad, sí. Quizá puedas hablar con Finley para que se saque el palo del culo y acuda a mí si tiene algún problema en lugar de ir a Recursos Humanos. Ahora somos un equipo, estamos todos en el mismo bando.

Frunció los labios.

—De acuerdo.

Me acerqué a la puerta y puse la mano en el pomo antes de volverme. Era incapaz de dejarlo estar.

—Además, preferiría tener el texto en una hora, en lugar de en dos.

Capítulo 12

Bennett

Necesitaba ver al cliente.

Eso es lo que me decía a mí mismo. Hacía seis meses que no me reunía con Green Homes, y eran de confianza. Así que una visita rápida de camino a casa esta noche no estaba fuera de lo normal. El hecho de que estuvieran en el centro, a dos manzanas del Hotel Royal, era una coincidencia.

Y los aparcamientos siempre estaban llenos en esta zona. Así que no era de extrañar que hubiera aparcado en uno a tres manzanas y tuviera que pasar por delante del Royal al terminar mi reunión.

A las seis de la tarde.

Había tenido la agenda llena, sobre todo, durante la primera parte del día.

No creía mucho en las coincidencias. Me gustaban más las acciones que hacen que las cosas sucedan. Pero que estuviera frente al Hotel Royal era pura casualidad.

Una coincidencia.

Una circunstancia fortuita.

Lo que sea.

¿Abrir la puerta que llevaba al vestíbulo? Eso sí que no era una casualidad, sino curiosidad morbosa.

Miré alrededor del atrio, colocado a propósito detrás de una ancha columna de mármol para echar un vistazo sin que me viera demasiada gente. Estaba bastante tranquilo para ser tan temprano por la tarde. A la izquierda estaba la recepción. Unos cuantos empleados se arremolinaban detrás del largo mostrador mientras otro atendía a un cliente. A la derecha había varios ascensores vacíos. Justo enfrente, al otro lado de una gran fuente circular, estaba el bar del vestíbulo. Había una docena de personas sentadas alrededor. Busqué su rostro.

Nada.

Había salido de la oficina a las cuatro y media, así que ya debía de estar aquí. Con suerte, estaría en el restaurante mientras pedía cosas caras de la carta, cortesía del cabrón, y no en una habitación del piso de arriba porque se había dejado engatusar.

La relación tóxica de Annalise no era asunto mío. Debería haberme dado la vuelta y haberme marchado. De verdad que no me importaba si la jodían.

«Coincidencia».

«Curiosidad morbosa».

Esas eran las razones por las que había entrado al vestíbulo. ¿Y la razón por la que caminé hacia el bar, en lugar de salir a toda prisa por la puerta principal?

«Tengo sed. ¿Por qué no puedo tomar una copa?».

La barra tenía forma de L. Me senté en el rincón más alejado, contra la pared, de modo que las botellas de licor y la elegante caja registradora antigua me impedían ver a la mayoría de la gente que entraba en el vestíbulo. Sin embargo, tenía una vista despejada de las puertas del restaurante. El camarero me colocó una servilleta delante.

—¿Qué le sirvo?

—Una cerveza. Lo que tenga de barril está bien.

—Entendido.

Cuando volvió, me preguntó si quería ver el menú. Le dije que no, así que asintió y empezó a alejarse hasta que lo detuve.

—¿Por casualidad no habrá visto a una chica rubia? —Hice un gesto con ambas manos hacia mi cabeza—. Con mucho pelo ondulado. Piel como el marfil. Grandes ojos azules. Si estaba con un hombre, supongo que ella parecía estar fuera de su alcance.

El camarero asintió.

—Llevaba un jersey de Mister Rogers. Parecía alta con esos tacones.

—¿Por casualidad ha visto adónde han ido?

Dudó.

—¿Es usted su marido o algo así?

—No. Solo un amigo.

—No va a causar ningún problema, ¿verdad?

Negué con la cabeza.

—Para nada.

Levantó la barbilla.

—Han ido al restaurante. Han pagado la cuenta hace unos veinte minutos.

Respiré hondo. Claro que me sentí aliviado, pero no era porque me importara una mierda si Annalise se acostaba con el imbécil o no, sino porque no quería lloros en la oficina. Ahora tenía que trabajar con ella, muy cerca.

Me senté en la barra y me bebí la cerveza durante casi media hora. La puerta del restaurante se abría y se cerraba, y la emoción inicial de la operación de vigilancia empezó a perder su brillo. Pensé en salir corriendo.

Hasta que la puerta se abrió y vi a la mujer que salía.

—Mierda. —Bajé la vista hacia el plato vacío de cacahuetes que me había comido e intenté evitar el contacto visual. Al cabo de treinta segundos, me arriesgué a echar un vistazo furtivo. Ya no estaba delante de la puerta del restaurante. Suspiré de alivio. Pero solo duró eso, pues en mi siguiente suspiro, desvié la mirada de la puerta y me encontré a Annalise en mi visión periférica mientras caminaba hacia mí.

Y no parecía muy contenta.

Se llevó las manos a las caderas.

—¿Qué crees que estás haciendo?

Intenté disimular despreocupadamente, tomé la cerveza vacía y me la llevé a los labios.

—Hola, Texas. ¿Qué haces aquí?

Ella frunció el ceño.

—Ni lo intentes, Fox.

—¿Qué?

—¿Por qué me estás siguiendo?

Fingí ofenderme y me llevé la mano al pecho.

—¿Que te estoy siguiendo? He quedado con un amigo. He tenido una reunión con un cliente a unas manzanas de aquí.

—¿Sí? ¿Dónde está tu amigo?

Miré el reloj.

—Llega… tarde.

—¿A qué hora se suponía que habías quedado con él?

—Umm. A las seis.

—¿Con quién has quedado?

—¿Qué?

—Ya me has oído. ¿Cómo se llama tu amigo?

Joder. Esto era un interrogatorio. Sus preguntas rápidas me desconcertaron. Dije el primer nombre que me vino a la cabeza:

—Jim. Jim Falcon. Sí. Ummm… Acabo de reunirme con un cliente e íbamos a tomar unas copas después para repasar la reunión.

Acompañó el ceño fruncido con los ojos entrecerrados.

—Eres un mentiroso de mierda. Me estás siguiendo.

—Hoy he salido de la oficina a las tres para ver a un cliente —mentí, aunque sabía que mi puerta había estado cerrada, por lo que ella no habría sabido si yo todavía estaba cuando se había marchado—. ¿A qué hora te has ido?

—A las cuatro y media.

—Entonces, ¿cómo podría haberte seguido exactamente? Creo que tú me estás siguiendo a mí.

—¿Estás loco? En serio, creo que necesitas un psiquiatra, Bennett. Llevo media hora observándote desde la puerta del restaurante. Miras la puerta cada vez que se abre.

Levanté las manos como si estuviera exasperado.

—La puerta está en mi línea de visión.

—Vete a casa, Bennett.

—Estoy esperando a mi amigo.

—No sé qué crees que estás haciendo, pero ya soy mayorcita y sé cuidarme sola. No necesito tu protección. Si me follo a Andrew, tanto si quiere volver conmigo como si no, es mi decisión. No tuya. Quizá deberías dedicar algo de tiempo a pensar en por qué no tienes una relación propia, en lugar de preocuparte tanto por la mía.

Antes de que pudiera decir una palabra más, Annalise se dio la vuelta y regresó al restaurante. Me quedé allí sentado unos minutos mientras pensaba.

«¿Qué narices haces aquí?». Había perdido la maldita cabeza.

El camarero se acercó y apoyó un codo en la barra.

—Ya se le pasará. Solo se enfadan tanto cuando hay algo.

Vio mi cara de confusión y se rio.

—¿Le traigo algo más?

—¿Tiene algún culo ahí detrás? Porque me acaban de machacar el mío.

Sonrió.

—La cerveza corre por mi cuenta. Espero que su noche mejore.

—Sí. Yo también. Gracias.

Me tomé mi tiempo para recorrer las tres manzanas hasta el aparcamiento. Luego me senté en el coche y le envié un mensaje de texto a Jim Falcon antes de que se me olvidara.

Bennett: Si Annalise pregunta, habíamos quedado para tomar algo en el bar del Hotel Royal esta noche a las seis.

Me contestó unos minutos después.

Jim: Soy demasiado tacaño para pagar once pavos por una cerveza nacional.

Bennett: Ella no lo sabe, imbécil. Cúbreme si pregunta.

Jim: No, me refería a que quería ir a ese sitio y es demasiado caro para mi presupuesto. Así que te va a costar tres copas allí la próxima vez que salgamos. Tú pagas.

Negué con la cabeza.

Bennett: Bien. Qué buen amigo eres, me haces pagar para cubrirme las espaldas.

Jim: Tienes suerte de que no hubiéramos quedado para cenar. La carne y el marisco cuestan setenta y cinco pavos.

Tiré el móvil al salpicadero y arranqué el coche. Había aparcado en la segunda planta del garaje y había una larga cola para pagar y salir. Mientras esperaba, me entraron unas ganas tremendas de irme a casa. Así que, por supuesto, todas las personas que estaban delante de mí pagaron con tarjeta de crédito y cuando llegué al semáforo de la esquina del garaje tuve que parar por los peatones a cada paso. La calle para ir a la autopista era de sentido único, lo que significaba que tenía que volver a pasar por delante del hotel.

Cometí el error de echar un vistazo a la puerta al pasar y un destello rubio apareció. Pero esta vez, Annalise no me vio. Tenía la cabeza gacha y caminaba deprisa, casi había salido corriendo del hotel. Atrapado en un atasco, vi por el retrovisor cómo aceleraba aún más para pasar por delante de unos cuantos coches aparcados antes de agacharse para meter la llave en una puerta. La abrió y entró dentro. Luego, dejó caer la cabeza entre las manos.

Joder. Estaba llorando.

El claxon del coche que tenía detrás sonó y mi atención pasó de observarla por el retrovisor a mirar los brazos del conductor que se agitaban en el aire. El semáforo se había puesto en verde y todos los de delante habían arrancado. Le enseñé el dedo al imbécil a pesar de haberme equivocado y pisé el acelerador.

«Lárgate de aquí, Bennett».

«No necesitas esta mierda».

«Te ha dicho directamente que te metas en tus malditos asuntos».

Y sin embargo...

Me encontré de camino a la puñetera acera.

Molesto conmigo mismo, aparqué el coche y golpeé varias veces el volante con las palmas de las manos.

—Qué idiota. ¡Vete a tu puta casa!

Como era natural, no seguí mi propio consejo. Porque, al parecer, era masoquista cuando se trataba de esta mujer. En lugar de eso, salí del coche, cerré la puerta de un portazo y empecé a caminar hacia su coche.

Quizá se habría ido.

Tal vez imaginé que lloraba y, en cambio, se estaba riendo entre las manos.

Por supuesto, no tuve esa suerte.

Annalise ni siquiera me vio cuando me acerqué. Aún no había arrancado el coche y estaba ocupada secándose las lágrimas con un pañuelo. Me acerqué al lado del copiloto, me incliné y golpeé la ventanilla con suavidad.

Se sobresaltó.

Luego, levantó la cabeza, me vio la cara y empezó a llorar con más fuerza.

«Joder».

«Sí, a veces tengo ese efecto en las mujeres».

Eché la cabeza hacia atrás y miré al cielo mientras me reprendía en silencio durante unos segundos, luego respiré hondo, abrí la puerta del coche y me subí.

—¿Vienes a regodearte por tener razón? —Se sorbió la nariz.

—Esta vez no. —Me incliné hacia ella y le di un codazo juguetón—. Habrá tiempo de sobra para eso en la oficina.

Se rio entre lágrimas.

—Dios, eres un idiota.

No podía discutir la verdad.

—¿Estás bien?

Respiró hondo y soltó el aire.

—Sí. Estaré bien.

—¿Quieres hablar de ello? —«Por favor, di que no».

—La verdad es que no. —«¡Sí!»—. Me ha dicho que me echaba de menos y me ha acariciado el brazo.

«Vale, no entiende la definición de "La verdad es que no"».

Suspiré por dentro, pero por fuera asentí para que continuara si quería.

—Le he preguntado si eso significaba que estaba listo para volver a estar juntos y ha respondido que no. Entonces, recordé tus palabras de ayer: «Decir que te echa de menos no es comprometerse a una mierda y puede que solo sea para que bajes las defensas y levantarte la falda».

«Qué poético, ¿eh?».

—Lo siento.

Bajó la mirada durante unos minutos. Mantuve la boca cerrada y trate de darle un poco de espacio. Además, no tenía ni idea de qué decir aparte de «Lo siento» o «Te lo dije», y algo me decía que esto último no era una buena idea.

Al final, me miró.

—¿Por qué has venido?

—Aparqué en un garaje a unas manzanas de aquí. Saliste cuando yo pasaba y vi que estabas disgustada.

Annalise negó con la cabeza.

—No. Me refería a por qué has venido esta noche al hotel.

Abrí la boca para hablar y ella me detuvo. Movió el dedo mientras hablaba.

—Y no intentes decirme que habías quedado con un amigo. No me tomes por tonta.

Me planteé la posibilidad de mantenerme firme en la mentira, pero decidí ser sincero. El problema era que la verdad no tenía ningún sentido, ni siquiera para mí.

—No tengo ni idea.

Me recorrió el rostro con la mirada y luego asintió como si lo entendiera.

«Al menos, uno de los dos lo hacía».

—¿Tienes hambre? —preguntó—. No he llegado al plato principal. Solo he tomado una ensalada antes de irme. Y la verdad es que aún no tengo ganas de volver a casa.

—Siempre tengo hambre.

Miró hacia el hotel y luego a mí.

—No quiero comer ahí.

—¿Qué te gusta?

—Italiano. Chino. *Sushi*. Hamburguesas. Comida de bar. —Se encogió de hombros—. No soy exigente.

—Vale. Conozco el sitio perfecto. Está a un kilómetro de aquí. ¿Por qué no conduces tú y me dejas en mi coche cuando acabemos?

Ella respondió enseguida:

—No.

—¿Por qué no?

—No me gusta conducir con gente en el coche.

—¿Qué quieres decir con que no te gusta conducir con gente en el coche?

—Justo lo que acabo de decir. Me gusta conducir sola.

—¿Por qué?

—Sabes qué… Olvídalo. Ya no tengo hambre.

«¿Qué narices?». Me pasé los dedos por el pelo.

—Está bien. Conduciré yo. ¿Sabes dónde está la calle Meade?

—Sí.

—Se llama Cena y un guiño.

—¿Cena y un guiño? Es un nombre raro.

Sonreí.

—Es un lugar curioso. Encajarás a la perfección.

Capítulo 13

Annalise

—Esto está muy bueno.

Me había preparado para lo peor cuando entramos. El local parecía un antro desde el exterior. La decoración interior no era mucho mejor: mala iluminación, muebles anticuados y un ligero olor a cerveza rancia que flotaba por el local, gracias a un ventilador que había detrás de la barra. Sin embargo, todas las mesas y taburetes de la barra parecían estar ocupados por parejas, y la gente era muy alegre y agradable. Miré a mi alrededor y una mujer sentada con un hombre me sonrió y me guiñó un ojo. Era la segunda vez que ocurría en la media hora que llevábamos aquí.

—¿Cómo has encontrado este sitio? Está fuera del circuito turístico y tiene una pinta horrible desde el exterior.

—Ah. —Se llevó la cerveza a la boca—. Me alegro de que preguntes. Encontré este lugar por casualidad. Salí con una chica que vivía a unas manzanas de aquí y pasé a tomar una muy necesitada copa después de romper con ella. No reaccionó muy bien. Es un sitio especial.

Volví a mirar a mi alrededor y algunas personas más me sonrieron.

—La comida está muy buena y todo el mundo es muy agradable.

La sonrisa de Bennett se ensanchó.

—Es un local de intercambio de parejas.

Tosí mientras tragaba y casi me atraganté con la comida.

—¿Qué has dicho?

—Es un local de intercambio de parejas. —Se encogió de hombros—. Yo tampoco lo sabía la primera vez que vine. Pensé que todo el mundo se alegraba de verme. No te preocupes, no te entrarán. Si una pareja está interesada, te guiñan el ojo. Si les devuelves el guiño, se acercan a charlar.

Casi se me salen los ojos de las órbitas. Ya me habían guiñado dos veces y podría haber devuelto el guiño.

—¿Por qué me has traído aquí? —Me arriesgué a echar otro vistazo a la gente que comía. Hubo más sonrisas y, esta vez, un chico me guiñó un ojo. Giré la cabeza enseguida—. Esta gente cree que somos pareja y que venimos a hacer un intercambio de parejas.

Se rio entre dientes.

—Lo sé. Pensé que te haría gracia, ya que me contaste que te dejaron en la universidad porque tu novio quería hacer un intercambio.

—Tienes un problema. —Después de decirlo, volví a mirar a mi alrededor. De repente, me sentí como si estuviéramos sentados en el centro del escenario. Y, por lo visto, éramos populares porque recibí dos guiños más.

—La comida está increíble y nadie te tira los tejos a menos que le devuelvas el guiño. Es el sitio perfecto para venir cuando quieres que te dejen en paz y comer algo.

Tenía razón…, supongo. Aunque había pensado en traerme aquí para burlarse de la historia que le había contado.

—Dime por qué no conduces con gente en el coche —quiso saber Bennett—. ¿Eres una conductora nerviosa o algo así?

Había bebido algo antes de cenar, así que bajé un poco la guardia.

—Hago algo que la mayoría de la gente definiría como extraño cuando conduzco, así que intento evitar llevar pasajeros.

Bennett dejó caer la patata frita que acababa de coger en el plato y se recostó en su silla.

—Me muero por escucharlo.

—Ni siquiera debería decírtelo. Te conté lo del *swinger* y me has traído a este sitio. Tu sentido del humor está un poco trastornado. Quién sabe cómo usarás esto contra mí.

Levantó los brazos hasta que los apoyó en la parte superior del reservado y los abrió ampliamente.

—Si no me lo dices, voy a empezar a guiñarle el ojo a la gente para que vengan aquí.

Miró a la derecha y esbozó una gran sonrisa. Seguí su línea de visión y encontré a una pareja que parecía ansiosa por que les respondiera.

—Dios mío. No hagas eso.

Se llevó la cerveza a los labios.

—Empieza a hablar.

Suspiré.

—Vale. Narro mientras conduzco. ¿Ya estás contento?

Frunció la nariz.

—Narrar. ¿Qué significa eso?

—Justo lo que he dicho: narro. Si estoy a punto de llegar a una señal de *stop,* digo en voz alta: «Estoy llegando a una señal de *stop*». Cuando veo que un semáforo se pone en ámbar, digo: «Reduzco la velocidad. El semáforo se ha puesto en ámbar».

Me miró como si estuviera loca.

—¿Por qué haces eso?

—Sufrí un accidente de coche cuando empecé a conducir y me ponía nerviosa volver a ponerme al volante. Descubrí que describir mis movimientos me ayudaba a calmarme mientras conducía. Se me quedó grabado. Así que no dejo que nadie me acompañe, excepto mi madre y mi mejor amiga, Madison. Están tan acostumbradas que ni se dan cuenta de que lo hago y siguen hablando.

—Sin duda, me vas a llevar a casa. Volveré en Uber a por mi coche mañana antes de ir al trabajo.

—¿Qué? No.

Giró la cabeza hacia la derecha, pero mantuvo los ojos fijo en mí.

—Voy a guiñar un ojo.

—Para. No lo hagas. —Ni siquiera podía fingir que estaba enfadada de verdad porque toda la situación era absurda. Bennett dejó la cerveza y levantó una patata frita.

—Levanto una patata frita.

Se la llevó a la boca.

—Me la llevo a los labios.

Me reí entre dientes.

—Dios, eres un imbécil.

Agitó la patata en mi dirección.

—Estás sonriendo, ¿verdad?

Suspiré.

—Sí. Supongo que sí. Gracias.

—De nada, Texas. Estoy aquí para divertirte durante los próximos meses. —Me guiñó un ojo—. Antes de que te envíen a Dallas.

Un minuto después, una pareja apareció en nuestra mesa. Tardamos un minuto en darnos cuenta de lo que había pasado. Bennett me había guiñado un ojo, y una pareja lo había interpretado como una invitación.

—¿Alguna vez has robado algo?

Bennett me hizo la pregunta justo cuando la camarera se acercó para ver cómo estábamos. Pidió otra cerveza y yo, un agua con hielo. Era su cuarta o quinta bebida, había perdido la cuenta. Como había decidido que su coche se quedaría aparcado fuera toda la noche y yo lo llevaría a casa, había aprovechado para disfrutar un poco.

La camarera se paró junto a nuestra mesa y me miró en lugar de ir a por nuestro pedido. Pensé que tal vez esperaba el resto de mi pedido, así que sonreí con amabilidad.

—No quiero nada más. Para mí solo agua.

Me devolvió la sonrisa.

—Oh, os traeré la cerveza y el agua en un santiamén. Estoy esperando a oír tu respuesta a su pregunta.

Bennett se rio.

—Podría haber sido una ladrona, ¿verdad? Tiene cara de inocente, pero hay una pequeña chispa en sus ojos. Por no mencionar el pelo salvaje.

—Una vez robé una caja de condones —respondió la camarera—. No fue hace mucho. Estaba en la farmacia y mi madre se colocó en la cola detrás de mí. Llevaba una botella de champú y una caja de preservativos Trojan. Me metí los condones en el bolsillo para esconderlos y la dejé pasar primero, con la esperanza de sacarlos cuando se hubiera ido. Pero me esperó. Tengo veintidós años, pero somos católicos y ella es muy religiosa. Tenía que elegir entre romperle el corazón o ir a la cárcel por hurto. Me arriesgué.

Bennett sonrió. Dios, tenía una sonrisa condenadamente *sexy.*

—Yo también robé una caja de condones una vez. Tenía catorce años y estaba sin blanca, y una tía buena de diecisiete me invitó a su casa. No me pillaron, pero perdí la virginidad. Valió la pena correr el riesgo. —Levantó la barbilla hacia mí y movió las cejas—. ¿Robaste condones o solo lubricante?

—Nunca he robado nada. —Sentí que me ardía la cara, y Bennett me señaló.

—Hostia puta. Te estás sonrojando. Estas mintiendo. Eres una cleptómana, ¿verdad?

Por desgracia para mí, en el transcurso de la noche, Bennett había descubierto mi debilidad: mentía fatal. Cada vez que lo hacía, me sonrojaba o desviaba la mirada y me ponía nerviosa. A medida que aumentaba la cantidad de cervezas que bebía, había creado un pequeño juego: La verdad de Texas. Me hacía una pregunta y yo intentaba mentir en algunas respuestas; de ahí su pregunta sobre robar. Hasta ahora, había pillado todas las mentiras.

Miré a la camarera divertida.

—Tenía nueve años y muchas ganas de escuchar el nuevo álbum de 'N Sync. Así que me lo metí en los pantalones cuando mi madre no miraba.

—Guau —dijo Bennett.

La camarera se rio.

—Ahora vuelvo con tu cerveza.

Cuando se fue, él, por supuesto, me pidió más detalles.

—¿Te pillaron?

—No, pero cuando llegué al coche, me eché a llorar porque me sentía culpable. Le confesé a mi madre lo que había hecho, y ella me hizo regresar a la tienda y devolverle el disco al encargado. Llamó a la policía, que me soltó un sermón de una hora para asustarme un poco más.

—Tengo muchas ganas de cambiarte el apodo de Texas después de haber oído esta historia, ¿eh?

—¿A qué?

—Dedos largos. Pero ya tengo problemas con Recursos Humanos, así que no creo que gritar «Hola, Dedos largos» por el pasillo sea recomendable.

Arrugué la nariz.

—Eres un cerdo.

La camarera nos trajo las bebidas y él tomó un largo trago de su cerveza.

—¿Cuándo fue la última vez que de verdad mentiste?

Sabía la respuesta a esa pregunta sin tener que pensarlo, pero de ninguna manera iba a compartir esa historia con Bennett.

—Ha pasado mucho tiempo.

Sentí que se me calentaba la cara.

«Mierda».

Lo vio y se rio.

—Suéltalo todo, Texas.

—Si te lo cuento, tienes que prometerme que nunca te burlarás de mí por ello, ni siquiera volverás a sacar el tema.

—¿Quién? ¿Yo? Nunca.

—Dame tu palabra.

Levantó tres dedos como un *boy scout*.

—Tienes mi palabra.

Antes de empezar, ya sabía que era una mala idea compartir mi historia con él, pero me estaba divirtiendo y no estaba dispuesta a dar la noche por terminada.

—Está bien. Pero cuando acabe, quiero una historia con la que pueda torturarte. Algo embarazoso.

—Trato hecho. Adelante, mentirosa.

Sonreí y negué con la cabeza.

—Vale. Bueno, vivo en una cooperativa. Mi edificio tiene veinticuatro apartamentos. Un señor mayor, el señor Thorpe, vive en el apartamento de enfrente y tiene dos gatas. Las presenta a concursos.

La mirada de Bennett había descendido hasta mi boca y pasó corriendo a encontrarse con mis ojos. Se aclaró la garganta:

—¿Concursos de gatos? Ni siquiera sabía que existieran. Pero si es así, es raro de cojones.

Estuve de acuerdo, más o menos. Aunque ese no era el objetivo de mi historia.

—Bueno, tengo un gato macho. No es de pura raza ni de exhibición, sino un gato atigrado normal al que adopté después de que me engañaran. Pero esa historia la dejaremos para otro día. A veces, el señor Thorpe va a Seattle a visitar a su hermano durante uno o dos días y me pide que cuide de Frick y Frack. Si se marcha más tiempo, los deja en casa de una mujer que permite que todos los gatos campen a sus anchas por su apartamento. Yo también he acudido a ella. Puede llegar a tener como treinta gatos, pero la casa no huele mal. No tengo ni idea de cómo lo hace.

—Vale. ¿Vamos a llegar ya a la mentira? No me gustan los gatos, y esta historia se está volviendo aburrida. Llega a tu gran mentira.

—Deja de ser tan impaciente. De todos modos... las gatas del señor Thorpe son, por supuesto, domésticas, por lo que solo tengo que pasar por su apartamento y darles de comer dos veces al día. Hace seis meses, estaba cuidando a sus gatas y, sin querer, me dejé abierta la puerta de mi apartamento cuando crucé el pasillo para alimentarlos. Cuando me quise dar cuenta, mi gato se había ido corriendo. Encontré a Tom tirándose a una de las preciadas persas del señor Thorpe en su cuarto de baño.

—¿Quién es Tom?

—Mi gato.

—¿Se llama así por Tom y Jerry?

—No. Por Tom Hardy. Me encanta. Bueno…, no le mencioné al señor Thorpe lo que había pasado porque asumí que sus gatas estaban esterilizadas, aunque al mío no lo he castrado. Unos meses después, una de sus gatas parió ocho gatitos.

Bennett enarcó las cejas.

—¿Y mentiste al respecto?

—Me enteré durante la reunión trimestral de la cooperativa. Estaban todos los vecinos y el señor Thorpe se puso como loco por lo irresponsables que son algunos dueños de mascotas. Supuso que la gata se había quedado preñada cuando la dejó en casa de la mujer o en el parque de mascotas al que las lleva para que socialicen.

Vi que Bennett estaba a punto de abrir la boca para burlarse, así que lo detuve.

—Sí, saca a pasear a sus preciadas gatas a un parque para que socialicen. Con correa. Pero yo soy la persona horrible de esta historia, y todavía me siento culpable, así que nada de bromas sobre el señor Thorpe o sus estúpidas gatas.

—Entendido. Nada de burlarse de Thorpe. Solo de tu gato gigoló y de su madre la mentirosa.

Bennett volvió a mostrar esa sonrisa infantil y el estómago me dio un pequeño vuelco inesperado. Intenté ignorarlo.

—En fin, no he confesado el crimen de mi gato, pero estoy pagando la pensión alimenticia de los cachorros. No quiero que pienses que soy una irresponsable.

Arqueó una ceja.

—¿Pensión alimenticia?

—Una vez a la semana, voy a hurtadillas a su apartamento y le dejo en la puerta una caja de la comida cara que les da de comer.

Bennett se echó a reír.

—¿Y dices que yo estoy loco?

—¿Qué? Estoy avergonzada. No puedo encogerme de hombros ante la responsabilidad financiera.

—¿Quién cree él que deja la comida?

—No lo sé. Lo evito porque si me preguntara a bocajarro, me sonrojaría al mentir.

—Qué putada. Estaría jodido si no tuviera cara de póquer.

Bebí un poco de mi agua con hielo.

—Tu turno. Cuéntame una historia embarazosa.

Se rascó la barba incipiente de la barbilla, que decidí que le quedaba muy bien.

—Déjame pensar. No me avergüenzo con facilidad. —Un minuto después, se le iluminó el rostro y chasqueó los dedos—. Tengo una. Mis padres creían que era gay.

Me reí entre dientes.

—Buen comienzo. Sigue…

—Tendría diez u once años cuando descubrí la masturbación. Internet no era tan grande y el material era escaso, así que le robaba las revistas a mi madre. *Cosmo* era mi favorita, pero ella no la compraba muy a menudo, así que la mayor parte de mi colección era bastante desesperada: *Good Housekeeping, Woman's Day, Better Homes & Gardens*. En una buena semana, una de ellas incluía una foto de una mujer en bikini para un artículo sobre cómo evitar la otitis externa o algo así. Pero a veces lo único que conseguía era una foto de un sujetador cómodo para un artículo sobre cómo evitar los dolores de espalda relacionados con el pecho. De todos modos, las escondía debajo del colchón cuando no las usaba. Un día, mi madre las encontró cuando estaba cambiando las sábanas de mi cama y me preguntó por qué las tenía. Le dije que me gustaba leer los artículos. Ella sospechó de esa respuesta y me preguntó cuál era el último artículo que había leído. Lo único que se me ocurrió en ese momento fue el que estaba junto a las fotos con las que me había masturbado: «Cómo hacer que los hombres se fijen en ti».

Me tapé la boca mientras soltaba una carcajada.

—Dios mío.

—Sí. Esa noche envió a mi padre para que me diera la charla sobre de dónde vienen los niños. Al final, me dijo que me quería sin importar qué fuera.

—Oooh… Eso es muy bonito.

—Sí. Pero durante los años siguientes, mi madre nos siguió a mis amigos y a mí por toda la casa cada vez que venían. Tenía que mantener la puerta de la habitación abierta cuando los chicos venían a pasar el rato, y las fiestas de pijamas estaban prácticamente prohibidas. Era una mierda. Pero a los trece años me di cuenta de que también tenía su lado bueno.

—¿Cuál?

—Cuando llevaba a Kendall Meyer a casa, podía tocarla en privado sin preocuparme de que nadie entrara. Mi madre trataba a las chicas que traía a casa como a los amigos de un chico hetero. Podía cerrar la puerta con llave y ella no sospechaba nada.

Los dos pasamos horas compartiendo más historias embarazosas. Nos quedamos en el bar de *swingers* hasta pasada la medianoche. De camino a casa, como sospechaba que haría, Bennett se burló de cómo narraba al conducir. Me sorprendió descubrir que vivíamos a menos de un kilómetro de distancia.

—Compruebo el espejo retrovisor. Voy hacia la acera —susurré al llegar frente a su edificio. Unos segundos después—: Aparco el coche.

Cuando miré a Bennett, vi que tenía una sonrisa divertida.

—¿Qué?

—Solo me preguntaba si describes algo más.

—No. Solo cuando conduzco.

Hizo alarde de una media sonrisa traviesa.

—Te imaginaba narrando una relación sexual durante todo el trayecto de vuelta a casa. «Me quito las bragas. Abro bien las piernas. Le bajo los calzoncillos. Intento envolver los dedos alrededor de…».

Lo interrumpí.

—Ya me hago una idea. Creo que te vas a correr en algunos ejemplares nuevos de *Better Homes & Gardens* con esa imaginación.

Bennett agarró la manilla de la puerta.

—Ni te lo imaginas, Texas.

Me alegré de que estuviera oscuro, porque esta vez me sonrojé por una razón distinta a la de mentir.

Abrió la puerta.

—Buenas noches. Gracias por el divertido viaje a casa.

Había empezado la noche muy triste y la estaba terminando con una sonrisa. Me di cuenta de que fue gracias a Bennett, y no se lo había agradecido. Bajé la ventanilla y lo llamé mientras él rodeaba el coche y llegaba a la acera.

—¿Bennett?

Se dio la vuelta.

—¿Texas?

—Gracias por lo de esta noche. Quizá no seas tan idiota después de todo.

La luz de la calle iluminó su rostro lo suficiente para que captara el guiño.

—No estés tan segura de eso.

Se volvió hacia la puerta, pero siguió hablando lo bastante alto para que lo oyera:

—La inclino sobre la cama. Envuelvo su pelo rubio y salvaje alrededor de mi puño. Tiro fuerte mientras abre las piernas. —Abrió la puerta principal y se detuvo un segundo antes de entrar—. Mucho mejor que el *Woman's Day* de esta noche.

Capítulo 14

Bennett

Tres noches seguidas.

Y ahora esto.

«¿Qué narices?». Parpadeé varias veces e intenté librarme de otra nueva fantasía. Casi funcionó, pero entonces Jonas empujó un montón de carpetas de archivos sobre su escritorio mientras buscaba algo, lo que hizo que una grapadora se cayera al lado de donde estábamos sentados. Annalise se inclinó para recogerla. El puñetero pelo le cayó hacia un lado y me permitió ver claramente la piel cremosa de su cuello. Parecía tan suave y tersa que mi cerebro empezó a preguntarse si era igual en todas partes.

Hacía unos días, la noche que Annalise me había dejado en casa, me había masturbado pensando en ella antes de acostarme. Me dije que era normal. Acababa de cenar y tomar unas copas con una mujer preciosa; cualquier hombre que no llegara a casa con la imagen de su melena rubia envuelta alrededor del puño mientras su bonito culo estaba a cuatro patas de verdad compraba *Woman's Day* para leer los artículos.

Cien por cien normal. No significaba nada en absoluto. Así que ¿por qué no darse el gusto? Una noche de fantasía no hacía daño. Seamos realistas, no sería la primera vez que fantaseaba con una compañera. Nadie lo sabría. No pasaba nada. Pero una noche se había convertido en dos, y luego en tres, y ayer, cuando entré en la sala de descanso y encontré a Annalise agachada mientras sacaba algo de la nevera, se me había puesto dura. En el trabajo. En mitad del puto día. Con vistas al culo torneado de una mujer a la que tenía que hacer desaparecer, no fantasear con ella hasta que destrozara un traje de dos mil dólares con un embarazoso momento típico de adolescente.

Así que había mantenido las distancias en las últimas cuarenta y ocho horas, y ayer le había dado la espalda y de nuevo esta mañana. Había tomado la decisión mental de no permitirme pensar en ella, excepto para encontrar la manera de salir victorioso de cada presentación. Por desgracia, mis ojos no captaron el mensaje. Y eso me hizo enfadar. Cada vez que percibía que mi mirada se desviaba hacia ella, me contenía y canalizaba la rabia por mi momentánea falta de juicio. Lo que significaba que me había comportado como un idiota muchas veces en la reunión de hoy, pero estaba claro que no era culpa mía que su falda roja enseñara mucha pierna y no dejara de llamarme la atención. O que llevara unos tacones finos de diez centímetros que le rodeaban el delicado tobillo y suplicaban perforarme la piel de la espalda.

Todo era culpa suya.

Annalise se movió en su asiento, cruzó y descruzó las piernas. Como una mosca, tenía la vista fija en ellas.

No me fastidies. Tenía unas piernas estupendas.

Cerré los ojos. «No, no mires, Fox».

Conté hasta cinco y luego los abrí, solo para ver un grupo de pequeñas pecas en su rodilla izquierda. Me entraron unas ganas locas de acercarme y frotarlas con el pulgar.

«Mierda».

«Tranquilízate».

Annalise se movió de nuevo, y su falda se levantó unos centímetros más.

Su falda roja.

Era apropiado, porque esta mujer era el maldito diablo.

Llevábamos quince minutos sentados a una distancia de medio metro, al otro lado de la mesa de Jonas, mientras escuchábamos cómo nos ponía al día de las diversas cuestiones relacionadas con la fusión. De vez en cuando, Annalise intervenía, decía algo y miraba en mi dirección, pero yo permanecía callado, con la cabeza al frente, concentrado en el jefe, sin dejar que mis ojos siguieran vagando.

—Eso nos lleva a la evaluación que la junta ha hecho de vosotros dos. Uno de los miembros de la junta, que también es uno de los principales accionistas, os ofrece una oportunidad con una nueva cuenta potencial para presentar.

Me incliné hacia delante en mi silla.

—Estupendo. Puedo ocuparme de ello.

Sentí que los ojos de Annalise se clavaban en mi cabeza.

—Yo también —espetó.

—No hace falta discutir. Os encargaréis los dos. La junta ha decidido que esta propuesta será una de las cuentas que se revisarán. Cada uno hará su propia campaña, pero debéis saber que nuestra empresa entra un poco tarde en el juego. Ya hay otras dos agencias involucradas, y tendremos que trabajar con un calendario apretado. La propuesta debe estar lista en menos de tres semanas.

—No hay problema —dije—. Trabajo mejor bajo presión.

Desde mi visión periférica, vi cómo Annalise ponía los ojos en blanco.

—¿Cuál es la cuenta?

—Star Studios. Es una nueva división de Foxton Entertainment, el estudio de cine. Esta división se concentrará en éxitos de taquilla extranjeros y los rehará aquí.

Nunca había publicitado un estudio o una película, pero por la lista de cuentas de Annalise, sabía que ella había gestionado más de unas cuantas. Los estudios eran algunos de sus principales clientes. Sin duda, conocía bien ese mercado, una ventaja injusta para algo que, en última instancia, decidiría en qué maldito estado iba a vivir yo.

—Nunca he trabajado con un estudio de cine, pero ese era el nicho de Wren. —Levanté la barbilla hacia Annalise—. El cincuenta por ciento de sus cuentas están relacionadas con el cine. No creo que sea muy justo que la junta utilice una presentación como esta para evaluar nuestros puntos fuertes. No tengo experiencia de mercado en este campo.

Jonas frunció el ceño. Sabía que tenía razón.

—Por desgracia, no podemos permitirnos el lujo de elegir entre muchas propuestas grandes. Además, la mayoría de las cuentas de cine de Annalise son para películas individuales, y esto es *marketing* para una nueva productora: quieren una marca y una estrategia de mercado. Esos son tus puntos fuertes, Bennett.

Miré a Annalise, que me dedicó una sonrisa exagerada que decía «voy a ganar esto porque no sabes una mierda». Me enfadé, pero no porque tuviera una ventaja injusta, sino porque lo primero que pensé fue: «Eh, mira eso. Hoy se ha cambiado el pintalabios», cuando debería haber sido: «Te voy a machacar».

Más furioso conmigo mismo que nunca, arremetí contra ella.

—¿Conoces a alguien en el estudio? Es una industria pequeña. Solo quiero asegurarme de que no te has acostado con nadie de allí que tome decisiones.

Annalise abrió los ojos como platos y luego los entrecerró hasta que se convirtieron en rendijas furiosas.

—Nunca me he acostado con un cliente, y tu comentario es ofensivo. No me extraña que Recursos Humanos te haya dado un toque.

Jonas suspiró.

—Eso ha estado fuera de lugar, Bennett.

Puede, pero esto era una mierda.

—Quiero trabajar con los miembros de mi propio equipo, no quiero compartir ideas con algún empleado de Wren que actúe como topo y filtre mis ideas.

—Ya nadie es empleado de Foster Burnett o de Wren. Somos un solo equipo. Ya es bastante malo que vosotros estéis básicamente enfrentados. Vuestros equipos están empezando a encontrar la manera de trabajar juntos. Causará una división si los separamos para este proyecto. Los dos necesitaréis utilizar los recursos de todo el equipo.

Me enfadé. Annalise, por su parte, le aduló.

—Estoy de acuerdo —dijo—. Tenemos que mantener al equipo unido, no separarlo.

Jonas abrió una carpeta y se levantó las gafas para leer el papel que había dentro.

—Hay una reunión en Los Ángeles pasado mañana. El estudio nos ha invitado a una visita y a conocer sus entresijos. Os reuniréis con el vicepresidente de producción y algunos de los creativos. Gilbert Atwood, el miembro de la junta que nos ha conseguido la presentación, tiene previsto ir a cenar con vosotros y con algunos de los suyos. Así que es posible que se os haga tarde y debáis quedaros a dormir. Le diré a Jeanie que os envíe la dirección y los datos de contacto para que os organicéis.

Logré murmurar un «gracias» poco sincero al final de la pequeña reunión con Jonas. Sin ganas de hablar con nadie, volví a mi despacho y cerré la puerta tras de mí. La puerta se abrió con brusquedad y se cerró de golpe dos minutos después.

—¿Qué demonios te pasa?

Me molestó que irrumpiera, pero sentí que se me aceleraba el pulso. Eso solo me ocurría en dos ocasiones: cuando estaba a punto de enzarzarme en una pelea física —cosa que había conseguido evitar durante al menos diez años—, o cuando estaba a punto de hundirme dentro de una mujer.

—Claro. Entra. No llames ni nada.

—Llamar a la puerta sería de buena educación, y es evidente que ya no estamos siendo educados.

Presioné los nudillos contra el escritorio y me incliné hacia delante.

—¿Cuál es el problema, Annalise? Se supone que los competidores no deben ser educados. Los jugadores de fútbol americano no se quitan los clavos de los zapatos antes de pisar a un hombre caído para llegar a la zona de anotación. Es la naturaleza del juego.

Dio unos pasos hacia mí y se llevó las manos a las caderas.

—¿Qué ha pasado entre el bar de la otra noche y hoy? ¿Me he perdido algo? —Aunque su postura era firme, su voz se inclinó hacia lo vulnerable—. ¿He hecho algo que te haya molestado?

Bajé la mirada y me sentí como el capullo que era. Cuando alcé la vista antes de que volviera a hablar, no pude evitar recorrer con la mirada a la mujer a la que estaba a punto de dirigirme. Solo que, por el camino, me detuve en algo. Los pezones de Annalise estaban duros y trataban de perforar su camisa de seda negra. Parecían dos diamantes grandes y redondos que llamaban a un pobre hombre: «Ven a por mí, soy tu riqueza, tómame».

Tragué saliva. ¿Qué demonios acababa de preguntarme? Levanté la mirada para encontrarme con sus ojos, y me di cuenta de que acababa de verlo todo: lo que me había robado la atención y me había hecho salivar. Con razón, parecía aún más confusa. En un momento, la estaba acusando de haberse acostado con los clientes y al siguiente la estaba mirando como si quisiera llevármela a la cama.

Ella no era la única que estaba confusa. Yo no tenía ni idea de qué narices estaba haciendo.

Nos miramos fijamente durante un rato. Al final, me recompuse, recordé lo que me había preguntado y me aclaré la garganta.

—No es personal, Texas. Solo creo que es mejor si no... si no somos... amigos. Ni de broma me voy a mudar, y lo último que necesito es distraerme porque me siento mal por patearte el culo.

Annalise levantó la barbilla.

—Me parece bien. Pero al menos tienes que ser amable. No me merecía ese comentario sobre acostarme con clientes, y menos delante de Jonas.

Asentí.

—Entendido. Lo siento.

—Y si no quieres que seamos amigos, vas a tener que dejar de seguirme a los hoteles.

Me gustaba mucho más cuando era descarada que vulnerable. Me costó mucho ocultar mi sonrisa de satisfacción.

—Tomo nota.

Asintió y se dio la vuelta para marcharse. Mis ojos se posaron de inmediato en su culo. Un capullo siempre es un capullo. Antes de que volviera a alzar la mirada, Annalise se dio la vuelta para decir algo más y me sorprendió. Esta vez, era ella la que intentaba disimular una sonrisa de satisfacción.

—Los que no son amigos tampoco se comen con los ojos.

Volvió a darse la vuelta y, mientras cruzaba la puerta, soltó por encima del hombro:

—No importa lo grandes que sean sus T&C.

Capítulo 15

Annalise

—¿Cómo está el tío bueno del trabajo? —preguntó Madison antes de morder un trozo del solomillo Wellington que había pedido.

Frunció la nariz mientras masticaba. No le había gustado. Me sentí mal por el dueño del restaurante. Era la tercera falta y acabábamos de empezar el plato principal. Primero, el camarero había traído los aperitivos equivocados. Luego, cuando Madison le había pedido recomendaciones para el vino y la cena, le había recomendado los platos más caros. La crítica iba a ser dolorosa.

—¿«Tío bueno»? Pues es un cabrón. Luego es muy dulce, pero trata de fingir lo contrario. Entonces, vuelve a ser un cabrón. No quiero hablar de él.

Madison se encogió de hombros.

—Vale. ¿Qué tal todo lo demás en el trabajo? ¿Te cae bien la gente de la nueva oficina?

Dejé el tenedor.

—Es solo que no lo entiendo. Un día se desvive por ayudarme y al siguiente es grosero y me ignora.

Tomó la copa de vino.

—¿Estamos hablando del tío bueno?

—Bennett, sí.

Ella sonrió y se llevó la copa a los labios.

—Pensé que no querías hablar de él.

—No quiero. Es que… es tan exasperante.

—Así que su interés va y viene.

—Más bien, viene y va. La semana pasada, quedé con Andrew para cenar. Bennett me siguió hasta el hotel porque, de alguna manera, sabía que las cosas no iban a terminar bien. Y así fue. Bennett y yo acabamos comiendo algo juntos y hablando hasta medianoche. A la mañana siguiente, lo vi en la sala de descanso y estaba de mal humor, como si la noche anterior nunca hubiera ocurrido.

Madison dejó la copa de vino.

—Retrocede. ¿Quedaste con Andrew para cenar? No recibí una llamada a medianoche ni una visita por la mañana temprano al día siguiente. ¿Y hemos tomado ya los aperitivos y las primeras copas sin que lo hayas mencionado?

Suspiré.

—Sí. Es una larga historia.

Ella empujó el puré de patatas con el tenedor.

—Da igual, me han traído la comida fría. Empieza por el principio.

Le conté cómo Andrew me había pedido que quedáramos, cómo me había acariciado el brazo en el restaurante del hotel mientras me decía lo mucho que me echaba de menos, pero también cómo se había echado atrás todo lo rápido que había podido cuando le pregunté a bocajarro si quería que volviéramos a estar juntos. También le conté lo que Bennett pensaba que quería Andrew antes de que yo me fuera y que había aparecido para animarme.

Madison se llevó una uña a los labios.

—¿Así que básicamente estás diciendo que Bennett es un cabrón con las mujeres, por lo que es capaz de prever lo que buscan otros cabrones?

—Supongo. Pero lo que no encaja es que, si es tan cabrón con las mujeres, ¿por qué iba a intentar advertirme sobre Andrew y luego estar a mi lado cuando todo lo que me había dicho se hizo realidad? A un cabrón le daría igual lo que me pasara antes o después. Tendría que haberme dicho «Te lo dije» al día siguiente en el trabajo en vez de dejarme hablar sobre ello esa noche.

El camarero se acercó y nos preguntó qué tal habíamos comido. Por lo general, Madison devolvería la comida que no estuviera en buenas condiciones para ver cómo se las arreglaba el restaurante y les daría otra oportunidad si actuaban con profesionalidad. Pero en lugar de eso, le sonrió con falsedad al camarero, dijo que la cena estaba bien y pidió otra botella de vino. Tenía la sensación de que nuestra discusión estaba desviando su evaluación en ese momento.

—Parece que Bennett tiene el síndrome de la Bestia —dijo.

—¿Síndrome de la Bestia?

—Todos los hombres encajan con un personaje de Disney. ¿Ese tío con el que quedé hace unos meses que tenía tres consolas para jugar a videojuegos y salía con sus amigos cinco noches a la semana? Síndrome de Peter Pan. ¿Recuerdas que el año pasado salí con uno que me dijo que era vicepresidente de finanzas de una empresa tecnológica y descubrí que trabajaba en atención al cliente anotando pedidos? Síndrome de Pinocho. ¿Ese francés guapísimo que quería hacerlo en su cuarto de baño frente al espejo para poder mirarse? Gastón.

Me reí entre dientes.

—Estás loca. Pero te seguiré la corriente. ¿Qué es el Síndrome de la Bestia? Porque Bennett es guapísimo, no bestial.

—El síndrome de la Bestia ocurre cuando un hombre te ruge constantemente para asustarte. Tal vez fue menos generoso al principio, lo que cree que lo define para siempre. Así que intenta evitar que la gente se acerque demasiado, pero, en realidad, no es el villano que se considera y, de vez en cuando, asoma el príncipe que lleva dentro, que solo le hace rugir más fuerte.

—Entonces…, ¿era un mujeriego y ahora cree que siempre tiene que ser así en vez de un buen tío?

Madison se encogió de hombros.

—Puede ser. O tal vez fue malo con una vieja mendiga. Desconozco la razón, pero creo que tiene miedo de que mostrar demasiado su príncipe subyacente le haga daño.

—No estoy tan segura de eso, pero sí sé que es hora de pasar página con Andrew.

—No podría estar más de acuerdo. Hace tiempo que te engaña, y se pasó tres años alegando que no podíais ir a vivir juntos porque él no debía distraerse mientras escribía su estúpido libro. Luego, cuando lo terminó, no estaba listo para seguir adelante porque había caído en una depresión porque el libro no había ido tan bien como esperaba. ¿Adivina qué? La vida es un asco. Todos sufrimos decepciones. ¿Sabes lo que hacemos? Nos emborrachamos durante una semana, luego nos sacudimos el polvo, volvemos al trabajo y nos esforzamos más, no dejamos a la persona que queremos.

—Tienes razón. Siempre querré a Andrew. Pero las cosas han cambiado con respecto a lo que teníamos en la universidad y después de la graduación. No es la misma persona alegre y espontánea, y no lo ha sido en mucho tiempo. Supongo que esperaba que, por arte de magia, volviera a ser el tío que aparecía en mi casa con una botella de vino y me sorprendía con un fin de semana en un *bed and breakfast*.

Madison se acercó y cubrió mi mano con la suya.

—Lo siento, cariño. Pero, si lo miras por el lado bueno, quizá al próximo tío le guste más el oral.

Suspiré. La noche después de que Andrew me dijera que necesitaba un tiempo, me emborraché mucho y conté cosas muy íntimas, como que Andrew solo me había hecho sexo oral en mi cumpleaños. Cuando intenté hablar de ello con él, me dijo que solo necesitaba estar de humor. Al parecer, ese estado de ánimo nunca se dio.

—Creo que lo pondré en mi perfil de Tinder. Busco a un hombre educado, guapo y con seguridad económica que no le tenga miedo al compromiso ni a acercarse a mi vagina ni a intimar con ella.

El camarero se acercó y abrió nuestra segunda botella de vino. Sirvió dos copas y Madison no se molestó en esperar a que desapareciera para brindar.

—Por el *cunnilingus*.

Choqué mi copa con la suya. Quizá fueran los temas que acabábamos de tratar, pero no pude evitar pensar: «Apuesto a que Bennett se sentiría orgulloso de complacer a una mujer y no se limitaría a hacerle sexo oral una vez al año».

Había reservado a propósito un vuelo distinto al de mi compañero. Nuestra asistente me había preguntado si quería viajar con él y, aunque yo habría preferido tomar el vuelo de las siete de la mañana que él ya tenía reservado, opté por el de las ocho y media. Nuestra reunión no era hasta la una, y solo era una hora y media de vuelo, pero me gustaba llegar pronto. Miré la pantalla de embarque y me arrepentí de haber tomado una decisión profesional basada en otra cosa que no fuera el trabajo. Mi vuelo se había retrasado hasta las once, así que llegaría muy justa a la reunión. Mientras tanto, Bennett estaría despegando ahora mismo. Joder.

Me entretuve en el Hudson News hojeando los últimos superventas, ya que iba a pasar unas cuantas horas más sentada. Me decidí por un libro conocido para mujeres sobre cómo aprender a aceptar lo que una es, y me dirigí a la puerta de embarque para leerlo. Cuando llegué, casi todos los asientos de la zona estaban ocupados. Supuse que los pasajeros del vuelo anterior aún no habían embarcado. Cuando miré el cartel que había sobre el mostrador de facturación, me di cuenta de que era exactamente así, y que el vuelo anterior era el que estaba programado para despegar a las siete con destino a Los Ángeles: el vuelo de Bennett.

Miré a mi alrededor en la sala de espera, pero no lo vi.

—¿Buscas a alguien? —Una voz grave retumbó detrás de mí, y un aliento cálido me hizo cosquillas en el cuello.

Salté hacia delante, se me cayó la bolsa con el libro y casi tropecé con mi propio equipaje de cabina, pero una mano grande me agarró por la cadera y me estabilizó.

—Tranquila. No quería asustarte.

Mi mano voló a mi corazón, que se había acelerado.

—Bennett. ¿Qué narices haces? No te acerques sigilosamente a una persona.

—Lo siento. No he podido resistirme.

Me alisé la blusa y me agaché para recoger el libro, que se había salido de la bolsa.

—¿No deberías estar al otro lado de la terminal si me estás viendo aquí?

Bennett se pasó los dedos por el pelo.

—Probablemente.

Me arrebató el libro de tapa dura de las manos mientras yo intentaba guardarlo de nuevo en la bolsa de plástico.

—Pero parece que es bueno que esté aquí. —Leyó la portada—: *You Do You*. ¿Qué es esto? ¿Un libro de autoayuda sobre la masturbación?

Se lo quité y lo metí en la bolsa.

—No. Lo que sea no es asunto tuyo.

—Vaya, estás de mal humor. Creo que necesitas ese libro de verdad.

—Si tanto te interesa, es un libro sobre aceptar quién eres y no preocuparte por lo que los demás piensen de ti.

Sonrió satisfecho.

—Es una lástima. Lo que yo pienso sería muchísimo más interesante.

—¿Qué pasa con tu vuelo? ¿Sabes por qué no ha salido en hora?

—Problemas meteorológicos en Los Ángeles, algo sobre vientos fuertes. Todos los vuelos se han retrasado. Al principio, han dicho que era un retraso de cuarenta minutos; ahora hablan de dos horas.

—Yo tenía reservado el de las ocho y media. El mío sale a las dos y media. Será mejor que vea si pueden meterme en el tuyo.

126

Tras veinte minutos de cola, lo mejor que me dieron fue ponerme en la lista de espera. Cuando volví, Bennett estaba apoyado en un pilar mientras consultaba el teléfono.

—Estoy en la lista de espera. No sé si podré subir.

Me guiñó un ojo.

—No te preocupes. Si no puedes ir, yo me encargo. Te transmitiré lo que busca el cliente cuando vuelva.

—Sí. Es una idea estupenda. Me basaré en lo que me digas para preparar una propuesta para un cliente que no quieres que me lleve.

—Parece que no tienes otra opción.

Miré la hora en el móvil: pasaban unos minutos de las siete. El vuelo a Los Ángeles duraba cinco horas y media. Si salía ahora, tendría seis horas para volver a casa y llegar allí por carretera.

—Voy a conducir.

—¿Qué? Son casi quinientos kilómetros.

Recogí las maletas.

—Puedo hacerlo. Es mejor que quedarme aquí sentada dos horas más solo para descubrir que no puedo tomar el vuelo anterior y, luego, perderme la reunión.

Bennett me miró como si tuviera dos cabezas.

—Tardarás una hora en volver a casa con el tráfico de la hora punta.

Tenía razón. No podía ir a por mi coche.

—Es verdad. Alquilaré uno aquí. Eso me ahorrará algo de tiempo. Me voy. Buena suerte con tu vuelo.

Me di la vuelta y serpenteé entre la gente por la terminal hacia la salida. Temía conducir medio día por la autopista, pero más miedo me daba la idea de vivir en Texas.

Por suerte, entré en el Air Tran hacia el centro de alquiler de coches justo cuando las puertas empezaban a cerrarse. En el centro, elegí el mostrador sin cola.

—Necesito alquilar un coche todo el día, para un viaje de ida a Los Ángeles.

La mujer escribió en su teclado.

—¿Qué tamaño de coche está buscando?

—El que sea más barato.

—Tengo uno económico disponible. Es un Chevy Spark.

—Está bien.

—En realidad —dijo una voz profunda y familiar a mi lado—, podría ser uno grande, ¿por favor?

Giré la cabeza y vi a Bennett a mi lado.

Le entregó su carné de conducir a la mujer que estaba detrás del mostrador y le dedicó su característica y encantadora sonrisa.

—Y póngalo a mi nombre. Yo conduciré. No aguanto cinco horas y media escuchándola conducir.

La mujer nos miró a los dos y luego se dirigió a mí:

—¿Quiere que se lo cambie a uno grande, señora?

Me dirigí a Bennett.

—¿Han cancelado tu vuelo o qué?

—Sí.

Pensé en compartir coche con Bennett. Seis horas en las que se comportaría como un capullo conmigo o me daría la espalda serían mucho peor que conducir sola.

Volví a mirar a la agente de alquiler.

—Me llevaré uno económico. El señor Fox puede alquilar uno grande si quiere.

—¿En serio? Pagaré la mitad. Te costará menos que alquilar sola un coche económico.

—No es cuestión de dinero. La empresa lo pagará de todos modos. Creo que es mejor que viajemos por separado.

Parecía perplejo.

—¿Por qué?

Miré a la agente, que arqueó las cejas y se encogió de hombros, como si dijera que a ella también le gustaría conocer el motivo.

—Porque te has portado como un imbécil conmigo. No quiero lidiar con eso durante un viaje largo. Prefiero estar sola.

Bennett puso una mueca. Si no lo conociera mejor, habría pensado que oírme decir eso no le sentó muy bien. Nos miramos el uno al otro fijamente. Vi cómo giraban los engranajes de su cabeza mientras meditaba la respuesta.

Tensó la mandíbula y sus ojos se posaron en los míos.

—De acuerdo. Me disculpo.

Este hombre era increíble.

—¿Y serás amable durante todo el viaje?

Suspiró.

—Sí, Annalise. Me portaré muy bien.

Volví a mirar a la agente.

—Nos quedamos con un coche mediano.

Por el rabillo del ojo, vi que abría la boca para decir algo, así que lo corté de raíz:

—Es un punto intermedio.

Sacudió la cabeza.

—Está bien.

Y así fue como estaba a punto de hacer un viaje por carretera con la Bestia.

Capítulo 16

Annalise

No discutí sobre quién haría el primer turno porque, de todos modos, odiaba conducir, pero aproveché que Bennett quería ponerse al volante para negociar que el pasajero tuviera el control de la radio.

Llevábamos unas dos horas de viaje y nuestra conversación había sido limitada, sobre todo charlas educadas acerca del trabajo. Parecía distraído, aunque no sabía si estaba enfrascado en sus pensamientos o si le gustaba el silencio para concentrarse en la carretera. Supuse que seguiría su ejemplo de hablar poco por si era lo segundo.

—Hay un área de descanso a unos dos kilómetros —dijo Bennett—. Voy a parar para ir al baño, pero también tienen un Starbucks, por si quieres un café o algo.

—Oh, eso es genial. No tengo que ir al lavabo, pero sin duda me tomaré un café. Necesito más cafeína. ¿Quieres que te pida algo?

—Sí, por favor. Cualquier café oscuro que tengan con crema, sin azúcar.

—Vale.

En el área de descanso, Bennett fue al baño mientras yo esperaba en una larga cola para pedir un café y miraba los correos electrónicos en el teléfono. Le había enviado uno a Marina para informarle de nuestro cambio de planes. Sabía que algunas aerolíneas cancelaban el vuelo de vuelta si no te presentabas al viaje de ida, así que le pedí que se pusiera en contacto con Delta y se asegurara de que manteníamos la reserva para los vuelos de vuelta. Su respuesta fue interesante.

> Hola, Annalise:
> Ya está todo listo. Como tu vuelo aún no había despegado, me han permitido anular la ida sin coste adicional debido al retraso. Tu número de reserva es el mismo. Pero como el vuelo de Bennett ya había despegado, su vuelta se ha cancelado automáticamente. He tenido que reservarle otro billete de vuelta y solicitar el reembolso del de ida. Tiene un nuevo número de reserva: QJ5GRL
> Espero que tu viaje mejore.
> Marina

Bennett había dicho que su vuelo se había cancelado. ¿Quizá Marina se había equivocado? Empecé a contestarle, pero algo me hizo comprobarlo antes de mandarle nada. Consulté la página web de Delta sobre el estado de los vuelos, introduje las ciudades de salida y llegada y fijé la hora aproximada de salida en las siete de la mañana. En efecto, la página confirmaba que el vuelo de Bennett había despegado hacía quince minutos y debía aterrizar poco después de las once. La página también mostraba los vuelos siguientes, así que me desplacé hacia abajo hasta encontrar el mío. La llegada estimada se había retrasado hasta después de la una, la hora de nuestra reunión.

Había hecho bien en optar por el coche. Pero ¿por qué Bennett venía conmigo?

Desconocer la respuesta me carcomía mientras conducíamos. Debatí internamente las razones por las que Bennett habría mentido sobre la cancelación de su vuelo. Solo se me ocurrieron dos: o bien temía que cancelaran su vuelo y yo me presentara sola a la reunión o no quería que condujera sola porque sabía lo que me provocaba conducir. La explicación lógica era la del cliente. Debería haber sido una respuesta sencilla, sin debate. Sin embargo, volvía una y otra vez a lo que Madison había dicho la otra noche en la cena.

La Bestia. ¿Era un buen tío debajo de tanto rugido y trataba de ocultarlo?

Cualquiera que fuera la razón, podría haberlo dejado estar, pero esa no era mi mayor virtud. No, tenía que entender al hombre sentado junto a mí, lo quisiera él o no.

Me giré hacia el lado del conductor para observar su rostro mientras hablaba.

—Marina se ha puesto en contacto conmigo para confirmar nuestros vuelos de vuelta.

—Bien. ¿Algún problema?

—No. Ya lo tenemos todo listo con el mismo regreso. —Hice una pausa—. Aunque ha mencionado algo.

—Déjame adivinar, ¿su comida ha desaparecido y me ha denunciado a la policía a pesar de que no estoy allí hoy?

Me reí entre dientes.

—No. Ha dicho que ha tenido que volver a reservar el tuyo. Parece que tu viaje de vuelta se ha cancelado porque no se ha ocupado tu asiento en el avión de ida, que ya había despegado.

Bennett me miró y nuestros ojos se cruzaron. Volvió a fijar la vista en la carretera y no dijo nada durante un minuto. Vi cómo se activaban los engranajes en su cabeza.

Al final dijo:

—Tenía que ir sobre seguro. No podías aparecer ante el cliente sin mí.

Era posible que hubiera perdido la cabeza y no fuera capaz de saber por qué, pero no le creía. Por alguna razón, de repente estaba segura de que Bennett mentía. Había hecho el viaje conmigo porque no quería que condujera sola. Se me encogió un poco el corazón, aunque estaba claro que no quería que sucediera, e intenté ser amable.

Respiré hondo y me arriesgué otra vez.

—La otra noche me ayudó mucho.

Me miró por segunda vez. Estaba pensativo, como si tuviera curiosidad por escuchar lo que tenía que decir, pero también considerara que no sería prudente mantener esta conversación.

—Ah, ¿sí?

Asentí.

—He pensado en ello. Te debo una. Si no me hubieras aclarado cuáles creías que eran las intenciones de Andrew antes de irme, me habría despertado a la mañana siguiente en una habitación de ese hotel. No solo eso, sino que, cuando al final hubiera descubierto por mi cuenta que no planeaba que nos viéramos más de una noche, habría sido como abrir una herida que ya había empezado a cicatrizar.

—Solo te dije lo que vi que pasaba. Podría haber estado totalmente equivocado.

—Pero no lo estabas. Y, a pesar de que me había enfadado, me apoyaste, para ayudar a que me recompusiera cuando me derrumbara.

Ocupar el asiento del copiloto mientras Bennett conducía tenía una gran ventaja: podía estudiar su cara. Me concentré y observé cómo su mandíbula se marcaba, cómo movía la boca y cómo fruncía el ceño por la confusión cuando no estaba seguro de cómo responder, y eso arrojaba mucha luz sobre Bennett Fox. Por un momento, vaciló sobre qué respuesta dar a mi último comentario antes de decidirse por un simple asentimiento.

—Bueno, ahora que conoces mi triste historia sentimental, ¿cuál es la tuya? Lo único que me has contado es que nunca has tenido novia en San Valentín. Es justo que yo sepa algo de tu vida amorosa. Además, estaremos atrapados en este coche durante unas cuantas horas más, así que será mejor que me lo cuentes y acabemos de una vez, porque te lo sacaré antes de que lleguemos a Los Ángeles. Y no te preocupes: podremos volver a no ser amigos cuando abramos las puertas del coche.

Bennett permaneció concentrado en la carretera, pero esbozó una sonrisa forzada.

—No hay nada que contar.

—Oh, vamos, debe de haber algo. ¿Cuándo fue la última vez que tuviste una cita?

Negó con la cabeza.

No quería mantener esta conversación, pero mi necesidad de hacerlo era más fuerte que su resistencia. Sentía curiosidad por este hombre.

—¿Fue hace una semana? ¿Hace un mes? ¿Siete años?

Suspiró.

—No lo sé. Hace unas semanas. Justo antes de que destrozaras mi coche.

—¿Cómo se llamaba?

—Jessica.

—¿Jessica qué?

—No lo sé. Algo con una S, creo.

—Entonces, supongo que solo saliste con ella una vez, ya que ni siquiera recuerdas su apellido.

Una sonrisa culpable se dibujó en su atractivo rostro.

—En realidad, salí con ella varias veces. Solo que soy malo con los nombres.

—¿En serio? ¿Cuál es mi apellido?

Respondió sin perder el ritmo:

—Grano en el culo.

Lo ignoré.

—Así que saliste con Jessica S. unas cuantas veces. ¿Por qué terminó?

Se encogió de hombros.

—En realidad nunca empezó. Solo nos llevábamos bien y... éramos compatibles.

—Así que erais compatibles, pero solo duró unas pocas citas. ¿Por qué?

—No quería decir que fuéramos compatibles para algo a largo plazo.

Tardé un minuto en darme cuenta.

—¿Quieres decir compatibles en el dormitorio?

—Es lo que es.

—Así que estás diciendo que solo fue algo sexual.

—Salimos a cenar varias veces. Disfrutamos de la compañía del otro. Me gusta mantener las cosas simples.

—¿En serio? ¿Por qué?

—Mi vida me gusta mucho más sin complicaciones innecesarias.

—¿Entonces ves a las mujeres como complicaciones?

—La mayoría de las mujeres son bastante complicadas, esa es la verdad.

Reflexioné sobre eso un momento.

—Y, ¿cómo funciona? ¿Conoces a una mujer y le preguntas si solo le interesaría tener una noche de sexo?

Bennett se rio entre dientes.

—No es tan sencillo.

—Pero si no es tan sencillo, sería complicado. Y tú no eres complicado —bromeé.

Murmuró algo entre dientes acerca de que yo era un grano en el culo y negó con la cabeza, algo que hacía con frecuencia cuando yo hablaba.

—No, en serio —le dije—. Me interesa. ¿Cómo funciona? ¿Usas un servicio de citas o algo así?

Bennett me miró y volvió la vista a la carretera varias veces. Pareció darse cuenta de que no tenía intención de dejar el tema. Suspiró.

—Es menos aséptico que eso. Si salgo con una mujer, en algún momento, la conversación gira de forma inevitable en torno a lo que ambos buscamos en una relación. Soy sincero y digo que quiero que las cosas sean casuales. Pero no es difícil saber qué busca una mujer antes de llegar a ese punto. Así que evito a las que son complicadas.

—Estás diciendo que sabes si una mujer podría estar interesada en una relación exclusivamente sexual con solo ¿qué? ¿Hablar con ella unos minutos?

—Normalmente sí.

—Eso es ridículo.

Se encogió de hombros.

—A mí me ha funcionado hasta ahora.

Miré por la ventana, perdida en mis pensamientos durante un minuto, y luego formulé la siguiente pregunta mientras le observaba en el reflejo:

—¿Y qué hay de mí?

Los ojos de Bennett abandonaron por completo la carretera y giró la cabeza hacia mí después de eso.

—¿Qué hay de ti?

— Ya has pasado algún tiempo conmigo. Dime, ¿me interesaría una relación únicamente sexual o soy «demasiado complicada»?

Me volví para mirarlo y vi que se llevaba una mano a la barbilla para frotársela. Una amplia sonrisa se dibujó en su rostro cuando dejó de fingir que deliberaba la respuesta.

—Eres de lo más complicado, cariño.

Abrí la boca para discutir, luego la cerré y la volví a abrir.

—No lo soy.

Me lanzó una mirada incrédula.

—¡No lo soy!

—¿Hace cuánto que ese imbécil y tú os tomasteis un tiempo? ¿Tres, cuatro meses ya? ¿Con cuántos hombres has salido durante ese tiempo?

Fruncí los labios.

—Entonces, ¿eso es que ninguno?

—Necesitaba un respiro.

—¿Del sexo?

—De los hombres. —Fruncí el ceño— . Andrew me hizo mucho daño.

136

—Lo siento, pero eso solo prueba que tengo razón. Podrías haber salido y tenido relaciones sexuales si hubieras querido, como una liberación física. Pero lo asocias con una relación.

Supongo que tenía razón. Tuve un rollo de una noche en mi primer año en la universidad y había odiado cómo me sentí al día siguiente. Creo que era complicada.

Ahora era yo la que quería cambiar de tema.

—¿Alguna vez has tenido novia? —pregunté.

—¿Define novia?

—Una persona con la que salías exclusivamente.

—Claro, ya te dije que no me gusta compartir cuando salgo con alguien.

—¿Cuánto duró tu relación más larga?

—No sé, unos meses. Tal vez seis.

—¿Alguna vez has estado enamorado?

La mandíbula de Bennett se tensó. Estaba claro que esa pregunta le había hecho daño.

Se aclaró la garganta.

—Has dicho que me debías una, ¿no?

Asentí.

—Cambiemos de tema para hablar de negocios y quedamos en paz.

Capítulo 17

Bennett

—¿Annalise? Me alegro mucho de verte.

El tío que acababa de entrar en la sala para participar en la reunión se acercó y la abrazó. Vi cómo su mano se desplazaba hasta la parte superior de la raja de su culo mientras la rodeaba con los brazos, y pensé si eso se consideraría apropiado para un compañero.

—¿Tobias? —Ella se apartó del abrazo—. ¿Qué haces aquí?

—Soy el nuevo vicepresidente creativo de Star Studios. Dejé Century Films y empecé aquí hace una semana. No he visto tu nombre en la agenda de hoy hasta esta mañana, si no, me habría puesto en contacto antes.

—Guau —dijo ella—. Bueno, me alegro de ver una cara conocida. ¿Cómo estás?

—Bien. Ocupado con el trabajo. Por otro lado, sigo perfeccionando la elaboración de vino. La semana pasada llegó la primera cosecha completa a la pequeña granja que compré el año pasado. Quizá tenga que llamar a tus padres para que me den algunos consejos.

—Genial. Estarán encantados de ayudar. Tendrás que invitarme a una cata cuando tus primeras botellas estén listas.

Me quedé de pie junto a Annalise y observé el intercambio. Mientras el sumiller, o como narices se denomine a un enólogo, no desviaba la mirada de la mujer que tenía delante para fijarse en mí, Annalise recordó de repente que yo estaba presente.

—Oh, Tobias, él es Bennett Fox. Trabajamos juntos en Foster, Burnett y Wren.

Le estreché la mano y lo evalué. Era alto y atractivo, vestía con unos zapatos lustrados y tenía un buen apretón firme.

—Encantado de conocerte, Ben.

Normalmente corregía a la gente que acortaba mi nombre a Ben, aunque nunca a un cliente. Por lo que a mí respectaba, podían llamarme cabrón siempre que me dieran el trabajo. Sin embargo, había algo en el hecho de que acortaran mi nombre de inmediato que siempre me irritaba. No eres mi amigo. No te voy a llamar Toby para invitarte a tomar una cerveza. Nos acabamos de conocer. Es Ben-nett. La sílaba de más no te cuesta nada.

—¿Por qué no nos sentamos? Creo que está todo el mundo —dijo.

Esperé a que todas las mujeres de la sala tomaran asiento, pero al parecer me tomé demasiado tiempo, pues, antes de que me sentara en la silla junto a Annalise —ya sabes, para mostrar un frente corporativo unido—, Tobias colocó la mano en el respaldo de la silla frente a mí y la retiró para sí mismo.

Como no quería montar una escena, me senté en el siguiente sitio disponible, que estaba al otro lado de la mesa.

El vicepresidente de producción comenzó la reunión y expuso en detalle los objetivos comerciales de la empresa y su público objetivo. Tomé notas mientras hablaba y, en general, intenté prestar atención. Pero de vez en cuando miraba a Annalise. En dos ocasiones, Tobias le había susurrado mientras ella tomaba notas. La mesa de reuniones debía de tener un metro y medio de ancho. Me entraron ganas de averiguar si podía alcanzarlo con el pie por debajo.

Una vez terminada la presentación formal, cada uno de los miembros del personal de Star la comentó y añadió algo. Tobias debía haberse callado cuando llegó su turno, pues no tenía nada importante que añadir. Al parecer, al tío le gustaba el sonido de su propia voz mientras decía palabras de moda sin sentido. Y tener una excusa para tocar a Annalise.

—Es obvio que soy el nuevo en Star. Y el equipo ha hecho hoy un trabajo magnífico al exponer no solo quiénes somos, sino también la marca en que prevemos convertirnos en el futuro. Una cosa que puedo añadir es que la sinergia es importante. Nuestro logotipo, nuestro mensaje de *marketing,* nuestro equipo, nuestras alineaciones estratégicas… son solo los ingredientes para hornear una gran tanda de galletas. Si omitimos la pizca de sal o las pepitas de chocolate, ¿qué obtenemos? Es posible que siga siendo una galleta, pero no estará tan deliciosa como podría. La cohesión es el quid de la cuestión, y la campaña que conquiste nuestros corazones será la que se mezcle con todo lo demás para hornear la mejor galleta.

«Bla, bla, bla. Galletas. Bla, bla, bla. Más galletas». Fue lo único que oí.

Siguió hablando sin decir nada en realidad, hasta que por fin concluyó con un gesto de cabeza hacia Annalise.

—Ya he trabajado antes con Wren, así que confío en que tienen la capacidad de pensar a lo grande y salirse de lo convencional para idear algo genial. —Le tocó el brazo—. Solo tenemos que darles a Annalise y a su equipo la lista adecuada que hornear, y ella volverá con la tanda de galletas con pepitas de chocolate más sabrosas que hayamos comido nunca.

Annalise y su equipo. Genial. Menudo cabrón.

Una vez terminada la reunión, Tobias se ofreció a mostrarnos los estudios de producción. Le ofreció la mano a Annalise para que se sentara en el asiento delantero del carrito de golf antes de dirigirse al lado del conductor. Yo quedé relegado al asiento trasero y tuve que esforzarme para escucharle señalar las cosas mientras conducía.

Después de cuatro horas de reuniones y de que el presidente del club de fans de Annalise nos lo mostrara todo, los tres volvimos a su despacho para hablar. Para entonces, sus caricias familiares se habían hecho más frecuentes y sentí que me ardía la cara.

—¿Qué más puedo hacer para ayudarte a conseguir el puesto? —Tobias solo miraba a Annalise cuando hablaba, aunque los tres estábamos sentados en una pequeña mesa redonda.

—Me encantaría que esbozáramos algunos diseños del logotipo y presentártelos de manera informal antes de avanzar demasiado en nuestra propuesta de marca completa al grupo —dijo ella.

Tobias asintió.

—Hecho. Envíame lo que quieras. Mejor aún, volvamos abajo y organizaré una comida con algunos de los principales participantes para ver si pueden darte una primera impresión.

—Vaya. Eso sería genial.

Sentí la necesidad de aportar algo. O quizá de recordarle que estaba en la sala.

—Gracias, Tobias. Sería genial.

Me respondió con una sonrisa amable y volvió a centrar su atención en la mujer que tenía al lado. De nuevo, le tocó el brazo.

—Cualquier cosa por Anna.

Annalise me sorprendió cuando miró donde descansaba su mano y rápidamente movió el brazo.

«Joder. Ha puesto cara culpable. ¿Se habrá acostado con él?».

Y yo que pensaba que el tío solo era un imbécil común y corriente que se aprovecha de su posición. Pero aquí pasaba algo más.

Los dos se pasaron un rato hablando de chorradas que hicieron juntos en su último estudio. Por supuesto, yo tampoco podía contribuir a esa conversación, que debería haber sido la cuestión. Por suerte, el asistente de Tobias llamó a la puerta para interrumpirle y recordarle que pronto tenía una conferencia telefónica.

—A ver si puedes retrasarla, ¿quieres, Susan?

Quería largarme de este despacho. Me levanté.

—Está bien. Has sido muy generoso con tu tiempo. No queremos abusar de tu hospitalidad, ¿verdad, Annalise?

Ella frunció el ceño.

—Umm… Por supuesto. ¿Asistirás a la cena de esta noche?

—No pensaba unirme, pero intentaré mover algunas cosas para ir, después de todo.

Forcé una sonrisa falsa. «Que te den».

—Genial.

Después de que Toby recibiera otro abrazo, Annalise y yo caminamos hacia el aparcamiento en silencio. Sentía un nudo gigante que había echado raíces en mi nuca. Abrí las puertas del coche y nuestras miradas se cruzaron durante un breve segundo. Mi rostro permaneció serio.

Si hablara ahora, sin duda explotaría. Nos quedaban unas horas hasta la cena, así que tendría que pasar una o tal vez dos en el gimnasio para desahogarme un poco.

Cuando ella subió, cerré la puerta del coche con un éxito moderado al no dar un portazo tan fuerte que se saliera de las bisagras.

En cuanto el motor arrancó, avancé por el aparcamiento sin programar ninguna dirección en el navegador.

—¿Sabes cómo llegar al hotel? —preguntó Annalise.

—No. ¿Por qué no lo averiguas y me diriges?, teniendo en cuenta que eres la jefa.

Annalise frunció el ceño.

—¿Qué querías que hiciera? ¿Corregir al cliente en mitad de la presentación? Sabes que eso sería poco profesional.

—Ni la mitad de poco profesional que animar al cliente a que te manosee.

—¿Estás de broma?

Annalise no era muy dada a maldecir, así que antes de verle la cara roja, supe que estaba enfadada. Lo cual estaba bien. Joder, ya éramos dos.

—Es simpático porque hemos trabajado juntos antes. También está felizmente casado, aunque no tengo por qué explicarte nada.

—De verdad que no puedes ser tan ingenua. ¿Piensas que una tontería como estar casado marca algún tipo de diferencia para algunos hombres? —Hice una pausa, aunque debería haber terminado mi perorata ahí—. Oh, espera. Sí que puedes ser así de ingenua. Eres la misma mujer que pensó que encontrarse con un ex en un hotel no era para echar un polvo.

Si antes había pensado que su rostro ardía por la ira, me equivocaba. El tono rojo casi se volvió púrpura, como si estuviera conteniendo la respiración. Durante medio segundo, me planteé salir del coche por mi propia seguridad.

—Para el coche —exigió—. ¡Para el maldito coche!

Me detuve de golpe.

Annalise se desabrochó el cinturón y abrió la puerta del coche. Todavía estábamos en el aparcamiento y, por lo menos, no había otros coches ni otras personas cerca para ver cómo se bajaba, empezaba a andar mientras agitaba las manos en el aire y gritaba lo imbécil que era yo.

Puede que lo fuera. De hecho, sabía que lo era. Pero eso no hacía menos aceptable lo que había pasado entre ellos durante toda la tarde. Así que la dejé ahí fuera para que se desahogara mientras yo gruñía dentro. Al cabo de unos quince minutos, volvió al coche, se subió y se abrochó el cinturón.

—Conduce hasta el hotel. Tenemos que fingir que nos llevamos bien delante del cliente en la cena de esta noche. Pero ahora no hay ninguna razón para ser amables.

Volví a arrancar el coche.

—Me parece bien.

Una hora no ayudó. Dos no hicieron más que provocarme dolor en los brazos y las pantorrillas.

Ni siquiera una siesta de media hora y una ducha con agua caliente y un masajeador me ayudaron a relajarme. Cada músculo de mi cuerpo seguía tenso.

Por retorcido que fuera, no temía la cena. De hecho, la esperaba con impaciencia. Me moría de ganas de ver cómo se comportaba Annalise después de que le hubiera reprochado lo que fuera que estuviera pasando con ese cabrón.

A las ocho menos cuarto, bajé al bar donde habíamos quedado en quince minutos con el equipo de Star Studios. Me alegré de que hubiéramos quedado para cenar en el restaurante del hotel, así no tendría que conducir y podría tomarme una copa o dos. Dios sabía que lo necesitaba.

El vicepresidente de producción y el jefe de guion ya estaban sentados en la barra y me dieron una cordial bienvenida.

—¿Qué quieres tomar, Bennett?

Miré sus vasos, ambos llenos de un líquido ámbar.

—Tomaré un *whisky* escocés.

El vicepresidente me dio una palmadita en la espalda.

—Buena elección. —Se dio la vuelta, pidió otra copa de cualquier año y marca que estuvieran bebiendo los dos y se giró hacia mí de nuevo—. Nosotros ya hemos hablado bastante por hoy. Háblame un poco de ti.

—Muy bien. Llevo diez años en Foster Burnett, empecé como diseñador gráfico y ascendí a director creativo. Paso demasiado tiempo en la oficina, intento jugar un poco al golf los fines de semana y mi ayudante me odia porque una vez me comí su bocadillo de mantequilla de cacahuete y mermelada de la nevera cuando tenía un plazo de entrega y trabajaba a medianoche.

La última parte les hizo reír. Era gracioso, y supuse que pensaban que estaba exagerando. Lo que no tenía gracia era que me odiara de verdad.

—Diseñador gráfico, ¿eh? ¿Sigues dibujando?

—¿Cuenta hacer garabatos mientras hablo por teléfono con mi madre?

La voz de una mujer interrumpió las risas de los hombres.

—Bennett está siendo modesto. Es todo un artista. Deberíais ver algunas de sus obras, sobre todo los dibujos que hace. Tiene una gran imaginación.

Me giré y me encontré con Annalise con un vestido azul que se ajustaba a su cuerpo y daba un aspecto fantástico a sus pechos, pero que, de alguna manera, seguía siendo un atuendo de negocios apropiado. Estaba guapísima. Casi me hizo olvidar la pequeña guerra que estábamos teniendo y que acababa de intentar burlarse de mí por mis dibujos animados *sexys*.

Le di un sorbo a mi bebida.

—Hablando de modestia… Cuando le toque a Annalise contar algo sobre sí misma, que no se le olvide mencionar su afición a los coches. Sabe desmontar un coche como nadie. Joder, en su segundo día en la nueva oficina, se ocupó de un problema con el limpiaparabrisas del que no me había dado cuenta hasta el día anterior.

Annalise mantuvo su amplia sonrisa, pero capté las pequeñas dagas brillantes que me lanzaba cuando entrecerró ligeramente los ojos. Le devolví la sonrisa, pero mi diversión no era fingida. Disfrutaba fastidiándola. Podría haber seguido así toda la noche, intercambiando pullas disfrazadas de cumplidos. En dos minutos, me alivió más la tensión que las horas de gimnasio y una ducha.

Después de unos cuantos intercambios más, en los que ella disfrazó un comentario sobre mi vida sentimental como si estuviera dedicado a mi trabajo, y yo se la devolví con uno sobre su ingenuidad disfrazada de mente abierta, mi cuello se relajó por primera vez en todo el día.

Aunque el dolor volvió menos de cinco minutos después, cuando su amiguito apareció.

—Has venido —le dije.

Vi cómo recorrió a Annalise rápido con la mirada antes de responder:

—Era demasiado importante como para no hacerlo.

«Sí, claro».

En pocos minutos, el resto del grupo se había unido a nosotros, incluido el miembro de nuestra junta directiva, amigo del vicepresidente de Star, que nos había conseguido la invitación para la presentación comercial. Trasladamos nuestras conversaciones a una mesa durante la cena, y no me sorprendió ver que, de algún modo, Annalise y Tobias se las habían arreglado para sentarse uno al lado del otro de nuevo.

Aunque tuve la suerte de sentarme junto al miembro de la junta que pronto decidiría dónde demonios viviría, no me concentré lo suficiente para aprovechar la oportunidad de hablar con él. En lugar de eso, me encontré escudriñando cada gesto de la feliz pareja sentada frente a mí.

La forma en que ella echaba la cabeza hacia atrás al reírse cuando él decía algo que se suponía que era gracioso.

Cómo movía la boca al hablar y su lengua limpiaba los restos de vino de la copa cada vez que daba un sorbo.

La forma femenina en que se limpiaba las comisuras de los labios con la servilleta de tela.

La manera en que el cabrón le tocaba el brazo y chocaba los hombros con ella.

Cuando llegamos al postre, empecé a tener problemas para encontrar algo que decir y me quedé callado. La diversión que había sentido al principio de la velada había desaparecido, y solo deseaba que la noche terminara.

Cuando por fin lo hizo, nos quedamos en el vestíbulo del hotel para despedirnos. Annalise dijo adiós por última vez con la mano a todo el equipo de Star, y luego nos quedamos solos. Su sonrisa se transformó de inmediato en una cara de enfado.

—¡Eres la persona menos profesional que he conocido!

—¿Yo? ¿Qué narices he hecho?

—Te has pasado toda la noche mirándome mal y fulminando a Tobias con la mirada.

—¡Y una mierda! No he hecho eso.

Se detuvo un momento y me miró a la cara.

—No lo dices en serio, ¿verdad? Ni siquiera te has dado cuenta de lo que estabas haciendo.

—No estaba haciendo una mierda.

A esta mujer se le había ido la cabeza. Tal vez había estado callado, mucho menos sociable que normalmente, pero ella también se había sentado frente a mí.

—Estabas en mi línea de visión. ¿Dónde narices esperabas que mirara?

—Ponías mala cara como…, como… Te has comportado como un puñetero novio celoso.

—Estás loca.

—Es imposible trabajar contigo. —Se marchó antes de que pudiera decir nada más y se dirigió al ascensor.

Me quedé allí un momento mientras trababa de averiguar de dónde demonios había sacado que me hubiera comportado como un novio celoso. Se me había disparado la adrenalina y sabía que no podría dormir, así que decidí volver al bar del vestíbulo y tomar un poco de ayuda líquida.

———

«Te has comportado como un puñetero novio celoso». Sus palabras seguían dando vueltas en mi cabeza, junto con copiosas cantidades de *whisky* escocés de diez años.

Después de dos copas, estaba mucho más tranquilo, pero no conseguía olvidar todo lo que había pasado esta noche. Las cosas habían empezado bastante bien: el vestido azul, sus preciosos pechos. Estaba bastante tranquilo a su llegada, incluso después de nuestra pelea en el coche esta tarde, y después de haberla visto hablar y reír, y cómo el hombre sentado a su lado se estiraba y apoyaba el brazo en el respaldo de su silla durante los aperitivos. No le había visto la mano, pero lo había imaginado pasándole un dedo por la espalda mientras pensaba que nadie se daría cuenta.

Excepto yo. Yo lo sabía.

Hice sonar el hielo en mi vaso y me tragué el resto de la bebida.

«Ese maldito dedo».

Quería rompérselo.

«¿Cómo se atrevía ese cabrón a tocarla?».

Lo siguiente que se me pasó por la cabeza medio borracha surgió de la nada.

«Quita tus manos de mi chica».

¿Qué narices?

«¿Cómo?».

Me reí para mis adentros e intenté deshacerme de aquel ridículo pensamiento. Hablaba el alcohol.

Tenía que serlo.

¿Verdad?

«O…».

«Jooooder».

Apoyé la cabeza en la parte superior del taburete y miré el techo durante un minuto, absorto en mis pensamientos. Todo empezó a encajar a gran velocidad.

Cerré los ojos.

«Mierda».

Esta noche me había comportado como un novio celoso.

Pero ¿por qué?

La respuesta debería haber sido obvia, incluso para alguien tan testarudo como yo, pero necesité otras dos copas y que el bar comenzara a cerrar para reflexionar un poco más.

Una vez que me di cuenta, decidí hacer algo estúpido…

Capítulo 18

Annalise

«Pum, pum».

Me di la vuelta y me tapé la cabeza con la sábana.

Unos minutos más tarde, el sonido volvió a sonar.

«Pum, pum».

Me destapé y suspiré. Joder, ¿qué hora era? ¿Y quién demonios estaba dando golpes? No sonaba como alguien que estuviera llamando a la puerta.

Busqué el móvil en la mesilla, lo tomé y pulsé el botón de encendido. Una luz brillante iluminó la oscura habitación del hotel e hizo que entrecerrara los ojos somnolientos para ver la hora. Las dos y once de la madrugada.

Suspiré. Debía de ser gente que venía por el pasillo tras el cierre de los bares. Intenté darme la vuelta y volver a dormir, pero mi vejiga también se había despertado. De camino al baño, me asomé por la mirilla y ojeé el pasillo todo lo que pude. Parecía vacío.

Pero, en cuanto me metí de nuevo en la cama, empezó otra vez.

«Pum, pum».

¿Qué demonios pasaba? Retiré las sábanas y salí de la cama para volver a echar un vistazo por la mirilla. Nada. Sin embargo, esta vez, mientras estaba de puntillas asomada a la mirilla, los golpes se volvieron a oír y la puerta vibró. Di un respingo.

—¿Hola?

Una voz grave dijo algo desde el otro lado de la puerta, pero no distinguí las palabras. Volví a mirar, y esta vez solo bajé la vista a través del visor. Pelo. Alguien estaba sentado contra la puerta. Se me aceleró el corazón.

—¿Quién anda ahí?

Más murmullos.

Me puse a su altura y pegué la oreja a la puerta.

—¿Quién es?

Oí una risa.

¿Era eso?

Me acerqué a la mirilla y miré hacia abajo tanto como pude una vez más. El pelo también se parecía al suyo, pero no podía estar segura. Así que volví a comprobar el cierre de la cadena de seguridad antes de abrir la puerta despacio.

—¿Bennett? ¿Eres tú?

—¿Qué narices? —Su voz gruñó más claro a través del espacio abierto. Miré hacia abajo y lo encontré desplomado contra la puerta. La había usado para mantenerse erguido, y se cayó hacia atrás cuando la entreabrí.

Los empujé a él y a la puerta hacia delante para desenganchar la cadena de seguridad y abrirla de par en par.

Al hacerlo, Bennett, que tenía todo su peso apoyado contra la puerta, quedó tendido en el suelo, con la mitad superior en mi habitación y las piernas fuera, en el pasillo. Se echó a reír de forma histérica.

—¿Qué demonios haces? —le pregunté. Entonces caí en la cuenta de que podía estar enfermo y necesitar atención médica—. Mierda. —Me incliné hacia él asustada—. ¿Te encuentras bien? ¿Te duele algo?

El olor a alcohol respondió en ausencia de palabras.

Agité una mano delante de mi nariz.

—Estás borracho.

Mostró la sonrisa torcida más *sexy*.

—Y tú eres jodidamente guapa.

«No es exactamente lo que esperaba».

Rodeé su cuerpo sobre la alfombra y miré a ambos lados del pasillo. No había nadie más.

Bennett me señaló con una sonrisa pícara.

—Veo debajo de tu vestido.

Llevaba una camiseta larga que apenas me llegaba a los muslos. Y me estaba mirando la ropa interior. Tiré de la tela hasta el dobladillo y cerré las piernas.

—¿Qué sucede? ¿Creías que esta era tu habitación o algo así? Estás dos puertas más allá, en la habitación junto al ascensor, ¿recuerdas?

Levantó la mano y me rozó el muslo con los dedos.

—Vamos. Déjame verlas otra vez. Eran negras y de encaje. Mis favoritas.

Una sensación cálida se extendió por mis piernas cuando sentí sus dedos sobre mi piel, pero mi corazón era lo bastante inteligente como para recordar lo que había hecho antes. Le aparté la mano. Eso le pareció divertido.

—No te gusto, ¿verdad?

—Ahora mismo, no.

—Da igual. A mí me gustas.

—Bennett, ¿quieres algo o necesitas ayuda para volver a tu habitación?

—He venido a disculparme.

Eso me ablandó un poco. Pero estaba borracho, así que no podía estar segura de que fuera consciente de por qué demonios se disculpaba.

—¿Disculparte por qué? —le pregunté.

—Por ser un capullo. Por actuar como un novio celoso.

Suspiré.

—¿Qué te ha pasado esta noche?

Una sonrisa tonta se dibujó en su rostro.

—Toby no debería haberte tocado. Me he enfadado. No tendría que haberlo pagado contigo.

Bajé más la guardia.

—Está bien. Supongo que, en cierto sentido, aprecio tu caballerosidad al querer dar la cara por mí.

Él también encontró divertido ese comentario.

—Caballerosidad. Eso es algo de lo que nunca me han acusado.

Bennett extendió la mano y la puso sobre mi pie descalzo. Trazó ochos con un dedo. Dios, su tacto era agradable, incluso ahí.

Miró cómo su mano dibujaba mientras seguía hablando:

—Lo siento, Texas.

Por alguna estúpida razón, el uso de mi apodo me ablandó.

—No pasa nada, Bennett. No te preocupes. Pero que no vuelva a ocurrir, ¿de acuerdo?

Dejó de dibujar y me cubrió la parte superior del pie con la palma de la mano. Su pulgar subió y me acarició el tobillo. Lo sentí entre las piernas.

—Pero volverá a ocurrir —susurró—. Pasará de nuevo.

Mi cerebro se había distraído por la forma en que su simple contacto irradiaba por todo mi cuerpo, así que no seguí lo que decía.

—¿Qué pasará?

—Volveré a actuar así. No puedo evitarlo. ¿Sabes por qué?

No estaba segura de que me importara mientras ese pulgar siguiera acariciándome el tobillo.

—¿Mmmm?

—Porque estaba celoso.

Me quedé boquiabierta. Tenía que estar malinterpretando lo que decía.

—¿De qué estabas celoso?

Levantó la vista del suelo y nuestros ojos se encontraron.

—De que te tocara.

—¿Por qué?

—Porque quiero ser yo quien te toque.

De repente, me di cuenta de que solo llevaba una camiseta.

—Tengo que ponerme unos pantalones. —La puerta de mi habitación seguía abierta, con la mitad de su cuerpo en el pasillo—. ¿Puedes meter las piernas para que cierre la puerta y encuentre algo que ponerme?

Consiguió doblar las rodillas y levantarlas lo suficiente para que la puerta se cerrara, pero no se levantó.

Tampoco me soltó el pie. La cerradura resonó con fuerza cuando se cerró, y todo se quedó en silencio. Era muy consciente de que estaba medio desnuda, Bennett me estaba tocando la pierna y los dos estábamos muy solos en mi habitación del hotel.

Aparté el pie de su mano y me apresuré a buscar en la maleta los pantalones que debería haberme puesto antes de abrir la puerta. Los saqué y corrí al baño.

Madre mía. Me asusté al ver mi reflejo en el espejo. Llevaba el pelo despeinado, el maquillaje corrido, tenía los ojos hinchados y cansados, con ojeras: parecía una vagabunda. El rímel me corría por una mejilla, y me incliné hacia delante para mirarme más de cerca: ¿era baba seca lo que tenía a un lado de la cara?

Me pasé Dios sabe cuánto tiempo arreglándome. Me hice una coleta, me lavé la cara, me cepillé los dientes, me eché desodorante y me puse los pantalones de chándal. Luego tuve una larga conversación… conmigo misma.

—Estás bien. Solo está borracho. No tiene ni idea de lo que dice. —Respiré hondo—. No va a pasar nada ahí fuera. Solo vas a ayudarlo a levantarse y a llevarlo a su habitación.

«Pero…, si empieza a frotarme el pie otra vez».

—No. Definitivamente no. Es estúpido. Sal ahí fuera, ya. De todos modos, ¿cuánto tiempo has estado escondida aquí?

«La mejor pregunta es: ¿cuánto tiempo hace que no te acuestas con un hombre?».

—Basta ya. Estás siendo ridícula. Es tu némesis, un hombre que ni siquiera te gusta la mitad del tiempo.

«Esta noche no tiene por qué ser esa mitad del tiempo…».

Señalé al espejo con un dedo.

—Se acabó. —Me miré por última vez y me erguí antes de poner la mano en el pomo de la puerta. «Así no vamos a ninguna parte».

Literalmente.

Porque abrí la puerta del baño de golpe y me encontré...

A Bennett roncando en el suelo.

No podía volver a dormir.

Y como el vuelo era a primera hora de la mañana, solo disponía de unas horas hasta que tuviera que salir hacia el aeropuerto. Sin embargo, unas horas no me parecían suficientes para recordar todo lo que Bennett había hecho y dicho la noche anterior.

Intenté despertarlo al salir del baño, pero fue inútil. Se había quedado profundamente dormido y estaba borracho. Así que lo cubrí con una manta del armario, le puse una almohada bajo la cabeza y lo dejé durmiendo en el suelo.

Incluso cuando me preparé por la mañana, ni siquiera el sonido de la maleta al abrirla, el de la ducha ni el del desodorante cuando se me cayó al suelo del cuarto de baño despertaron a Bennett. Tenía la sensación de que podía quedarse así hasta la tarde, y tal vez lo necesitaba, pero entonces perdería su vuelo. Por suerte, el suyo salía tres horas después del mío, así que no tenía que levantarse hasta dentro de un rato.

Llamé a recepción y les pedí que llamaran a las nueve. Pero, como no estaba segura de que el sonido del teléfono, que estaba al otro lado de la habitación, lo despertara, decidí ponerle una alarma en el móvil. Sin embargo, antes tenía que sacárselo del bolsillo.

Me agaché y examiné su cara para asegurarme de que seguía profundamente dormido. Bennett era un hombre realmente muy guapo: su rostro tenía un color natural, bronceado incluso en su estupor de borracho, y sabía que, si hubiera abierto los ojos, serían sorprendentemente verdes en contraste con su piel. ¿Y qué hombre tenía unos labios tan carnosos y rosados? Por supuesto, a diferencia de mí, dormía dignamente. Tenía

154

los labios ligeramente abiertos, que mostraban un atisbo de sus dientes blancos y perfectos, mientras que los míos estarían goteando baba en un charco en el suelo. Casi no era justo lo guapo que era.

Pero yo debía subirme a un avión, y él también. Así que no podía perder más tiempo admirándolo. Tenía que intentar sacarle el móvil del bolsillo para poner una alarma.

Pero…

Cuando fui a meter la mano en el bolsillo de su pantalón, me fijé en un bulto importante un poco a la izquierda. Dios mío. Bennett tenía una erección mientras dormía.

«Guau. Tenía… un buen tamaño».

Pasé mirándolo un minuto o dos.

Me tomó otro minuto cerrar los ojos e imaginar cómo lo notaría entre las manos, si le bajaba la cremallera de los pantalones y metía la mano dentro.

Podría haberme preguntado si se daría cuenta si le desabrochaba la cremallera.

O qué haría si se despertaba mientras mis manos rodeaban ese bulto.

«Este hombre me está haciendo perder el juicio».

Sacudí la cabeza y actué con racionalidad. Tenía que ponerme en marcha y activar la maldita alarma del teléfono.

Me temblaba la mano cuando se la metí en el bolsillo. A cada movimiento que hacía, comprobaba su cara para asegurarme de que no se despertaba. Saqué el móvil muy despacio.

Cuando lo conseguí, suspiré y me di cuenta de que había estado conteniendo la respiración. Aún me temblaban las manos cuando encendí el teléfono. No había pensado en la posibilidad de que tuviera contraseña; la mayoría de la gente la tenía. Pero cuando pulsé el botón de encendido, no apareció ningún teclado. En su lugar, su pantalla de inicio apareció directamente, y vi una imagen inesperada de un niño adorable. Era posible que no tuviera más de diez u once años, con el pelo enmarañado de color castaño claro y una sonrisa enorme. Llevaba unos pantalones cortos y unas botas de lluvia amarillas de plástico, y estaba de pie sobre una roca en medio de un arroyo mientras sostenía un pez gigante.

Miré la foto y luego al hombre que dormía a mi lado. ¿Bennett tendría un hijo? Nunca lo había mencionado y me había dicho que su relación más larga había durado menos de seis meses, aunque no es que hiciera falta tener una relación. No obstante, parecía algo que ya habría surgido en nuestras conversaciones. Alterné la mirada entre Bennett y la foto unas cuantas veces más. No vi ningún parecido.

Habría supuesto que tendría unas cuantas fotos guarras de mujeres en el móvil, pero no a un dulce niño de fondo de pantalla. El hombre era un verdadero enigma.

Por suerte, mientras miraba al niño, vi la hora en el teléfono de Bennett.

«Mierda».

Necesitaba salir de ahí. Enseguida programé una alarma para que sonara dos horas más tarde y entré en su configuración para subir el volumen al máximo y asegurarme de que el móvil vibrara al mismo tiempo. Luego lo puse en el suelo, justo al lado de su oreja. Si eso no lo despertaba, nada lo haría.

Me levanté y tomé mi equipaje antes de dar un último repaso a la habitación por si había olvidado algo. Luego rodeé al hombre dormido y abrí la puerta con suavidad. Aún no se había movido.

Le eché un último vistazo al bulto de los pantalones.

«Bueno, Bennett Fox, ha sido, por decir algo, interesante. Estoy impaciente por ver cuánto recuerdas mañana en la oficina».

Capítulo 19

Annalise

A las ocho de la mañana ya llevaba horas en la oficina.

En mi vuelo de vuelta a casa de ayer, escribí un resumen del contenido de las reuniones de Star y envié un correo electrónico a tres miembros del personal —dos de Wren y uno de Foster Burnett— para pedirles que leyeran mis notas y se reunieran para una sesión de lluvia de ideas a primera hora de la mañana.

Cuando llegué a la oficina a las cinco de la mañana, vi la puerta de Bennett cerrada, aunque tenía la luz encendida. Tras haberme puesto al día con el correo electrónico durante una hora, fui a por un café y me di cuenta de que su puerta estaba abierta y la luz apagada. Supuse que había hecho lo que hacía a menudo: llegar pronto a la oficina, trabajar un poco y salir a correr al cabo de unas horas. No habíamos tenido ningún contacto desde que lo había dejado inconsciente en mi habitación del hotel ayer por la mañana y, aunque sentía curiosidad por saber cómo reaccionaría ante lo ocurrido, hoy no tenía tiempo que perder.

Justo cuando empezaba mi reunión, Bennett pasó por delante de la sala. Dio un paso atrás al vernos dentro. Tenía el pelo mojado y llevaba un gran café del Starbucks en la mano.

—¿Qué está pasando aquí?

—Acabamos de empezar con la presentación de Star Studios —dije.

Recorrió a todos los presentes con la mirada y pensé que iba a preguntarme por qué había elegido a las personas que trabajarían conmigo en la campaña sin hablarlo antes con él, pero, cuando nuestras miradas se cruzaron, se limitó a asentir con la cabeza y se marchó.

El resto de la mañana, mi equipo y yo trabajamos juntos. Antes de empezar, tenía en mente una docena de conceptos para Star, pero redujimos la lista a dos ideas y las desarrollamos, además de añadir otras dos que surgieron en la sesión. Nuestro plan consistía en pasar un rato solos, cada uno con sus cuatro conceptos, y ver cuál surgía cuando volviéramos a reunirnos en unos días.

De camino a mi despacho, me detuve en el de Bennett. Tenía la cabeza gacha mientras dibujaba algo.

—¿Llegaste a tu vuelo? —le pregunté.

Se reclinó en la silla y dejó el lápiz sobre el escritorio.

—Sí, llegué. Por suerte, tuve la precaución de poner una alarma, supongo.

«Ummm... No, no lo hiciste».

Continuó:

—La verdad es que no recuerdo mucho de la noche después de que terminamos de cenar. ¿Me desmayé en tu planta tras acompañarte a tu habitación o algo así?

—¿No recuerdas haber llamado a mi puerta?

—Al parecer no. —Frunció el ceño—. ¿Por qué llamé?

—Para disculparte por la forma en que actuaste en la cena.

—«Y decirme por qué actuaste así».

—No suelo tomar más de una o dos copas de alcohol. Soy más de cerveza. —Sonrió—. Espero que no intentaras aprovecharte de mí.

La decepción me golpeó. No se acordaba. Sabía que había muchas posibilidades de que la noche estuviera en blanco para él, pero no esperaba que me doliera que no recordara lo que había dicho.

Pero claro, era mejor así.

—Te confundiste de habitación y te quedaste inconsciente cuando fui a ponerme unos pantalones para llevarte a tu habitación.

Sentí que se me calentaba la cara por la mentira. Mierda.

—Tengo que irme. Luego hablamos. —Me alejé con brusquedad y me escondí en mi despacho con la puerta cerrada antes de que se diera cuenta.

Por la tarde, pasé un rato retocando la campaña de Bennett para Bodegas Bianchi. Había que editar el texto para que reflejara que la bodega era una propiedad familiar y no formaba parte de un gran conglomerado empresarial, algo de lo que Matteo se enorgullecía. Aparte de eso, cambié algunos colores de las etiquetas de la nueva línea de rosado, que mamá quería que fueran más vivos, y sustituí las cuñas de radio nocturnas por cuñas vespertinas.

Tenía planeado ir al gimnasio de camino a casa esta noche para evitar encontrarme con Andrew por la mañana, así que recogí la mesa a una hora razonable y guardé los archivos para trabajar en la campaña de Star Studios después. Tomé el diseño revisado de Bianchi y el texto para dejarlos en la oficina de Bennett cuando pasara por delante. Pero tenía las manos ocupadas y, justo antes de llegar a su puerta, se me cayeron unos cuantos papeles de la parte superior de la pila. Me agaché a recogerlos y oí hablar a Bennett.

—No estoy enfadado. Esta es mi cara desde que llegó Annalise.

Habíamos discutido y nos habíamos insultado, pero eso era entre nosotros. Parecía más un juego del gato y el ratón, sin insultos reales, ni siquiera cuando nos metíamos el uno con el otro. Pero, por alguna razón, que hablara mal de mí con otra persona me parecía peor que si me lo hubiera dicho a la cara.

—A mí me parece bastante simpática —respondió una voz masculina. Pensé que podía ser Jim Falcon—. También es inteligente.

Eso me hizo sentir un poco mejor.

—Es una pena que os conocierais así, mientras competís por el mismo trabajo y todo eso. Si os hubierais visto en un bar, creo que habríais congeniado.

—No es mi tipo —espetó Bennett.

Ayer, era guapa. Hoy, no era su tipo. Quería enfadarme, pero solo sentía dolor.

—Sí. Supongo que tienes razón. Inteligente, agradable y guapa... ¿Qué hombre querría esa mierda?

«¡Gracias, Jim!».

—Vete a la mierda, Falcon. —La voz de Bennett se volvió seca—. Si la hubiera conocido en un bar, habría mantenido las distancias tras pasar tres minutos con ella. Créeme.

Nunca había estado en una pelea a puñetazos, pero de repente supe lo que era un golpe en las tripas. Sentí un dolor hueco por dentro. ¿Qué había estado pensando? ¿Me había permitido creer que sus palabras de borracho eran la confesión de algún tipo de sentimiento y algo más que palabrería incoherente? Peor aún, me había permitido empezar a pensar que debajo de la bestia arrogante existía una especie de príncipe azul incomprendido.

A veces, una bestia no es más que una bestia, por muchas capas que le quites.

El sonido de unos pasos me sacó de mi momentánea fiesta de autocompasión. Me di la vuelta y caminé en la otra dirección. Jim se había acercado a la puerta, así que aún lo oía mientras ponía distancia entre nosotros.

—Ha pasado mucho tiempo. Vayamos a la hora feliz el viernes por la noche. Te encontraremos a alguien mala, fea y estúpida para sacarte de este estado de ánimo.

———

La relación tan voluble que tenía con Bennett dio un giro hacia la tundra a mediados de semana. Solo que esta vez, fui yo la que lo instigó.

Jonas nos había asignado la segunda cuenta por la que la junta nos juzgaría: Billings Media, y ambos estábamos trabajando en los primeros borradores de nuestras campañas para Star por separado. Casi al final de la reunión semanal, le comenté a Jonas que tenía una cita programada para la semana siguiente con uno de los vicepresidentes de Star. Sabía que eso haría enfadar a Bennett. Este me fulminó con la mirada, pero no dijo nada, y yo lo ignoré y seguí hablando con el jefe.

Cuando Tobias se ofreció para ver los primeros diseños, supuse que tanto Bennett como yo nos ocuparíamos de ello. Pero eso fue cuando yo era una idiota que creía que el campo de juego debía ser justo para que ganara el mejor.

Después de la tontería de Bennett en Los Ángeles y de escuchar lo que de verdad sentía por mí, ya no tenía ninguna duda de que ganaría la mejor persona: yo.

Regresé a mi despacho y cogí el teléfono para devolver algunas llamadas, cuando Bennett irrumpió sin llamar.

—La puerta estaba cerrada porque estoy ocupada.

Echó un vistazo exagerado a mi pulcro despacho.

—A mí no me parece que lo estés.

Suspiré.

—Necesito hacer unas llamadas. ¿Qué quieres, Bennett?

—¿Vuelas a Los Ángeles para una comida? Déjame adivinar, ¿te vas a reunir en un hotel?

—Que te jodan.

Me fulminó con la mirada.

—No, gracias. Te lo dije, no me gusta compartir. Y menos con Toby.

Me levanté.

—¿Has venido a mi despacho por alguna razón que no sea discutir?

—Tu amigo Tobias no contesta mis llamadas. ¿Es cosa tuya?

Tobias ni siquiera había mencionado que Bennett hubiera llamado.

—Por supuesto que no.

—El otro día vi a Marina reservar tus vuelos. Esa es la única razón por la que sabía que habías decidido ir a ver a tu amigo. Buen trabajo en equipo, por cierto. Casi me trago tu mentira de que «somos un equipo». Cuando se extendió la invitación para que echaran un vistazo a nuestro trabajo, supuse que era una invitación para la empresa…, no una invitación personal de Annalise.

Apoyé las manos en el escritorio y esbocé una sonrisa dulce y acaramelada.

—Yo también. Supongo que ambos hemos aprendido mucho el uno del otro desde Los Ángeles.

Capítulo 20

Bennett

«Bueno, bueno, bueno. La noche se ha vuelto mucho más interesante».

Sorbí el resto de la cerveza que había estado bebiendo durante casi una hora y le hice un gesto al camarero.

—¿Ha oído hablar de una bebida llamada «mal perdedor»?

—Creo que sí. Vodka, mezcla agridulce, granadina, zumo de naranja y azúcar en el borde, ¿no?

—Y una cereza al marrasquino o dos.

El camarero hizo una mueca.

—En mi opinión, suena más como una receta para la resaca.

—Sí. Por eso es perfecta. —Hice un gesto hacia el otro extremo de la barra, donde Annalise acababa de entrar, acompañada por nada menos que Marina—. ¿Ve a la rubia *sexy* que habla con la pelirroja loca?

Miró hacia la barra.

—Claro.

—¿Puede preparar una de esas bebidas y entregársela? Asegúrese de que sepa el nombre de la bebida y quién la envía.

—Lo que usted diga.

—Y tráigame otra cerveza cuando pueda.

Nuestra hora feliz extraoficial de la empresa había tenido una gran asistencia esa noche. Era la primera vez que el personal de Wren y Foster Burnett se reunía fuera de la oficina. Había, al menos, treinta personas, y la mitad de ellas trabajaban en el departamento de *marketing*, ya que siempre lo organizaba Jim Falcon.

No perdí de vista a Annalise mientras el camarero mezclaba la bebida y se dirigía al otro extremo de la barra para entregársela. Ella sonrió y miró el elegante vaso lleno de líquido rosado. Luego, alzó la mirada hacia donde señalaba el camarero. Al verme, frunció los labios de inmediato. Marina, por supuesto, se unió a ella y me lanzó dagas con la mirada. Lástima que no se me hubiera ocurrido antes; habría sido más gracioso que le hubiera llevado a Marina un bocadillo de mantequilla de cacahuete y mermelada junto con la bebida de Annalise. Al menos, habría sido divertido para mí.

Desde el otro extremo de la barra, Annalise levantó su copa con una sonrisa gélida e inclinó la cabeza hacia mí en señal de agradecimiento.

Durante la siguiente hora y media, intenté relacionarme, pero cuanto más me sorprendía echándole miradas furtivas a Annalise, más me molestaba. Ella, en cambio, ni se distraía ni se había percatado de que me había obsesionado con seguir todos sus movimientos.

En un momento dado, un tipo que no trabajaba en Foster, Burnett y Wren se le acercó y empezó a hablar sin parar. El imbécil llevaba una chaqueta marrón de *tweed* con coderas de cuero y mocasines gastados. Seguramente, era escritor, como su último novio imbécil, o profesor de alguna asignatura inútil, como filosofía.

Mira, si piensas que estoy celoso, no es así. Quítate esa tontería de la cabeza. Uno siente celos cuando quiere algo que otro ha conseguido —y Annalise no ha logrado ni logrará nada por encima de mí—, o cuando alguien tiene algo que es tuyo, y todos sabemos que nunca he reclamado ni reclamaré ninguna mujer como mía.

Soy protector por naturaleza, eso es todo. Y aunque la mujer podría haber ascendido en el mundo de la empresa hasta alcanzar un puesto como el mío, estaba claro que no sabía nada sobre los hombres.

En algún momento, entre echar la cabeza hacia atrás mientras se reía y revolverse el pelo, se excusó de la conversación, que ya duraba media hora, con el señor *Tweed* marrón. La seguí con la mirada por el pasillo, que sabía que llevaba a los baños. Me dije que no me moviera de allí, que no fuera a fastidiarla, pero…

No sabía escuchar.

Levanté la mano hacia el camarero, pedí otro «mal perdedor» y me dirigí hacia el baño de mujeres. Me quedé fuera y esperé hasta que salió. Dio dos zancadas por el pasillo y casi chocó conmigo.

Entrecerró los ojos con tanta fuerza que era un milagro que pudiera ver.

—¿Qué haces, Bennett?

Le tendí la copa.

—Pensé que querrías otra copa.

—No, gracias. —Trató de esquivarme, pero no se lo permití.

—Apártate de mi camino.

—No.

Abrió los ojos de par en par.

—¿No?

Sonreí. En retrospectiva, era posible que fuera una estupidez, hasta para mí.

—Exacto. No.

—Mira. Sea lo que sea a lo que estás jugando, no me interesa.

—No es un juego. Solo me preocupo por ti y me aseguro de que no has bebido tanto como para caer rendida ante las frasecitas que te suelte cualquier tío. Está claro que tu capacidad para juzgar a los hombres, incluso cuando estás sobria, es mediocre.

Su rostro se tiñó de rojo. Un fuego le recorrió esos ojos azules y parecía estar a punto de echar humo por la nariz. La había visto enfadada. Joder, enfurecerla se había convertido en uno de mis pasatiempos favoritos de las últimas semanas, pero nunca se había enfadado tanto. De hecho, retrocedí un paso.

¿Y sabes qué hizo?

Lo has adivinado.

Dio uno hacia adelante.

Lo admito, me asusté un poco.

Me clavó el dedo en el pecho mientras iniciaba una diatriba entrecortada:

—¿Crees… —«Golpe»—… que… —«Golpe»—… juzgo… —«Golpe»… mal… —«Golpe»—… a… —«Golpe»—… las… —«Golpe»—… personas? —«Golpe».

En realidad, esperó a que yo contestara. Me encogí de hombros como un cobarde.

—Bueno, ¿sabes qué? Tienes razón. Dejé que Andrew me engañara durante mucho tiempo. Sin embargo, cuando descubrí quién era, no me dolió ni la mitad de lo que lo hizo darme cuenta de lo equivocada que estaba contigo. Estaba muy segura de que eras un cabrón por fuera y una buena persona por dentro. Pensaba que, si escarbaba un poco más, dejaría la micrda atrás y encontraría el oro escondido. Pero me equivoqué. Cavé más allá de la mierda y ¿sabes qué encontré? Más mierda.

Se le llenaron los ojos de lágrimas. Fui a decirle que solo estaba bromeando, pero me detuvo con más palabras.

—Y no te preocupes de que me crea las mentiras de un borracho. Ya cometí ese error una vez. ¿Sabes qué? Tú también fuiste muy convincente. Cuando me dijiste lo guapa que crees que soy y que estabas celoso de que otro hombre me tocara. De hecho, eras tan bueno, que, como una estúpida, me creí las mentiras de borracho que me dijiste, incluso aunque después no las recordaras. Hasta que te oí hablando con Jim el otro día y me di cuenta de lo estúpida que había sido…, otra vez. Qué vergüenza. Pero créeme, he aprendido la lección.

Antes de que pudiera decir o hacer nada, Annalise me rodeó y volvió al bar. Bajé la cabeza con la sensación de tener un elefante sentado sobre el pecho.

—Joder.

«¿Qué he hecho?».

———————

A la mañana siguiente diluviaba. No era el típico chaparrón de abril que trae flores en mayo, sino el tipo de lluvia que viene con cielos grises y truenos más fuertes que una bolera en una noche de liga. Si a eso le unimos el martilleo que tenía en la cabeza, lo último que me apetecía era ir a un espectáculo de *monster trucks* esa tarde.

Ni siquiera había bebido tanto anoche. Joder, aún tenía la tercera cerveza en la mano cuando por fin le eché valor y seguí a Annalise, aunque antes me había reprendido. Acababa de vomitar en la pared exterior de ladrillo del edificio cuando la encontré, justo en el momento en que se alejaba del bar para meterse en un Uber. Como era de esperar, no hizo que el conductor se detuviera, aunque la perseguí a gritos.

Cuando llegué a casa de Lucas, no me molesté en sacar el paraguas que guardaba en la guantera del coche, así que tenía la ropa empapada después del paseíto desde el coche hasta la puerta principal. Llamé y esperé que, por algún milagro, hoy me abriera él, en lugar de Fanny. Lo último que me faltaba para acompañar un fuerte dolor de cabeza y un lluvioso viaje a un ruidoso espectáculo de *monster truck* era un encontronazo con esa mujer.

La puerta se abrió. No hubo suerte.

—Espero que lleves un paraguas cuando pasees con Lucas. No puedo permitirme el lujo de enfermar si él se resfría.

Sorprendente, no le importaba nada que Lucas se resfriara; solo que la contagiara. Me enfadé.

—Me aseguraré de que corra bajo las gotas de lluvia.

Frunció esos finos labios.

—También le vendrían bien unas deportivas nuevas.

La ignoré. Hacía tiempo que había aprendido a no esperar que destinara el cheque mensual que le daba a nada que Lucas necesitara de verdad.

—¿Está listo? Tenemos que ir a un sitio.

Me cerró la puerta en las narices y gritó dentro de la casa:

—¡Lucas!

De todas formas, prefería quedarme fuera bajo la lluvia que hablar con ella.

La sonrisa de Lucas cuando abrió la puerta me hizo sonreír por primera vez desde la noche anterior. Hacía un año que había dejado de correr a mis brazos. Así que inventé un apretón de manos secreto solo para nosotros. Hicimos nuestro numerito de los quince segundos de palmadas, choque de puños y apretones de manos.

—¿Has comprado tapones para los oídos? —me preguntó.

Había parado en la tienda de camino. Me metí la mano en el bolsillo y saqué dos pares.

Lucas frunció el ceño.

—¿Cuándo voy a ser lo bastante mayor para dejar de llevarlos?

—¿Lo bastante mayor? Yo todavía los llevo, ¿no?

—Sí. Pero porque eres tonto, no porque seas viejo.

Sonreí. Este chico podía hacerme olvidar un mal día.

—Ah, ¿sí?

Sonrió y asintió.

—Bueno, solo por ese comentario, no te dejaré mi chaqueta para que te cubras la cabeza mientras hacemos una carrera hacia el coche, como tenía pensado.

Lucas volvió a sacudir la cabeza y se burló:

—Taparme la cabeza con la chaqueta. Eres muy tonto. —Y echó a correr hacia el coche.

***

Mierda. Había unos ochocientos metros hasta el estadio cuando me di cuenta de que había olvidado las entradas. Estaban en el cajón superior del escritorio de mi despacho de la oficina, junto con los pases de entrada anticipada que había comprado para que Lucas y yo viéramos los camiones antes de que empezara el espectáculo.

Por suerte, la oficina no estaba demasiado lejos y teníamos tiempo de sobra, ya que a Fanny nunca le importaban nuestros planes, solo que yo alejara al niño de su vista exactamente a las doce cada dos sábados.

Paré el coche en una zona donde no se podía aparcar frente al edificio y miré a mi alrededor. No había ni un parquímetro a la vista, y solo tardaría unos minutos. Mi pase libre para las multas de aparcamiento caducó cuando dejé de llamar a la simpática vigilante con la que había salido unas cuantas veces.

—Solo tengo que subir a recoger las entradas del cajón de mi despacho.

—¡Guay! Nunca venimos aquí. ¿Todavía tienes los comecocos en esa sala tan grande?

—Sí. Pero hoy no tenemos tiempo para jugar.

Lucas hizo un puchero.

—Solo una. Por favor.

Me tenía ganado.

—Vale. Una partida.

A pesar de ser sábado, había algunas personas en la oficina. Me alivió comprobar que Annalise no era una de ellas: su puerta estaba cerrada y no asomaba luz por debajo. No quería tener otro enfrentamiento con ella delante de Lucas. Dios sabe que me había esforzado mucho durante años para que no viera el imbécil que era los otros seis días de la semana.

Abrí la puerta del despacho y me dirigí al cajón del escritorio, pero descubrí que las entradas no estaban donde creía. Recordaba haberlas traído con un lote de facturas que tenía que pagar… Juraría que las había metido en el cajón superior derecho. Después de buscar unos minutos en mi escritorio, claramente no estaban ahí. «Mierda». Esperaba encontrarlas en mi apartamento y no haberlas triturado sin darme cuenta con el correo basura.

Miré la hora en el móvil. Si nos íbamos ya, llegaríamos por los pelos. Pero el estadio estaba en dirección opuesta a mi apartamento; era imposible que llegáramos a tiempo si pasábamos primero por mi casa. Peor aún, no tenía ni idea de dónde había dejado las entradas, si es que estaban allí.

Suspiré.

—No sé qué he hecho con las entradas. Tendré que llamar a Ticketmaster y averiguar si pueden enviarme una versión electrónica o algo así.

—¿Puedo ir a jugar a los comecocos mientras tanto?

—Sí, claro. Es una buena idea. Tardaré un rato si me ponen en espera, y antes tengo que buscar el número. Vamos, te llevaré a la sala.

Mientras caminábamos, seguí intentando recordar qué había hecho con las entradas tras abrir el sobre en mi despacho. Había visto los pases de acceso anticipado con cintas con el logotipo y pensé que a Lucas le encantaría llevar un emblema colgado del cuello. Pero no me acordaba de qué había hecho con el sobre después de guardarlo todo dentro, que era exactamente en lo que estaba concentrado cuando entré en la sala.

Y descubrí que ya había alguien allí.

Annalise levantó la vista. Empezó a sonreír, pero, en cuanto vio mi rostro, frunció los labios. Verla allí de forma inesperada también me había pillado desprevenido, y por eso me detuve a tres pasos de la habitación, lo que provocó que Lucas chocara conmigo.

—¿Qué puñetas? —se quejó.

—Perdona, colega. Eh… Parece que hay alguien trabajando aquí, así que será mejor que no juegues ni hagas ruido.

Lucas me rodeó y miró a Annalise. Ella lo miró, luego a mí y de nuevo a él.

Con una sonrisa, se dirigió a mi amiguito.

—No pasa nada. Puedes jugar mientras estoy aquí.

Lucas no me dio oportunidad de discutir. Echó a correr hacia la máquina de comecocos.

—¡Genial!

Annalise se rio mientras lo observaba.

Cuando volvió a mirarme, nuestros ojos se encontraron, pero no pude leer lo que fuera que estuviera pensando.

—¿Seguro que no te importa? Tengo que hacer una llamada. Parece que he perdido unas entradas que necesitamos.

—No pasa nada.

Asentí, aunque ella no se dio cuenta porque ya había bajado la cabeza y enterrado la cara en su trabajo.

—Gracias —dije—. Solo serán unos minutos.

De vuelta en mi despacho, busqué el número de teléfono de Ticketmaster y llamé con el altavoz. Mientras se sucedían los millones de mensajes para que pulsara botones, volví a buscar en el escritorio. Seguía sin haber entradas. Y, por supuesto, no había ningún mensaje de que hubiera perdido las entradas, lo que hizo que tuviera que esperar al último mensaje para pulsar el temido «para otras opciones, por favor, pulse siete». De manera inevitable, eso dio lugar a unas cuantas indicaciones más para tratar de identificar el problema concreto.

Perdí la paciencia y pulsé el cero media docena de veces en un intento por que me pasaran con una persona real de atención al cliente, pero eso no sirvió de nada, salvo para que se reiniciara todo de nuevo.

Después de al menos veinte minutos, por fin hablé con alguien que me dijo que volverían a imprimir mis pases y que, si tenía la tarjeta de crédito con la que había pagado y un documento de identidad con foto, podría recogerlos en el mostrador *will call* de la entrada del estadio.

Colgué y de inmediato empecé a pensar que Annalise se enfadaría por el tiempo que había dejado a Lucas jugando al comecocos y pensaría que lo había hecho para distraerla o algo así.

Para mi sorpresa, no estaba enfadada en absoluto. De hecho, estaba sonriendo y riéndose cuando entré en la sala. Lucas y ella estaban sentados uno frente al otro en los sillones y se gritaban cosas al azar. No me di cuenta de que Annalise tenía

171

un teléfono pegado a la frente hasta que me adentré en la sala. Lucas había conseguido que jugara al juego digital de mímica al que nunca le dejaba ganarme.

—Es grande —dijo Lucas.

—¡El sol! —gritó Annalise.

Lucas se rio y negó con la cabeza.

—Mermelada.

—Fruta. Una fruta grande. Melón. Sandía.

Lucas puso cara de que estaba loca.

—Scooby-Doo.

Annalise parecía totalmente confundida, así que Lucas le dio otra pista.

Me señaló.

—Bennett quería ser uno cuando fuera mayor.

Incluso yo tardé unos segundos en darme cuenta de la palabra que estaba intentando que ella adivinara. Nunca la acertaría, al menos, no con esas pistas.

El teléfono vibró e indicó que su turno se había acabado. Ella bajó el teléfono y lo giró para leer la palabra sobre la que Lucas le había estado dando pistas.

Arrugó el ceño.

—¿Un gran danés? ¿Qué tiene que ver la mermelada con un perro?

Me reí entre dientes y contesté por él.

—Nada. Se refería a Marmaduke.

—¿La vieja tira cómica?

—Sí.

—¿Pero ha dicho que querías ser uno cuando fueras mayor?

Me encogí de hombros.

—Sí, quería.

Annalise se rio.

—¿Querías ser un gran danés?

—No hables sin saber. Es el rey de la familia canina.

Dios, cuando sonreía me dolía el pecho, pero cuando sonreía y se reía con Lucas —incluso a mi costa—, me afectaba de verdad. Vi cómo su risa se apagaba y su rostro se tornaba triste, casi como si por un momento hubiera olvidado lo capullo que era yo.

—También le he ganado al comecocos y al futbolín.

—No tiene tanta práctica como yo. Annalise acaba de empezar en esta oficina.

Lucas se puso de pie.

—¿Has conseguido entradas nuevas?

—Sí. Podemos recogerlas en la puerta.

—¿Quieres venir, Anna? —dijo—. Te daré mis tapones para los oídos.

Ella le dedicó una sonrisa sincera.

—Gracias por la invitación, Lucas, pero hoy tengo mucho trabajo.

Él se metió las manos en los bolsillos.

—De acuerdo.

Annalise evitó mi mirada y bajó la vista hacia su teléfono.

—¿Estás listo, colega? —le pregunté.

—¡Sí! —Corrió hacia la puerta en lugar de caminar.

El chico tenía un montón de energía.

Esperé a que Annalise levantara la vista, pero no lo hizo. Al final, le hablé a la coronilla.

—Gracias por hacerle compañía.

También quería disculparme por lo de la noche anterior, pero no era el momento adecuado. Además, ya me había disculpado media docena de veces por haberme comportado como un imbécil. No estaba seguro de que aceptara mis disculpas esta vez…, o de que lo mereciera.

Capítulo 21

1 de noviembre

Querida yo:

Hasta ahora, octavo curso apesta. Soy más alta que casi todos los chicos. Nadie me invitó al baile de Halloween, así que fui con Bennett. No quería disfrazarse, pero le obligué a ser Clark Kent. Llevaba unas gafas de empollón y una camisa de vestir con una camiseta de Superman debajo. Yo fui de Wonder Woman. Todas mis amigas piensan que Bennett está bueno y estaban celosas. Así que fue divertido.

Para mi cumpleaños, Bennett y su madre me llevaron al espectáculo de los monster trucks. *El nuevo novio de mamá, Kenny, vende cosas en los puestos de comida, así que nos dieron perritos calientes y refrescos gratis.*

El casero está intentando echarnos de casa otra vez. Mamá perdió su trabajo en la cafetería y dice que probablemente tendremos que mudarnos. Espero que no sea muy lejos.

Me encanta mi profesora de inglés, la señora Hoyt. Dice que mis poemas tienen mucho potencial y quiere que los presente a un concurso, pero la cuota de inscripción era de veinticinco pavos y mamá dijo que necesitamos el dinero para otras cosas. La señora Hoyt me sorprendió y me inscribió de todos modos. Dijo que la escuela tenía un fondo para ayudar con estas cosas. Aun así, tengo la sensación de que la señora Hoyt fue quién realmente lo pagó, por lo que le dedico este poema a usted, señora Hoyt.

Las flores se marchitarán,
el amor florece bajo el cálido sol,
el frío llega demasiado pronto.

Esta carta se autodestruirá en diez minutos.

Anónimamente,
Sophie

Capítulo 22

Bennett

No pude dejar de pensar en Annalise en todo el día.

Por suerte, Lucas no se dio cuenta, ya que se estaba comiendo un bote gigante de palomitas, dos pcrritos calientes y un refresco lo bastante grande como para llenar un lavabo. Teníamos asientos en la tercera fila, así que el rugido de los camiones y nuestros tapones para los oídos nos impedían hablar. Sin nada más que hacer que estar sentado en mi asiento, no podía dejar de obsesionarme con la cara de Annalise cuando salí de la sala. Ya no estaba enfadada, estaba dolida.

«Dios, soy un imbécil».

Cuando el espectáculo acabó, mientras Lucas y yo nos dirigíamos hacia el coche, en el aparcamiento, mi teléfono vibró con un mensaje.

«Cindy».

Hacía tiempo que no pensaba en ese nombre. Llevábamos meses sin tener contacto. Cindy era una azafata que conocí en un viaje de negocios el año pasado. Vivía en la costa este, y nos habíamos acostado en algunas ocasiones: dos durante mi estancia en Nueva York y una cuando ella vino aquí. Al parecer, estaba en la ciudad esa noche, en una escala inesperada, y quería saber si quería quedar. «Quedar» significaba una cena rápida y luego pasarnos toda la noche en su habitación de hotel.

Creo que era exactamente lo que necesitaba.

Un buen rato asegurado.

Sencillo. Sin complicaciones.

Un alivio para algunas frustraciones reprimidas.

Sin embargo, guardé el teléfono en el bolsillo y no contesté de inmediato.

La llamaría después de llevar a Lucas a casa.

Pero después de dejarlo, supe que debía ocuparme de algo antes de hacer planes con Cindy esa noche. Le debía una disculpa a Annalise, y eso iba antes que mi diversión. Así que conduje hasta la oficina. Eran casi las cinco, no tenía ni idea de si seguiría allí. Tal vez, había llegado temprano por la mañana para empezar el día. Después de todo, era sábado. Aun así, conduje hasta allí.

La oficina estaba en una zona de negocios y se convertía en un pueblo fantasma los fines de semana, más aún por la noche. Así que cuanto más me acercaba y más aparcamientos vacíos veía, menos creía que estuviera allí. Hasta que llegué a nuestra calle y vi un único coche en el aparcamiento, exactamente igual al mío.

Las luces de la recepción permanecieron apagadas hasta que el sistema de activación por movimiento las activó. Algunas personas habían trabajado esta mañana en varios departamentos, pero ahora, al pasar por los pasillos, toda la planta parecía haberse vaciado. Los despachos estaban a oscuras o tenían la puerta cerrada.

Excepto uno.

Una puerta abierta al fondo del pasillo iluminaba la alfombra, pero, hasta que no llegué a dos puertas de distancia, no oí ningún sonido.

Me detuve en seco al escuchar una voz. Tardé unos segundos en darme cuenta de que era Annalise. Estaba… cantando.

Era una canción *country* vagamente familiar que había oído varias veces —algo sobre perder a tu perro y a tu mejor amigo—, pero, madre mía, tenía buena voz, como la de un dulce ángel, con un pequeño vibrato diabólico que ansiaba salir. Me hizo sonreír.

Quería seguir escuchando, pero sentía aún más curiosidad por ver qué aspecto tenía mientras cantaba. Así que avancé unos pasos hasta su puerta.

Tenía la cabeza gacha, la nariz hundida en un archivador y los cables de los auriculares colgando de las orejas. No se percató de mi presencia de inmediato. Solo vi su perfil, pero eso me dio una breve oportunidad para observarla. Me quedé fascinado por lo guapa que estaba.

Llevaba unos tejanos, una camisa blanca abotonada y el pelo recogido en una cola de caballo. Sin embargo, nunca había estado tan guapa. La falta de un elegante traje de negocios y el pelo alborotado permitían que ella fuera el centro de atención. Algunas personas necesitaban muchos adornos, pero Annalise no. Su belleza procedía de la impecabilidad de su piel de porcelana, las delicadas curvas de su cuerpo y unos ojos ardientes. Y esa voz… Me quedé completamente paralizado.

Mientras la miraba, ella inclinó un poco más el cuello para hojear unos archivos, y el movimiento hizo que captara una sombra por el rabillo del ojo.

Levantó la cabeza, abrió los ojos de par en par, se le cortó la voz y paró de cantar.

—¡Dios mío! —Se levantó y se arrancó un auricular de la oreja—. Me has dado un susto de muerte.

Levanté las palmas de las manos.

—Lo siento. No quería asustarte.

Se llevó la mano al pecho y respiró hondo.

—¿Cuánto tiempo llevas ahí de pie?

—No mucho.

—Supongo que tenía la música muy alta y no te he oído.

«O no he dicho nada para seguir mirándote. Qué importa».

—¿Qué haces aquí?

—He venido a hablar contigo.

Cerró el cajón del archivador. La conmoción inicial había desaparecido y su voz se apagó.

—Ya lo he dicho todo. Vete, Bennett.

Me metí las manos en los bolsillos y di un paso hacia su despacho.

—Entonces no tienes que hablar. Solo escúchame. Me iré cuando termine.

Llevaba una máscara de indiferencia, pero no dijo nada; al parecer, era mi oportunidad.

Me aclaré la garganta.

—No mentí en la habitación del hotel. Creo que eres preciosa, y estaba celoso de que ese tío te tocara.

Se quedó boquiabierta.

—Pensé que no recordabas nada de lo que dijiste esa noche.

Sonreí con timidez.

—Vale. Eso era mentira. Pero lo que dije esa noche no lo fue.

—No lo entiendo.

Di otro paso hacia ella.

—Era más fácil decir que no recordaba haber dicho esas cosas y dejar que atribuyeras lo que había admitido a divagaciones de borracho.

Bajó la mirada durante un minuto y, cuando volvió a levantarla, vaciló antes de aceptar lo que le estaba diciendo.

—¿Por qué no querías que recordara lo que dijiste?

Y ahí estaba la pregunta del millón. Podría haberle dado una respuesta perfectamente aceptable que tuviera sentido y que fuera la que debería haber sido cierta —porque estábamos compitiendo por el mismo puesto de trabajo, y habría sido inapropiado—, pero habría sido una mentira.

Le debía algo de sinceridad, así que me tragué mi orgullo.

—Porque cada palabra que dije aquella noche era cierta, y me asusta muchísimo.

Separó los labios y se sonrojó ligeramente. Me encantaba que no pudiera mentir o avergonzarse sin demostrarlo. Me hizo preguntarme si también le pasaba cuando se excitaba. Apuesto a que sí.

—¿Por qué te asusta? —preguntó en voz baja.

Las preguntas, desde luego, eran cada vez más difíciles. Me pasé los dedos por el pelo y traté de encontrar las palabras adecuadas.

—Porque nunca he sido una persona celosa. Puede que no haya tenido una relación duradera como tú, pero he salido con bastantes mujeres. A veces, veía a la misma persona todos los fines de semana durante meses. Sin embargo, nunca le pregunté qué hacía durante la semana, porque no me importaba. Siempre se trataba del día, del tiempo que pasábamos juntos. Los celos tienen que ver con el mañana.

Lo meditó un rato, luego asintió y me hizo una pregunta que no esperaba:

—¿Quién es Lucas? ¿Qué tiene que ver contigo?

—No es mi hijo, si eso es lo que preguntas.

—Esta tarde ha mencionado que vive con su abuela y que pasáis juntos un sábado cada dos semanas.

Asentí.

—Su madre murió y su padre es un vago al que no le importa su existencia. Es mi ahijado.

Se volvió y miró por la ventana del despacho. Cuando se dio la vuelta, añadió:

—¿Algo más que quieras decir?

«Mierda». ¿Había olvidado algo? Parecía que me estaba pidiendo algo más. Repasé rápidamente todo lo que había dicho… Había admitido que le había mentido, que pensaba que era guapa y que había estado celoso. ¿Qué quedaba?

Al ver la mirada perdida en mi cara, me echó una mano.

—Te has comportado como un idiota conmigo toda la semana. Sobre todo, anoche en el bar.

«Oh. Sí. Eso». Sonreí.

—¿He mencionado que siento haber actuado como un idiota? Porque juraría que he empezado por ahí.

Ella me devolvió la sonrisa.

—No lo has dicho, no.

Me acerqué unos pasos.

—Siento haberme comportado como un capullo.

—Querrás decir *otra vez.*

Asentí.

—Sí, otra vez. Siento haberme portado como un capullo otra vez.

Escudriñó mi rostro.

—Vale. Disculpas aceptadas. De nuevo.

—Gracias. —Ya había tentado bastante mi suerte con ella por hoy, así que pensé que debía irme—. Te dejo que vuelvas al trabajo.

—Vale, gracias.

En realidad, no tenía muchas ganas de irme, así que me tomé mi tiempo para darme la vuelta. Ella me detuvo justo antes de llegar a su puerta.

—¿Bennett?

Me di la vuelta.

—Para que conste, yo también te encuentro atractivo.

Sonreí.

—Lo sé.

Ella se rio.

—Dios, eres un idiota. Creo que el motivo por el que nunca has tenido novia es ese, y que no quieras saber nada de velas y romanticismo.

—Quieres que sea tu novio, ¿verdad? Tal vez, porque piensas que estoy muy bueno.

—Buenas noches, Bennett.

—Buenas noches, preciosa.

Capítulo 23

Annalise

El camarero terminó de rellenar nuestras copas de vino.

—Voy a ver cómo va su cena. ¿Puedo traerles algo más mientras tanto?

Miré a Madison y luego al camarero.

—Creo que ya está. Gracias.

Se alejó y Madison lo siguió con la mirada.

Se llevó la copa a los labios.

—Deberías acostarte con él.

—¿Con el camarero? Tiene como veinte años.

—No. Yo debería acostarme con el camarero. Tú deberías acostarte con la Bestia.

Acababa de ponerla al día sobre el drama de la oficina de la última semana: desde nuestra visita a Star Studios y la actitud de Bennett los siguientes días, hasta el fin de semana inesperado, la visita en la oficina y el tonteo de esta semana. Mi relación con Bennett cambiaba tan a menudo como la gente cambia de ropa interior.

Asentí.

—Sí, es una gran idea. Acostarme con el tío que intenta robarme el trabajo.

—¿Por qué no? Ya conoces ese viejo dicho… Mantén a tus amigos cerca y acuéstate con tus enemigos.

Me reí.

—El dicho no es exactamente así.

Se encogió de hombros.

—Seamos prácticas. Ya habéis admitido que os sentís atraídos el uno por el otro. No es como si eso fuera a desaparecer. Y tienes que volver a salir. De todas formas, él se mudará en unos meses, así que es el perfecto polvo por despecho.

—Me encanta que ya hayas decidido que se muda él y no yo.

—Por supuesto. Es un hecho que vas a ganar. No puedes dejarme.

Suspiré.

—Bennett no es el tipo de tío con el que saldría.

—¿He dicho algo de salir? He dicho que deberías acostarte con él, no convertirlo en tu futuro marido. Fóllatelo, no te lo lleves a comprar la vajilla nueva de porcelana.

—Eso es… —Me quedé a medias. Mi instinto me decía que era una locura. Pero tenía que admitir que… la idea era muy atractiva.

Madison sonrió como el gato Cheshire. Me conocía bien.

—Estás pensando en acostarte con él, ¿no?

—No. —Sentí que se me calentaba la piel—. Y antes de que digas nada…, hace calor.

—Sí. —Sonrió—. Claro que sí.

Al día siguiente, estaba imprimiendo un logotipo con la impresora 3D cuando se atascó. No conseguía desatascar la boquilla. Bennett se acercó cuando vio que la desmontaba.

—¿Necesitas ayuda?

—Estaba imprimiendo una cosa y ha comenzado a hacer un chasquido. Creo que la boquilla está atascada con el filamento.

—¿Es lo primero que imprimes?

—No. He hecho otros dos proyectos antes de este y se imprimieron bien.

Bennett se remangó las mangas de la camisa.

—A veces se sobrecalienta. El extremo tiene que enfriarse antes de volver a calentarse o el filamento se licua demasiado y provoca un atasco.

Le miré los antebrazos. Eran fuertes y estaban bronceados, pero eso no era lo que me tenía embelesada, sino el tatuaje que asomaba por el dobladillo de la camisa.

Bennett se dio cuenta de en qué me había fijado.

—¿Tienes tatuajes?

—No. ¿Es el único que llevas?

Movió las cejas.

—Tendrías que hacer un examen de cuerpo completo para averiguarlo.

Puse los ojos en blanco.

Accionó algunos botones en la impresora, luego sacó una bandeja plateada e introdujo un brazo dentro de la máquina. Cuando lo sacó, vi un poco más del tatuaje. Parecían números romanos envueltos en algo.

—¿Es una enredadera?

Asintió.

—Es un poema especial para mí.

Oh. No es lo que esperaba.

Bennett abrió y cerró unas cuantas bandejas y luego volvió a introducir en la impresora la plateada que había retirado.

—Es lo que pensaba. Se ha sobrecalentado. El extremo no se habrá enfriado suficiente. La he utilizado durante unas horas esta mañana. Cancela el trabajo y dale una hora. Cuando el filamento se enfríe, se desatascará solo.

—Oh. Vale, genial. Gracias.

—De nada. —Empezó a desdoblarse la manga de la camisa—. Si lo necesitas con urgencia, tengo un pequeño ventilador en el cajón inferior del escritorio. Si lo pones encima de la impresora e inclinas las aspas para que soplen hacia abajo, acelerará el enfriamiento.

—No pasa nada. Puedo esperar.

184

Me sentí un poco culpable por estar imprimiendo cosas para llevármelas a Star Studios en un par de días y que él hubiera venido a ayudarme.

—Eh… ¿Tobias te ha llamado? —le pregunté.

Se le tensó el músculo de la mandíbula.

—No. Le he dejado tres mensajes. —Nuestros ojos se cruzaron brevemente antes de que apartara la mirada—. Avísame si tienes algún otro problema.

Asentí, y me sentí aún más culpable. Se alejó tres pasos antes de que yo cediera.

—¿Bennett?

Se volvió.

—La comida es el jueves a la una. Marina ha hecho mi reserva. Ven conmigo. Somos una sola empresa. Deberíamos ir juntos.

Era lo correcto, aunque no fuera lo más inteligente.

Bennett entrecerró los ojos.

—¿Por qué harías eso?

—Porque pienso ganarte gracias a mi trabajo, no porque algún cliente se sienta atraído por mí y no te devuelva la llamada.

—¿Así que por fin admites que ese imbécil se siente atraído por ti?

Actué como Bennett.

—¿No lo está todo el mundo?

———

Cerré la cremallera del equipaje de mano que estaba en el suelo.

—¿Te la muestro si me enseñas la tuya?

Alcé la vista y me encontré a Bennett con una sonrisa pícara.

—Me refería a la presentación que llevas en la bolsa. No seas malpensada, Texas.

Sonreí.

—Empezaba a creer que me habías dejado plantada. Acaban de abrir el embarque.

Bennett dejó una caja en el asiento de al lado en la zona de espera y levantó las manos. Estaban cubiertas de polvo negro y grasa.

—He tenido un pinchazo. Me ha tocado cambiar una rueda de camino al aeropuerto.

—¿Una rueda? ¿Has conducido y has conseguido aparcar? ¿Por qué no has pedido un Uber?

—Lo he hecho, pero hemos sufrido un reventón a mitad de camino. Y el conductor tenía como setenta años y problemas de espalda. Ha llamado a la Asociación Estadounidense del Automóvil para que le cambiaran la rueda, y le han dicho que tardarían unos cuarenta y cinco minutos. Con el tráfico de la hora punta, no tenía tiempo, así que la he cambiado yo.

—Oh, vaya. Eso sí que es dedicación.

—Habría corrido, si las cosas hubieran empeorado. —Miró la cola de embarque—. Parece que tenemos unos minutos. Voy a buscar un baño para intentar limpiarme las manos. ¿Puedo dejarte mi presentación?

—Claro, por supuesto.

—¿Seguro que puedo confiar en que no mirarás y me robarás las ideas?

Sonreí.

—Probablemente no, pero vete de todos modos.

Cuando regresó, la fila casi había desaparecido. Me levanté.

—Deberíamos ponernos en marcha.

Bennett tomó su equipaje de mano y luego, el mío.

—Puedo llevarlo.

—No pasa nada. Aunque tengo un motivo oculto. Voy a dejarlo caer por accidente y a darle unas cuantas patadas para ver cuánto aguanta tu modelo 3D.

«Qué graciosillo».

—¿En qué fila estás? —pregunté cuando llegamos al final de la pasarela para subir al avión.

—En la misma que tú. Ambos tenemos asientos en el pasillo, uno frente al otro. Le dije a Marina que nos pusiera juntos para que trabajáramos si queríamos.

—Oh. Vale. —«Me lo temía».

Bennett guardó nuestras presentaciones en el comparti-
mento superior y tomamos asiento en la fila once. Después de
abrocharme el cinturón, decidí contarle mi pequeño problema.

—Umm… Para que lo sepas, tengo miedo a volar.

Frunció el ceño.

—¿Qué significa eso? ¿Vas a narrar todo el vuelo? «Avan-
zamos por la pista. Alcanzamos una velocidad de despegue de
doscientos cincuenta kilómetros por hora. Meto la cabeza entre las piernas para rezar por mi vida…».

Solté una carcajada nerviosa.

—No. Es que siento pánico en los vuelos, así que uso una
aplicación que me ayuda a mantener la calma. Es una combinación de meditación, música y técnicas de respiración guiada.
Si hay turbulencias, pulso un botón y un terapeuta me guía a
través de unos ejercicios de relajación.

—Me estás tomando el pelo.

—No estoy segura de cuánto vamos a trabajar durante el vuelo.

Sonrió.

—Que le den al trabajo. Esto es mucho mejor. Qué ganas
de verte enloquecer.

«Genial. Simplemente genial».

Cinco minutos después del despegue, abrí los ojos y vi que
Bennett me observaba con una sonrisa.

Sacudí la cabeza.

—¿Te diviertes?

—Sí. Y por la forma en que te has agarrado al reposabrazos
durante el despegue, me alegro de estar sentado frente a ti para
que no te aferres a otra cosa por error si hay turbulencias. Tenías esa cosa agarrada como si te fuera la vida en ello.

Me reí.

—El despegue es la peor parte. Una vez en el aire, no estoy
tan mal, a menos que haya baches.

—Entonces, ¿no te gusta ningún medio de transporte o
solo los coches y los aviones?

—Muy gracioso.

—Me contaste que tuviste un accidente que hizo que te volvieras una conductora nerviosa. ¿Te pasó algo que te provocara lo mismo a la hora de volar? ¿Como un mal vuelo o algo así?

Puse mi cara más solemne.

—Mi padre era piloto y murió en un accidente de avión.

Bennett parecía asustado.

—Mierda. Lo siento mucho. No tenía ni idea.

Intenté mantener un rostro serio, pero su cara era demasiado divertida. Se me escapó una sonrisa.

—Te estoy tomando el pelo. Mi padre vende seguros y vive en Temécula.

Se rio.

—Qué bien. Me lo había creído.

Tras estabilizarnos, fue un vuelo corto hasta Los Ángeles, y una vez que Bennett y yo empezamos a bromear, el tiempo pasó volando. Todos los vuelos deberían ser así para que no me pusiera nerviosa.

Cuando aterrizamos, el capitán se acercó y nos dijo que habíamos llegado unos minutos antes, así que teníamos que esperar para salir hacia la puerta de llegadas. Apagué la aplicación para volar y quité el modo avión. Los correos electrónicos empezaron a llenarme la bandeja de entrada. Vi uno de Tobias y lo abrí.

«Mierda». Me volví hacia Bennett.

—Acabo de recibir un correo electrónico de Tobias. Dice que ha surgido una situación urgente que hay que resolver y que ha tenido que aplazar nuestra reunión de mediodía.

—¿Hasta cuándo?

Fruncí el ceño, pues sabía lo que pensaría.

—Dice que tiene una reunión que se ha reprogramado, y que puede hacerte un hueco a las cinco esta tarde.

—¿Solo a mí?

Asentí. Habíamos acordado con él dos horas, con la idea de tener una cada uno.

—Le gustaría que me reuniera con él para cenar esta noche a las ocho.

Bennett apretó la mandíbula.

—Sé lo que estás pensando. Pero, aunque fuera cierto, soy una adulta y puedo cuidar de mí misma. Y el hecho de que estés aquí conmigo ahora mismo debería indicarte que quiero ganar esta cuenta con juego limpio, gracias a mi trabajo.

Asintió. Los dos nos quedamos callados mientras desembarcábamos del avión. Cuando alquilamos un coche, me di cuenta de que tenía que cambiar mis planes de regreso. Si la cena era a las ocho, no llegaría al último vuelo del día. Necesitaba que Marina me reservara una habitación de hotel y retrasara mi vuelo de vuelta a la mañana siguiente.

Bennett estaba ocupado conduciendo por el aparcamiento de alquiler de Hertz, así que rompí el hielo.

—Voy a pedirle a Marina que cambie mis planes de viaje. ¿Quieres que le diga que modifique los tuyos?

—No. Está bien. Yo me encargo.

No volvió a hablar hasta que nos incorporamos a la autopista y nos dirigimos a Star Studios.

—Ahora tenemos un día entero. ¿Quieres ir a una cafetería a trabajar?

Ninguno de los dos habíamos traído los portátiles, ya que teníamos que llevar el material de presentación. Aun así, con los móviles, al menos, podíamos contestar correos y esas cosas. Pero eso no nos ocuparía un día entero. El correo electrónico de Tobias había provocaba una ligera tensión entre nosotros que no desaparecía, así que pensé que necesitábamos relajarnos un poco.

—Tengo una idea mejor.

—¿Cuál?

Sonreí.

—Unos masajes en los pies.

Capítulo 24

Bennett

Quiere volverme loco.

—¿Qué haces?

Annalise abrió los ojos de golpe. Estábamos sentados uno al lado del otro en unas sillas enormes mientras dos mujeres nos frotaban los pies.

—¿Qué?

—Parece que estás a punto de empezar a gemir.

Tenía los ojos vidriosos y entornados. Se inclinó para susurrarme:

—Con sinceridad, creo que podría…, ya sabes…, con un masaje de pies. Es lo que más me gusta para relajarme.

«Joder». Le miré los pies. Nunca había chupado los dedos de los pies a una mujer, aunque no me opongo. No se me había presentado la oportunidad. Pero ahora estaba absolutamente seguro de que me había perdido algo importante. Si un pequeño masaje en los pies le sentaba tan bien a una mujer, puede que lo hubiera pasado por alto. Necesitaba remediarlo de inmediato, y sabía exactamente por dónde quería empezar. Me pregunté qué habrían hecho las dos masajistas si me hubiera levantado y hubiera apartado a una de ellas para sustituir sus manos por mi boca.

Annalise cerró los ojos y volvió a su remanso de felicidad. La observé durante un largo rato y luego me incliné para susurrarle al oído:

—Si esto es lo que más te gusta para relajarte, el muy capullo te ha hecho un favor al dejar la relación. Se me ocurren unas cuantas cosas que te relajarían.

Se rio. Pero yo no estaba bromeando, y me entraron unas ganas tremendas de demostrárselo. Intenté relajarme y disfrutar del resto del masaje, pero ya era demasiado tarde. Los siguientes treinta minutos consistieron básicamente en fantasear con todas las cosas que podría hacerle a la mujer que estaba sentada a mi lado para que pensara que un masaje de pies era un juego de niños. Bueno, en eso y en imaginar todos los asquerosos pies con hongos que la mujer que masajeaba los míos había frotado justo antes. Necesitaba algo para mantener a raya la constante amenaza de erección.

Cuando terminamos con los masajes, fuimos a comer a un restaurante asiático de fideos. El teléfono de Annalise empezó a sonar mientras mirábamos el menú.

—Es mi madre. Discúlpame un momento.

No se levantó de la mesa, así que escuché una parte de la conversación.

—Hola, mamá.

Pausa.

—Sí, suena genial. Llevaré el postre.

Pausa.

—Cenamos la otra noche. Dijo algo de que pasaría el fin de semana en casa de su hermana, pero se lo preguntaré de todos modos.

Otra pausa. Esta vez, alzó la mirada de golpe y se encontró con mis ojos.

—Umm. Lo dudo. Pero se lo preguntaré.

Habló unos minutos más y luego colgó.

—¿Todo bien? —le pregunté.

Annalise suspiró.

—Sí. Mi madre no puede evitarlo. Va a celebrar una cata privada de vinos con las primeras botellas de la temporada el próximo fin de semana. Me ha pedido que invite a mi mejor amiga, Madison, y luego a ti. Una vez que siente el olor de un soltero aceptable para su hija, es como un *pitbull.* Le diré que estás ocupado.

—¿Por qué? No tengo ningún plan excepto trabajar este fin de semana.

—Sería…, no sé…, raro que vinieras.

—No más raro que estar sentado a tu lado mientras veía cómo una asiática de metro y medio casi te hacer tener un orgasmo.

Ella se rio.

—Supongo que tienes razón.

—Además, los dos sabemos la verdad. —Le guiñé un ojo—. En realidad, tu madre no me invita para hacerle un favor a su hija.

—Le dije que competíamos por un ascenso, no por conservar nuestros empleos aquí en California. No he mencionado el posible traslado a Texas porque creo que no tiene sentido preocuparla. Pero si le dijera que el único interés que tienes en su hija es que me envíen a tres mil kilómetros de distancia, creo que te sorprendería lo mucho que cambiaría su amabilidad. Es sobreprotectora conmigo.

Definitivamente, no era el único interés que tenía en Annalise, pero tenía razón, y si su madre supiera lo de Texas o cualquiera de las cosas con las que había fantaseado hacerle a su hija, estaba bastante seguro de que me perseguiría para echarme con un sacacorchos en la mano.

—¿Eres hija única?

—Más o menos. Mi hermana murió cuando tenía ocho años.

—Mierda. Lo siento.

—Gracias. Era cinco años mayor, así que yo solo tenía tres cuando sucedió. Sufrió un neuroblastoma, un cáncer infantil muy agresivo. Ojalá me acordara más de ella. Aunque, al menos, no recuerdo su muerte. Pero, para responder a tu pregunta, no tengo más hermanos. Mis padres empezaron a tener problemas con su matrimonio después de aquello. ¿Qué hay de ti? ¿Algún otro zorro con el que deba tener cuidado anda suelto por ahí?

Negué con la cabeza.

—Solo yo. Mi padre murió cuando yo tenía tres años, de un ataque al corazón a los treinta y nueve. Mamá nunca lo superó ni se volvió a casar. Aunque hace dos años se mudó a Florida para estar cerca de su hermana, y últimamente ha mencionado que sale a pasear con un tipo llamado Arthur. Creo que debería ir a verla pronto, para ver si necesito patearle el culo a Artie.

—Eso es extrañamente dulce.

—Sí, así soy yo. Extrañamente dulce.

La camarera vino y nos tomó nota. Annalise pidió sopa, unos entremeses y la comida.

—Para ser tan pequeña, comes un montón.

—No he probado bocado esta mañana por los nervios de volar. Y esta noche no cenaré hasta las ocho, así que he pensado que era mejor hacer acopio.

El recordatorio de su cena con Tobias esta noche me quitó el apetito.

—Bueno, ¿dónde es la cita de esta noche?

Frunció el ceño.

—No es una cita.

—Oh, es verdad. Déjame decirlo de otra manera. ¿Dónde es la reunión de negocios con el tío que quiere llevarte al huerto?

Cruzó los brazos sobre el pecho.

—No quiero decírtelo.

—¿Un pequeño y romántico bistró italiano, a la luz de las velas? Tal vez un rincón junto a la chimenea.

—Idiota.

—¿Un francés? Tal vez Chez Affaire.

—En el mismo lugar donde comimos la última vez. El mismo restaurante exacto donde ambos compartimos una comida y hablamos de negocios con todo el equipo de Star. El mismo lugar que parecía una elección lógica y conveniente para una reunión hace apenas dos semanas. Sin embargo, estoy segura de que estarás convencido de que ahora tiene un motivo oculto para haberse decantado por ese.

Le había estado tomando el pelo, pero joder, la idea de que los dos cenaran en el hotel en el que ella se alojaría me sacaba de quicio. Y ni siquiera intentaría convencerme de que tenía algo que ver con los negocios. Ya había admitido que estaba celoso. No tenía sentido exponer mi debilidad a la competencia una segunda vez. Así que me aguanté o, al menos, lo intenté.

—Es una elección conveniente. Muy conveniente.

Quizá no le había dado una oportunidad al tío.

Tobias me dio una palmadita en la espalda cuando salimos del despacho del director de adquisiciones cinematográficas. Le había encantado el plan de *marketing* que había ideado, incluidos el nuevo logotipo y los eslóganes. Y esta era la tercera oficina a la que me acompañaba donde parecía que les habían encantado mis ideas.

—Llevo aquí tres semanas y es la primera vez que veo sonreír a Bob Nixon. O has dado en el clavo, o ese tío ha empezado a tomar nuevos medicamentos hace poco.

—Muchas gracias por tomarte el tiempo de hacer esto. Sé que te ha surgido algo esta mañana, así que te agradezco que nos hayas hecho un hueco.

Volvimos a su despacho.

—De nada, me alegro de ser de ayuda. Ahora que he visto algunas de tus grandes ideas, estoy deseando ver tus conceptos finales cuando visitemos vuestra oficina dentro de unas semanas. Annalise me ha hablado muy bien de tu trabajo y ahora sé por qué.

Empezaba a sentirme como un completo idiota. Había dejado que mis sentimientos personales se interpusieran en el camino de los negocios, que nublaran mi juicio sobre Tobias, y Dios sabe la lata que le había dado a Annalise con este tío. Y aquí estaba ella, hablándole bien de mí al hombre que iba a elegir la campaña que contribuiría en gran medida a que mantuviera mi puesto de trabajo.

—Estoy seguro de que su presentación será igual de acertada, si no más. Tiene un talento increíble —dije.

Sonó el teléfono del despacho de Tobias. Respondió, le dijo a quienquiera que estuviera al otro lado que necesitaba un minuto y se llevó el auricular al pecho.

—¿Por qué no nos sirves dos copas de celebración? —Levantó la barbilla y señaló un largo aparador situado bajo las ventanas—. El armario del medio tiene un buen *brandy* y algunas copas.

Mientras hablaba, saqué dos copas de cristal y un decantador lleno de un licor de color ámbar. En la parte superior del armario había muchas fotografías enmarcadas, así que las observé con detenimiento mientras esperaba. En una, un niño rubio y una niña algo mayor estaban sentados en una roca en algún lugar de las montañas. Otras eran de Tobias acompañado de varios famosos en diferentes estrenos de cine. La última era una foto de una mujer con los mismos dos niños de la primera foto, pero en esta ocasión, ya eran mayores y los tres alzaban las manos mientras bajaban por una montaña rusa. Sus sonrisas eran enormes.

Sacudí la cabeza. Los celos me habían cegado. Era evidente que aquel tío estaba felizmente casado y tenía una bonita familia. La última vez había malinterpretado totalmente la situación.

O... tal vez no.

Tobias colgó mientras yo dejaba la última foto enmarcada.

—Tienes una familia preciosa —le dije.

Se acercó al escritorio, sacó una de las copas de *brandy* que había servido y levantó la foto que acababa de dejar. Agitó el líquido en el vaso y lo miró.

—Candice es muy guapa. Lástima que sea una maldita zorra. Nos separamos hace nueve meses. Con toda la mierda del
#MeToo, pensé que sería mejor mantener una fachada de hombre felizmente casado en público.

Levantó la copa y la chocó con la mía.

—Hablando de mujeres hermosas, estoy deseando ver lo
que se le ha ocurrido a tu compañera más tarde.

Capítulo 25

Annalise

«Menudo imbécil».

Mantuve mi cara falsa de felicidad mientras me despedía de Tobias. Pero en cuanto atravesó la puerta giratoria, me di la vuelta, fruncí el ceño y me dirigí al bar en busca de mi acosador. Me invadió una sensación de *déjà vu*.

—Perdone —llamé al camarero—. ¿Busco al tipo que estaba sentado en ese extremo de la barra hace unos minutos?

Asintió.

—¿Bebía Corona y parecía que alguien hubiera atropellado a su perro?

—Ese mismo.

—Ha pagado la cuenta y se ha marchado hace un minuto o dos. No estoy seguro de si es un huésped, ya que ha pagado en efectivo. No he visto por dónde se ha ido.

—Oh, sí que se hospeda aquí —murmuré, y me dirigí hacia la recepción—. Apostaría mi vida.

En la recepción había dos empleados; ambos estaban ocupados con clientes, así que me puse a la cola. Sin embargo, mientras esperaba, pensé que tal vez no darían el número de habitación de otro huésped con tanta facilidad. Así que volví al vestíbulo, saqué el móvil y busqué el número de teléfono del hotel.

—Hola. Estoy intentando localizar a un huésped. En realidad, es mi jefe. Me dio el número de teléfono directo de su habitación para una conferencia a la que vamos a asistir, pero parece que lo he perdido.

—Puedo conectarla con la habitación. ¿Cómo se llama el huésped?

—Ummm… ¿Podría volver a decirme el número de teléfono? Me lo dio porque llamaré a otras personas en una línea de conferencia y, por motivos de privacidad, no le gusta compartir el nombre del hotel donde se aloja. La operadora dice el nombre del hotel cuando contesta en el número principal. Me va a matar por haberlo perdido.

—Claro. No hay problema. ¿Cómo se llama el huésped?

—Bennett Fox.

Cuando esta mañana le he dado mi número de teléfono directo a Marina, me he dado cuenta de que el número de mi habitación era los cuatro últimos dígitos. O se trataba de una gran coincidencia, o todos funcionaban así.

La oí pulsar unas teclas antes de volver a la línea.

—Ese número directo sería el 213-555-7003.

—Muchas gracias.

—De nada. Buenas noches.

Deslicé para finalizar la llamada.

«Oh, tendré una buena noche en la que le gritaré al idiota de la habitación 7003».

¿Era posible que la sangre hirviera de verdad? Empecé a sudar en el ascensor hasta el séptimo piso. Estaba tan enfadada que sentía que el calor me manaba por los poros.

No solo me había asegurado de que el imbécil tuviera la oportunidad de presentarle sus ideas a Tobias, sino que nunca había dicho una mala palabra sobre él ni había intentado utilizar mi amistad con Tobias para obtener una ventaja. ¿Y qué había hecho el idiota? Se había inventado mentiras sobre mí para que pareciera una idiota mientras hablaba con el cliente.

Las puertas del ascensor se abrieron y me dirigí a la habitación 7003. Sin tomarme un minuto para calmarme, golpeé la puerta. Como no abrió en tres segundos, llamé de nuevo, esta vez más fuerte. La puerta se abrió de golpe.

—¿Qué coño? —gritó Bennett.

Si no hubiera estado tan furiosa, me habría distraído al ver a Bennett Fox sin camiseta, de pie al otro lado. Pero estaba rabiosa, así que sus abdominales cincelados solo lo empeoraron.

«Por supuesto, también tiene un cuerpo perfecto. Menudo capullo».

Pasé junto a él y entré en su habitación.

Por un momento, permaneció inmóvil, mientras parpadeaba, como si estuviera confundido por lo que estaba pasando. Al final, sacudió la cabeza y soltó el pomo de la puerta que aún tenía en la mano.

—Adelante. No me estaba desvistiendo ni nada por el estilo.

—Tienes mucha cara.

—Tengo mucha cara. Tendrás que ser más específica sobre qué narices te pasa.

Que se hiciera el tonto me hizo perder la calma. No es que antes me hubiera controlado demasiado, pero estallé.

Me acerqué a su cara y le clavé el dedo en el pecho.

—¿Tengo una relación seria con Marina? ¿Qué demonios te pasa?

—Ah. Eso.

—Me he esforzado por portarme bien contigo, ¿y cómo me lo pagas? Vas y le dices al cliente que tengo una aventura con una mujer en la oficina, ¡para que parezca poco profesional!

Levantó las manos en señal de rendición.

—No. No. Eso no es lo que pretendía hacer para nada.

—Ah, ¿no? ¿Así que le has dicho a nuestro cliente que me acuesto con nuestra asistente por accidente? ¿Y qué pretendías? ¿Hacerme parecer profesional?

Bennett se pasó una mano por el pelo.

—No estaba pensando.

—Una mierda. Sabías exactamente lo que estabas haciendo.

—El tipo es un capullo. Estaba tratando de mantener las cosas profesionales. Lo dije para que no se te insinuara.

—Eres tan mentiroso que creo que empiezas a creerte tus propias mentiras, y eso es lo que hace que tus ridículas excusas sean tan creíbles. Eres un maestro de la manipulación para fastidiar a la gente cuando se siente vulnerable.

Hice un puchero e imité sus patéticas disculpas.

—Lo siento, Annalise. Estaba celoso. Oh, no, intentaba protegerte del cliente grande y malo.

Bennett tensó la mandíbula y me miró fijamente.

—No te estaba manipulando.

Frustrada, me di la vuelta para salir. Luego lo pensé mejor y volví para hacerle una última pregunta.

—¿Por qué sigues aquí, Bennett?

Me hizo enfadar que estuviera jugando. Sus fosas nasales se dilataron como si él tuviera motivos para estar enfadado.

—¡Contéstame!

En un abrir y cerrar de ojos, mi espalda estaba contra la puerta, y Bennett me rodeaba. Bajó el rostro para estar a mi altura y presionó los antebrazos con firmeza contra la puerta a ambos lados de mi cara. Su pecho desnudo subía y bajaba tan cerca del mío que sentía el calor que irradiaba. El fuego transformó el verde suave de sus ojos en un gris cercano.

—Estoy aquí porque no puedo mantenerme alejado, joder.

Me quedé boquiabierta.

—No lo entiendo.

—Bueno, ya somos dos.

Nada tenía sentido. En un momento nos llevábamos muy bien y veía retazos de una persona que me gustaba de verdad, y luego…

—¿Por qué sigues haciéndome daño?

Bennett agachó la cabeza un momento mientras yo intentaba asimilar lo que estaba pasando.

Cuando levantó la vista, sus ojos estaban llenos de remordimiento.

—No quiero hacerte daño. Es que... me vuelves loco. En treinta y un años, nunca he deseado a una mujer tanto como a ti, y por supuesto, eres la única a la que no puedo tener.

Tragué saliva. Sentía cómo el corazón me rebotaba en el pecho.

—No te creo —susurré.

Sus ojos se posaron en mi boca y gimió. El sonido se me metió directamente entre las piernas y entreabrí los labios con un pequeño jadeo que esperaba que no oyera.

Pero la sonrisa maliciosa que se dibujó en su cara me dijo que sin duda lo había oído.

—¿No me crees? ¿Qué deberíamos hacer al respecto?

—Bennett, yo...

Extendió la mano, me enredó los dedos en el pelo con fuerza y me apretó contra él. Sus labios se estrellaron contra los míos y se tragaron el resto de mis palabras. Me sorprendió sentirlo todo. Mi cuerpo se iluminó como un árbol de Navidad por una simple conexión. Deslizó las manos hasta mis mejillas, me inclinó la cabeza y me metió la lengua en la boca. El bolso y el portafolios se me cayeron al suelo. Todo lo demás a nuestro alrededor dejó de existir.

Le rodeé el cuello con los brazos y le clavé las uñas en el cuero cabelludo. Volvió a gemir y llevó las manos a mi trasero, para apretarlo con fuerza mientras me levantaba. Le rodeé la cintura con las piernas. «Dios, me encantan las faldas».

Con las piernas abiertas para él, Bennett apretó su cuerpo contra el mío y sentí cómo su dura longitud acariciaba mi calor. Gruñó.

—Joder. Cómo me gustas.

Gemí cuando profundizó el beso, le clavé las uñas en la espalda y me aferré a él. Nuestro beso era desesperado y necesitado, directo y atrevido, y notaba un corazón que latía a millones de kilómetros por hora, aunque no estaba segura de si era el suyo o el mío. Cuando por fin tomamos aire, jadeábamos y me sentí mareada.

Bennett me acarició el cuello mientras yo intentaba recuperar el aliento. Me besó desde la clavícula hasta la oreja.

—Hay tantas cosas que quiero hacerte.

Me encantó el sonido áspero de su voz.

—¿Como qué? —susurré.

Sentí cómo sus labios se curvaban en una sonrisa contra mi cuello.

—Quiero saborearte por todas partes. —Me dio un ligero e inesperado tirón del pelo y dejó al descubierto otra zona de este mientras volvía a besarme.

—Sí.

—Quiero enterrar mi cara entre tus piernas hasta que grites mi nombre.

—Sí.

—Quiero que te pongas a cuatro patas para llegar a todas partes, para que no pienses ni sientas nada más que a mí. Con una mano, jugaré con tus tetas y, con la otra, te tocaré el culo. Mientras mi pene se mece dentro de ti. —Apretó su erección contra mi centro expuesto y puse los ojos en blanco.

«Dios mío». Me gustaba mucho. Mi cuerpo vibró. Empecé a pensar que me correría con solo sentirlo contra mí y el sonido de su voz *sexy* mientras me decía lo que me quería hacer.

Las cosas entre Andrew y yo nunca habían sido así, ni siquiera al principio.

Bennett me levantó y me llevó desde la puerta hasta el fondo de su habitación. Esperaba que mi espalda chocara con la cama, pero en lugar de eso me puso de pie junto a ella y dio un ligero paso hacia atrás. Sus ojos vidriosos me recorrieron el cuerpo de arriba abajo y, por unos instantes, pensé que se estaba replanteando lo que hacíamos y lo que estaba a punto de ocurrir.

—Desnúdate para mí.

El tono asertivo y tenso de su voz me pusieron la piel de gallina. A veces, su confianza me daba ganas de abofetearle. Pero al parecer, en ocasiones me daba ganas de desnudarme.

Me desabroché la blusa y lo miré. Había dudado mucho si confiar en él o no, pero el deseo que veía en sus ojos entornados no podía fingirse.

—No me he concentrado en nada desde el día que entraste en la oficina —me dijo—. Has protagonizado todas mis fantasías, incluso cuando he intentado odiarte.

Me quité la camisa y la dejé caer al suelo.

—Quítate la falda.

Era fácil sentirse atrevida por la forma en que me miraba. Llevé la mano a la espalda, me bajé la cremallera de la falda de tubo y la dejé caer al suelo. Agradecí haberme puesto un bonito sujetador de encaje y un tanga que me ayudaron a sentirme más segura. Estaba erguida, solo con la lencería y los tacones.

Bennett se desabrochó el botón de los pantalones. Su «camino a la felicidad»* me hizo muy feliz. Se quitó los pantalones y puse los ojos como platos al ver el bulto en sus ajustados calzoncillos.

«Maldita sea. Ahora sé de dónde le viene la confianza en sí mismo».

Levantó la barbilla.

—Sujetador.

Me desabroché el cierre y lo tiré a un lado. Mis pezones ya estaban duros, pero se hincharon de forma dolorosa mientras lo veía lamerse los labios.

—Eres increíble.

Me encantaba cómo exigía las cosas, pero quería demostrarle que estaba a su altura. Así que respiré hondo, enganché los pulgares en los laterales de las bragas y me quité la última prenda sin que él me lo pidiera.

* Forma coloquial de llamar a la línea de vello en la parte baja del abdomen. *(N. de la T.)*.

203

Bennett sonrió como si supiera exactamente lo que le había comunicado. Me recorrió lentamente con la mirada oscurecida, pero con un destello travieso.

Señaló mis tacones.

—No te los quites.

Me guio para que me sentara en el borde de la cama y se arrodilló. La vista era espectacular. El guapísimo Bennett, medio desnudo, con todos los músculos marcados a la vista, arrodillado ante mí, era un nuevo nivel de sensualidad. Me miró a los ojos mientras me abría las rodillas al máximo con las manos.

Jadeé cuando se cernió sobre mí y me lamió de una pasada. A diferencia de cuando nos habíamos desnudado, no hubo nada lento ni burlón cuando enterró la cara entre mis piernas. No fue suave y delicado. Era áspero y desesperado. Alternaba entre chuparme el clítoris, meterme la lengua y lamerme con largas caricias que me daban ganas de retenerlo allí e impedir que saliera a respirar.

Dejé caer la cabeza hacia atrás y me costó mantenerme erguida.

—Dios mío.

Mi grito le hizo gruñir y empujar aún más. Me retorcía mientras mi cuerpo temblaba desde dentro hacia fuera y ondas de placer palpitaban entre mis piernas. Tiré de su pelo sedoso y gemí mientras unas intensas oleadas de éxtasis me golpeaban con fuerza. Se me llenaron los ojos de lágrimas; mis emociones necesitaban escapar de alguna forma, y caí de espaldas sobre la cama, incapaz de soportar el peso de mi propio cuerpo.

A través de la niebla de mi cerebro saciado, oí el débil sonido de un papel de aluminio que se abría. Lo siguiente que supe fue que me movía desde los pies de la cama hasta el cabecero antes de subirse encima de mí.

Esperaba que el ritmo frenético continuara, pero este hombre me sorprendía a cada instante desde el día en que lo había conocido. Me apartó el pelo de la cara y se inclinó con suavidad para besarme los labios.

—¿Estás bien?

Sin estar segura de si podría hablar, o si nunca volvería a hacerlo, le respondí con una gran sonrisa y asentí. Me sonrió mientras se adentraba en mi interior. Nos miramos a los ojos, y nuestras sonrisas compartidas se transformaron en algo más serio cuando ambos sentimos la intensa conexión. Fue despacio, con embestidas cortas y moderadas mientras entraba y salía de mí. Una vez que mi cuerpo hubo aceptado su grosor, profundizó un poco más y empujó un poco más fuerte, hasta que me penetró por completo.

Juntos encontramos nuestro ritmo: él con sus embestidas y yo correspondiendo a cada una hasta que nuestros cuerpos acabaron cubiertos de sudor y el sonido y el olor del sexo llenaron el aire que nos rodeaba. Bennett me agarró por detrás de una rodilla y me levantó la pierna, con lo que cambió ligeramente el ángulo de la penetración, pero había encontrado mi punto sensible.

—Bennett…

Su mandíbula se tensó, de la misma manera que cuando le hacía enfadar. Solo que ahora me di cuenta de que la tensión de sus músculos no se debía a la ira, sino más bien un intento de contener algo. Y esta vez, trataba de retrasar el orgasmo por mí.

Gemí cuando empecé a llegar al clímax y cerré los ojos.

—De eso nada, cariño. Ábrelos y dámelo todo.

Bennett aceleró sus embestidas y yo me aferré a su mirada con todas mis fuerzas. Mi cuerpo temblaba mientras me apretaba a su alrededor. Sentía una fuerte necesidad de esconderme de la intensidad de su mirada, pero me resistí y le di lo que quería.

Me sonrió mientras mi orgasmo disminuía y, entonces, cada músculo de su cuerpo se endureció y me folló de verdad, duro y salvaje, con golpes demoledores que acabaron en un rugido que hizo temblar la habitación.

Después, enterró su rostro en mi pelo y me besó el cuello mientras no dejaba de entrar y salir despacio, sin prisas. Ninguno de los dos parecía querer que el momento terminara, así que lo alargamos todo lo que pudimos, para mantener la conexión. Pero al final se levantó para ocuparse del preservativo.

Bennett se puso de pie y entró en el cuarto de baño. El aire frío me golpeó la piel empapada de sudor y me provocó un escalofrío. La sacudida hizo que mi mente se estremeciera ante lo que acababa de ocurrir.

Nunca en mi vida me habían follado así. Y tenía la sensación de que, lo que fuera que hubiera entre nosotros, pronto me iba a destrozar de una forma que no era ni la mitad de divertida.

Capítulo 26

Annalise

Los dos estábamos en silencio, tumbados uno al lado del otro en la oscura habitación.

Me pregunté si ya se había arrepentido.

—¿En qué piensas ahora mismo? —le pregunté.

Respiró hondo.

—¿Quieres la verdad?

—Por supuesto.

—Estaba pensando en cómo podría arreglármelas para activar la grabadora del móvil sin que te dieras cuenta antes de comértelo. Necesito capturar ese sonido que haces mientras te corres para usarlo como material para masturbarme cuando me hayas mandado a la mierda en media hora.

Me reí y me giré hacia él.

—¿Qué sonido?

—Es una mezcla entre un gemido y un grito, pero es realmente gutural y muy *sexy*.

—Yo no grito.

—Oh, sí que lo haces, nena.

Sinceramente, no tenía ni idea de lo que había salido de mi boca esta noche. Había sido una especie de experiencia extracorpórea sobre la que no tenía control.

—¿Y qué te hace pensar que voy a mandarte a tomar por culo en media hora?

Bennett se volvió hacia mí y me apartó un mechón de pelo de la mejilla.

—Porque eres inteligente.

No tenía ni idea de cómo se desarrollaría lo que acababa de ocurrir. A diferencia de lo habitual en mí, no había pensado en las consecuencias de mis actos. En su lugar, me dejé llevar por lo que me hacía sentir bien en el momento. Y Dios sabe que resultó increíble. Así que seguí con esa mentalidad, sin permitirme analizar nada en exceso todavía.

—A Andrew no… No le gustaba mucho el sexo oral. Así que creo que el sonido que has escuchado podría haber sido el corcho saliendo de alguna botella de champán muy apretada.

Bennett apoyó la cabeza en el codo.

—¿Qué puñetas significa eso? ¿De verdad que no le gustaba el sexo oral? ¿Estás diciendo que se le daba de pena?

—No. Digo que no lo hacía a menudo. Bueno…, casi nunca.

—Pero ¿a ti gusta?

Me encogí de hombros.

—A él no.

—Y ahí radicaba el problema de vuestra relación, en pocas palabras. Tampoco hablo solo de sexo. Cualquier hombre que no se esfuerce por hacer algo que quizá no le guste para complacer a su mujer tiene un problema que va más allá del sexo.

Por desgracia, Bennett tenía razón al cien por cien. Las cosas con Andrew siempre tenían que ver con lo que Andrew quería y necesitaba. Necesitaba tranquilidad para escribir su novela, así que aplazamos lo de irnos a vivir juntos. A mí me gustaba un restaurante nuevo y a él no, así que no volvíamos. Él necesitaba espacio y yo se lo di. Sin embargo, cuando él quería ir a esquiar en vacaciones y yo quería ir a la playa, sacaba mi ropa de invierno para hacerle feliz. Y lo peor —Dios, lo que me había perdido— es que Bennett tenía razón: me gustaba el sexo oral.

Suspiré.

—Tienes razón.

La habitación estaba a oscuras, pero noté que sonreía.

—Siempre la tengo.

Bennett me acarició el brazo con dos dedos, del hombro a la mano. Lo sentí hasta en los dedos de los pies, y me estremecí con un pequeño baile de escalofríos.

—Tu cuerpo es muy sensible.

Extendí la mano y dejé que vagara por la dura superficie de sus abdominales.

—Y el tuyo es muy… duro.

Se rio entre dientes, me tomó la muñeca con la mano y la arrastró unos treinta centímetros hacia el sur.

—Oh. Guau. Estás….

—Duro en todas partes.

—Cierto. Eso no es mucho tiempo de inactividad, ¿sabes?

Bennett hizo un movimiento sigiloso, me levantó y rodó sobre su espalda para que yo quedara encima.

—Hay que aprovechar el tiempo antes de que la sangre te vuelva al cerebro y te lo pienses mejor. —Levantó las caderas y empujó hacia mi entrada.

—Parece que la sangre tampoco ha vuelto a tu cerebro.

—¿Qué tal si hacemos un pacto? —Me recorrió la columna con el dedo, más despacio, pero sin detenerse cuando llegó a la raja de mi trasero—. Ninguno de los dos piensa en nada hasta que salga el sol mañana.

Le rocé los labios con los míos.

—Por fin, algo en lo que estamos de acuerdo.

Salí de la cama y fui de puntillas al cuarto de baño. De camino, recogí el bolso del lugar donde se había caído anoche, cerré la puerta y saqué el móvil. Las seis y media. Mi vuelo salía a las nueve. Revisé los correos electrónicos para ver si Marina me había puesto en copia oculta en el correo del itinerario de Bennett, como había hecho con él. En efecto, anoche me envió el suyo mientras cenaba. Así que lo abrí para ver si tomábamos el mismo vuelo. No íbamos juntos. Por alguna razón, el suyo salía a las once. La idea de no tener que viajar con él y no tener que enfrentarme a él a la luz del día, me hizo sentir una extraña combinación de desconsuelo y alivio.

Me recogí el pelo y me di una ducha rápida. Cuando me lavé entre las piernas, sentí un dolor que me hizo sonreír. ¿Cuántas veces lo habíamos hecho anoche? ¿Cuatro? ¿Cinco? ¿Eso era posible? En cualquier caso, sabía con certeza que era mi récord personal. Andrew y yo nunca lo habíamos hecho así. Al principio puede que lo hiciéramos dos veces alguna que otra noche, pero nuestra media en los últimos años había sido, más bien, de una por semana.

Mi ropa seguía en el suelo, en el sitio donde me había desnudado la noche anterior. Aunque cuando me la volví a poner, parecía que había dormido con ella. Sin embargo, no encontraba mi ropa interior. Así que recogí el resto de mis cosas, pedí un Uber y sacudí la ropa de Bennett. Tal vez mis bragas se habían mezclado con ella durante nuestro frenesí de anoche.

Di un respingo al oír su voz soñolienta.

—¿Buscas algo?

—Mierda. —Dejé caer mi bolso al suelo—. Me has asustado. Creía que estabas durmiendo.

—Lo estaba. Pero me he despertado cuando has comenzado a hurgar en mi ropa.

—No estaba hurgando en tu ropa. Buscaba mi ropa interior.

Sacó un brazo de entre las sábanas y levantó mis bragas, que colgaban de un dedo.

—Ah. ¿Te refieres a estas?

Me reí.

—¿Cómo demonios te has hecho con ellas?

—Me he levantado para ir al baño hace una hora, justo después de que te quedaras dormida, y las he recogido de camino.

—Son de tu color, pero no sé si te quedarán bien.

Fui a quitárselas de la mano, pero se echó hacia atrás y las cerró en un puño.

—¿Qué haces?

Juntó las manos, se las llevó a la nariz y aspiró mi tanga profundamente.

—Me encanta el olor de tu coño.

Abrí los ojos como platos.

—Eso es un poco retorcido, incluso para ti, Fox. Ahora devuélveme las bragas. Tengo que coger un vuelo.

—Imposible.

—¿Esperas que vuele a casa con una falda y sin ropa interior?

Extendió la mano, la deslizó bajo mi falda y me agarró el culo.

—Deberías ir a trabajar así todos los días.

Me reí entre dientes.

—En serio, voy a llegar tarde al avión.

—Podrías cambiarlo y subirte conmigo al que sale más tarde.

Lo había pensado, pero necesitaba alejarme un poco de aquel hombre para aclararme las ideas. Antes de que se me ocurriera una excusa, Bennett utilizó la mano que tenía en mi culo para tomarme por la cintura y tiró de mí hacia él.

—Sé que necesitas despejar la cabeza —me dijo—. El tanga es mi póliza de seguro. Me lo quedo hasta que estés lista para hablar conmigo. Entonces te lo devolveré.

—¿Y si decido que no quiero hablar de anoche?

Me besó en los labios.

—Entonces Jonas se quedará con tu ropa interior.

—Estás loco.

—Tal vez, pero apuesto a que la idea de que él la huela mientras se masturba te asusta un poco más que si lo hiciera yo.

Sacudí la cabeza.

—No tengo tiempo para discutir contigo. Sin embargo… —Me acerqué a su montón de ropa y saqué la cartera del bolsillo. Tomé una Visa y dejé caer la cartera de cuero al suelo sin miramientos—…, hay un Victoria's Secret en el aeropuerto de Los Ángeles. Me compraré unas nuevas… y otras cosas, ya que estoy.

Bennett sonrió ampliamente.

—Adelante. Quizá algo con ligueros y unas bragas con aberturas para que no tengas que quitártelas mientras te la meto sobre el escritorio la semana que viene.

Capítulo 27

Bennett

No era ella.

Volví a meterme el móvil en el bolsillo e intenté fingir que no estaba decepcionado porque uno de mis amigos me había mandado un mensaje para ver si me apetecía tomar algo esta noche.

Pero ahora no puedes engañarte a ti mismo, ¿verdad?

La tarde que volvimos de Los Ángeles, Annalise ya se había ido cuando llegué a la oficina. El jueves, tuve una reunión fuera de la oficina y, cuando llegué, ella tampoco estaba. Marina me dijo que le había surgido una cita de última hora.

El viernes, a las siete menos diez de la mañana, vi que el mismo Audi que yo conducía se alejaba de la entrada de nuestro edificio, así que le envié un mensaje. Unas horas más tarde, me contestó diciendo que había llegado pronto para ir a por unas fotos y que estaba trabajando desde casa.

No era raro que el personal trabajara desde casa uno o dos días a la semana: teníamos un horario flexible y la sede estaba en otro sitio, pero Annalise no lo había hecho hasta ahora, y yo empezaba a sospechar que me estaba evitando.

El viernes por la tarde, comencé a preocuparme, así que le envié otro mensaje para preguntarle si quería tomar algo. No respondió.

El sábado por la tarde, cada vez que sonaba el móvil lo miraba como una adolescente.

Vi cómo Lucas comprobaba el precio de las deportivas a las que les había echado el ojo y las devolvía a la estantería.

—¿Te gustan? —pregunté.

—Sí. —Se encogió de hombros—. Molan.

—¿Por qué no te las pruebas? Necesitas unas nuevas antes de nuestro viaje a Disney en unas semanas.

—Es mucho dinero.

—¿Las vas a pagar tú?

—¿No?

—¿Entonces por qué demonios miras los precios?

Tomé la deportiva y le hice un gesto al chico con uniforme a rayas de Foot Locker que no parecía mucho mayor que Lucas.

—¿Podemos verlas en una talla cuarenta?

—Claro que sí.

—Espera —le dije al chico—. ¿Hay algo más que te guste, colega?

Lucas no respondió.

—¿Lucas?

Como no respondía seguí su mirada hacia lo que había captado su atención. Me reí entre dientes.

—De momento, solo eso, por favor —le dije al chico que esperaba.

La chica, rubia y muy guapa, a la que Lucas no quitaba los ojos de encima levantó la vista y se dio cuenta de que la estaba mirando. Se puso nerviosa y saludó torpemente con la mano antes de volverse en otra dirección para mirar la pared de zapatos del otro lado de la tienda.

Me incliné hacia Lucas y le susurré:

—Es mona.

—Es Amelia Archer.

—¿Te gusta?

—Le gusta a todos los de sexto.

—¿Creía que al cambiar de estrategia solo te gustarían las feas?

—Es guapa y simpática, pero no quiere nada con ninguno de los chicos.

—Bueno, solo tiene doce años. Los niños y las niñas empiezan a fijarse en los demás en diferentes momentos. Puede que ella aún no esté ahí.

—No, no es eso. Hace un mes, le dijo a Anthony Arknow que le gustaba Matt Sanders, y Anthony difundió rumores sobre ella, porque también está colado por ella. Ahora, Amelia ya no habla con ninguno de los chicos.

Las maravillas del colegio.

—Ya cambiará de opinión. ¿Por qué no vas a saludarla? Enséñale las deportivas y pregúntale si le gustan.

—¿Crees que debería?

Volví a sacar la deportiva de la estantería y se la tendí.

—Desde luego. Tienes que dar el paso. Las buenas no están solas mucho tiempo. Sé su amigo. Tal vez necesite ver que no todos los chicos son unos capullos. —Sonreí—. A ver, lo somos, pero de todos modos, haz lo mejor que puedas.

Lucas me quitó la zapatilla de deporte de la mano y vaciló. Por un momento me sentí un tío orgulloso cuando se decidió y se acercó. Vi cómo la incomodidad inicial desaparecía y sus hombros se relajaban un poco. Al cabo de uno o dos minutos, la hizo reír.

Volvió con una sonrisa de oreja a oreja.

—Es muy simpática,

—Parece que le ha gustado que te acercaras a hablar con ella. Se encogió de hombros.

—Puede ser. Las chicas son confusas.

Este chico era mucho más inteligente que yo a esa edad. Creía que lo tenía todo claro hasta que cumplí los dieciocho y me di cuenta de que no sabía una mierda.

Asentí con la cabeza.

—Vaya si lo son.

Lucas acabó comprando las Nike de cien dólares. También nos llevamos unas camisetas y algunos materiales para la clase de arte que, según él, su abuela se negaba a comprar porque decía que el colegio debía proporcionarlos. Luego me pidió un poco de gel para el pelo y desodorante Axe.

Gel para el pelo y Axe: definitivamente, se había fijado en las chicas.

—¿Esperas una llamada? —preguntó Lucas mientras caminábamos por el aparcamiento del centro comercial de camino al coche.

Miré el teléfono que tenía en la mano.

—No. ¿Por qué?

—Porque no dejas de mirarlo.

Volví a meterme el teléfono en el bolsillo.

—No me había dado cuenta.

El mierdecilla sonrió.

—Estás esperando que te llame una chica.

Me costó contener la sonrisa. Pulsé el botón de desbloqueo del coche y pitó.

—Entra, Casanova.

—¿Quién?

—Sube.

Mi teléfono sonó justo cuando llegábamos a casa de Lucas. Sin pensarlo, lo saqué del bolsillo y comprobé el nombre. Lucas debió leerme la cara.

—Estás esperando que una chica te mande un mensaje. —Sonrió.

No tenía sentido mentir.

—Sí. Perdona si he estado distraído.

Se encogió de hombros.

—¿Por qué no la llamas?

—Es complicado, colega.

Lucas cogió las bolsas de la compra del asiento trasero y abrió la puerta del coche. El año pasado me pidió que dejara de acompañarlo hasta la puerta de casa, así que ahora me limitaba a quedarme sentado en el coche y asegurarme de que entraba.

Salió del coche y asomó la cabeza al interior, con una mano en la parte superior de la puerta.

—Tienes que dar el paso, tío. Las buenas no están solas mucho tiempo.

El mierdecilla me había devuelto mis propias palabras.

Capítulo 28

1 de mayo

Querida yo:

¡Lo logramos! Nuestro primer novio. Solo nos ha costado dieci-séis años. Pero Nick Adler es muy guapo. Siempre lleva una gorra de béisbol hacia atrás, y su pelo desordenado sobresale por todas partes por debajo de ella. Llevamos juntos dos semanas. Y..., ¡he-mos dado el primer paso! Bueno, en teoría, Bennett lo hizo por nosotros. No importa.

Normalmente, comemos con Bennett y otros chicos. Nick se sienta en la mesa que hay frente a nosotros. Bennett no dejaba de decirnos que nos sentáramos con él para dar el primer paso, pero éramos muy cobardes. Un día, cuando mirábamos a Nick, Ben-nett gritó: «Eh, Adler. Soph se sentará hoy con vosotros, ¿vale?». Nick se encogió de hombros y dijo que vale. Queríamos matar a Bennett. Estábamos muy nerviosas cuando tuvimos que caminar hasta allí, pero las cosas fueron bien. Incluso salimos con Bennett y Skylar —su nueva novia— el fin de semana pasado. La novia de Bennett ya va a la universidad y es muy guapa. Era simpática, supongo.

Ah..., y tuvimos que mudarnos otra vez. Mamá y Lorenzo rompieron. Nuestro nuevo apartamento es realmente pequeño, pero al menos no está muy lejos del anterior.

Hoy nuestro poema está dedicado a Nick.

Mi corazón tiene cuatro paredes.
Él intentó escalar, pero se cayó.
Para ti, se desmoronan.

Esta carta se autodestruirá en diez minutos.

Anónimamente,
Sophie

Capítulo 29

Bennett

«A la mierda».

Salí de la autopista en la siguiente salida.

Lo juro, me había duchado y vestido con toda la intención de quedar con mis colegas para tomar algo en el centro, pero a mitad de camino hacia el O'Malley's, cambié de planes.

Y ahora que estaba más cerca, dudé de nuevo. Las Bodegas Bianchi no era solo la casa de sus padres, también eran clientes.

Por otra parte, parecía normal. Annalise era la última persona a la que debería perseguir. ¿Por qué no ir a buscarla a casa de un cliente? ¿Qué podría salir mal?

Todo.

Cualquier cosa.

Pero…, a la mierda.

Me habían invitado. Annalise me había dicho que Margo me había invitado. Al menos, no me colaría en la fiesta.

Bajé por el largo camino de tierra justo cuando el sol empezaba a ponerse. Había una docena de coches aparcados delante de la bodega, entre ellos el gemelo del mío. Aparqué y miré el móvil por última vez. Iba a ser un desastre si ella había venido con alguien. Pero no imaginaba que fuera el tipo de mujer que tendría una cita pocas noches después de haberse acostado con otro tío.

Joder, yo era ese tipo de hombre, y no lo habría hecho después de la noche que habíamos pasado juntos.

Entré en la tienda justo cuando Margo Bianchi subía de la bodega.

—¡Bennett! Me alegro mucho de que te encuentres mejor y hayas decidido unirte a nosotros después de todo.

«¿Encontrarme mejor?». Le seguí la corriente.

—Resultó ser un virus de veinticuatro horas.

—Annalise y Madison están abajo. Voy a por otra bandeja de queso. Ve con ellas. A todo el mundo le encanta la nueva cosecha.

—Déjame echarte una mano con la bandeja primero.

—Tonterías. Ve a disfrutar. Estoy seguro de que mi hija estará encantada de verte.

«Yo no estaría tan seguro de eso».

—De acuerdo. Gracias.

La bodega tenía cuatro mesas a un lado y una larga barra de piedra al otro. Escudriñé las mesas y vi caras que no conocía. Pero, desde luego, reconocí la espalda expuesta de una mujer sentada en el penúltimo taburete de la barra. De espaldas a mí, no había advertido mi presencia.

Respiré hondo y me acerqué a ella. La mujer que estaba a su lado me vio y observó cómo me acercaba. Me llevé un dedo a los labios mientras posaba la otra mano en la espalda de Annalise.

Me incliné para susurrarle cerca del oído:

—Me encuentro mejor, así que he pensado acompañarte después de todo.

Se giró tan rápido que se tambaleó y casi se cae del asiento.

—¿Bennett?

La mujer que estaba a su lado alzó una ceja.

—¿Bennett? ¿El tío bueno de la oficina?

Le tendí la mano.

—El mismo. Bennett Fox. Encantado de conocerte. ¿Supongo que eres Madison?

—Sí. —Madison alternó la mirada entre ella y yo—. Bueno, qué agradable sorpresa. No sabía que Bennett nos acompañaría esta noche.

Annalise parecía agotada.

—Yo tampoco.

Madison sonrió satisfecha y me miró en busca de una respuesta. Le dije la verdad.

—Lleva dos días evitándome. También tengo unas bragas en el bolsillo que pensé que le gustaría recuperar.

Su amiga se rio y se inclinó para besar a Annalise en la mejilla.

—Me gusta. Voy a buscar a mi cita. Portaos bien.

Me deslicé en el asiento de Madison junto a Annalise y mantuve la mano en su espalda.

—¿Así que hablas de lo bueno que estoy con tu amiga?

—No dejes que se te hinche el ego. Fue el único cumplido que te hice.

Me incliné hacia ella.

—¿En serio? ¿Incluso después de la otra noche?

Sus mejillas se sonrosaron. Dios, ¿por qué me gustaba tanto eso de ella?

—Me gusta tu vestido.

—Ni siquiera sabes cómo es. Estoy sentada.

Le pasé los nudillos por la piel expuesta de la espalda.

—Me permite tocarte sin tener que meterte la mano por debajo de la falda. Así que ya es uno de mis favoritos. Ver la parte delantera será solo la guinda del pastel.

Sus mejillas se oscurecieron. Dios, quería follármela a plena luz del día para poder ver todos los colores de su piel. Apuesto a que era mejor que el follaje de otoño.

—¿Qué haces aquí, Bennett?

Tomé la copa de vino que ella tenía delante y bebí.

—Margo me invitó. Tú misma me lo dijiste el otro día en la comida, ¿recuerdas?

—Sí, pero no me dijiste que vendrías.

Le sostuve la mirada.

—Lo habría hecho, si me hubieras devuelto la llamada.

Apartó la mirada.

Matteo se fijó en mí por primera vez y me recibió con un gran escándalo. Me sirvió una selección de vinos de la cosecha de este año y hablamos un rato, hasta que Margo lo apartó con una gran sonrisa tras decir que necesitaba su ayuda con la máquina de hielo de la planta de arriba.

Annalise trazó el borde de su copa con el dedo.

—Ni siquiera tenemos máquina de hielo.

Me reí entre dientes.

—Parece que no soy el único que piensa que necesitamos unos minutos a solas para hablar. Tu amiga ha desaparecido en cuando he llegado, y tu madre intenta darnos algo de intimidad.

Se llevó el vaso a los labios.

—A lo mejor es que tu presencia simplemente repele a la gente.

Sonreí.

—Puede ser. Pero ¿cómo te afecta a ti mi presencia?

Annalise giró el taburete hacia mí. Miró a su alrededor —supuse que para ver cómo de privada sería nuestra conversación—, y luego se inclinó más hacia mí:

—Me lo pasé muy bien la otra noche.

Había utilizado esa frase las veces suficientes para saber a dónde iba la conversación.

—Pero… —dije por ella.

—Pero…, trabajamos juntos. O en realidad, somos prácticamente competidores que trabajan en la misma empresa.

Me incliné para susurrarle al oído, aunque sabía que nadie nos escuchaba. Solo quería tener la oportunidad de acercarme.

—¿Tienes miedo de que te saque tus secretos comerciales?

Ella imitó mi movimiento y se inclinó para susurrar en el mío.

—No. ¿Y tú?

223

Me reí entre dientes. Tal vez debería haber tenido miedo, porque estaba bastante seguro de que le enseñaría lo que quisiera con tal de conseguir que se viniera a casa conmigo esta noche.

—Mira, voy a poner todas mis cartas sobre la mesa. Llevo dos días pensando en estar dentro de ti. Todavía estás superando lo del cabrón. No busco nada serio. Tenemos una fecha de caducidad en nuestro futuro. Nos guste o no, a uno de los dos lo enviarán a Texas. Podemos pasar el próximo mes más o menos frustrados y haciéndonos enfadar el uno al otro en la oficina, o podemos pasar ese tiempo cabreados con Foster, Burnett y Wren por habernos puesto en esta situación y, al mismo tiempo, descargar nuestras frustraciones el uno con el otro de una forma productiva por la noche. Yo voto por lo segundo.

Se pasó la lengua por el labio inferior mientras se lo pensaba durante un minuto.

—Así que, durante el día, si un cliente por el que ambos competimos me diera alguna información privilegiada sobre la dirección que quiere tomar, y luego descubrieras que no la he compartido contigo… ¿No te enfadarías?

—Joder, claro que sí, me cabrearía. Pero eso es lo bueno de nuestra situación. Me enfurecería que tuvieras ventaja sobre mí. Así que, a la mañana siguiente, podrías tener un pequeño problema al tratar de alejarte de mí y mi intento de descargar esa frustración contigo. Seamos realistas, me darías una excusa para darle unos azotes a ese culo que he soñado con azotar desde el primer día que te vi. Pero soy competitivo, no un cabrón. Así que puedes apostar a que también lo haría por ti.

Annalise tragó saliva.

—¿Y si la situación fuera al revés? ¿Si descubro que algo que has hecho me molesta?

—Entonces te lameré hasta que se te pase el enfado. Y probablemente intentaría cabrearte de nuevo al día siguiente.

Se rio.

—Haces que esto parezca muy sencillo, pero es más complicado que eso.

Tomé sus manos entre las mías.

—Bueno, hay un inconveniente.

—¿Cuál?

—Será difícil que no te enamores de mí.

—Dios, eres un imbécil.

Me incliné hacia ella.

—Un imbécil con el que tienes un montón de química, te guste o no. ¿Qué me dices? ¿De día luchamos como enemigos, de noche follamos como guerreros?

Me miró a los ojos.

—De verdad espero no arrepentirme de esto.

Abrí los ojos por la sorpresa. No esperaba que aceptara, aunque estaba dispuesto a lograrlo.

—Al final, solo nos arrepentimos de las cosas que no hacemos, así que me aseguraré de que lo hagamos todo.

La amiga de Annalise se acercó de nuevo.

—Se os ve muy cómodos.

—¿Ahora vienes a interrumpir? ¿Dónde estabas hace cinco minutos cuando he sufrido un lapsus temporal de cordura y he aceptado el descabellado trato que este lunático acaba de proponerme?

Madison le sonrió.

—Necesitas una buena dosis de locura. Además, nos estamos quedando sin cosas de las que hablar después de veinticinco años de amistad. Esto nos dará material nuevo para nuestras cenas semanales.

Annalise se inclinó y le dio un beso en la mejilla a Madison.

—Desde luego que sí.

Había querido tener a Annalise solo para mí desde que había entrado. No es que no me lo hubiera pasado bien, porque, para mi sorpresa, así había sido. Su amiga, Madison, era una persona sincera, y su cita también era un tío decente.

Pero ahora acababan de despedirse, y Annalise y yo estábamos fuera de la bodega, solos, mientras se alejaban. La suciedad que levantaban los neumáticos aún no se había asentado cuando tuve su cara entre mis manos. Al principio, la besé con suavidad, pero no pude contenerme y el beso no tardó mucho en volverse violento y acalorado.

Ella gimió en mi boca y me obligué a retirarme antes de que fuera demasiado tarde, se la metiera contra un árbol y sus padres salieran y lo vieran.

Le pasé el pulgar por los labios hinchados.

—Ven a casa conmigo.

—No puedo. —Frunció el ceño—. Le dije a mi madre que me quedaría a dormir esta noche. Mañana por la mañana la acompañaré a entregar unas botellas gratis de vino de la nueva temporada a algunos de sus clientes más importantes. Matteo preparará un gran *brunch* y todos los recolectores y trabajadores vendrás a comer. Empezamos a hacerlo el primer año que compraron el lugar y se ha convertido en una tradición.

Eso sonaba bien, pero yo era egoísta, así que ni siquiera oculté mi puchero.

—Ohhh… —Me acarició la mejilla—. Te pareces a mí en Navidad cuando abría todos mis juguetes nuevos y luego mi madre me obligaba a guardarlos porque teníamos visita.

Cerré las manos detrás de su espalda.

—Sin duda, quiero jugar con mi juguete nuevo.

—Creo que, de todos modos, deberíamos establecer algunas reglas básicas —dijo.

—Oh, oh. Las reglas siempre me causan problemas.

Sonrió.

—Seguro que sí. Pero creo que necesitamos algunas.

—¿Cómo cuáles?

—Bueno, no creo que debamos hacer público en el trabajo que hay algo entre nosotros. Ni siquiera a nuestros amigos.

Asentí.

—Tiene sentido.

—Y cuando estemos juntos fuera de la oficina, nada de hablar de proyectos de trabajo por los que estemos compitiendo.

—De acuerdo.

—Vale. Bueno, pues ha sido fácil. No suele serlo estar de acuerdo contigo.

—También tengo algunas reglas básicas propias que me gustaría establecer.

Annalise enarcó una ceja.

—Ah, ¿sí?

—Sí.

—De acuerdo…

—A menos que uno de los dos rompa esto antes de la fecha de vencimiento, somos monógamos.

—Supongo que eso era un hecho para mí. Pero bueno, me alegro de que lo hayas dicho de todos modos. ¿Algo más?

—¿Tomas la píldora?

—Sí, la tomo.

—Entonces, nos desharemos de los condones. Me realicé mi examen físico anual hace unas semanas. Estoy limpio como una patena. Si estar dentro de ti es tan placentero con uno puesto, tengo que averiguar cómo es hacerlo sin nada.

Se inclinó y apretó sus pechos contra mí antes de alzar la mirada.

—A pelo…, vale.

—¿A qué hora es el *brunch* mañana?

—Probablemente a las tres.

—Ven directa a mi casa después. Haré la cena y te comeré de postre.

Levantó la vista por debajo de esas largas pestañas y se pasó la lengua por el labio superior.

—¿Y mi postre?

Gemí.

—Vas a acabar conmigo, Texas.

Capítulo 30

Annalise

Me quedé boquiabierta mientras contemplaba las vistas.

Como Bennett y yo no vivíamos lejos el uno del otro, había supuesto que él también vivía en un apartamento de cincuenta metros cuadrados y que sacrificaba espacio por un buen vecindario. Pero las torres West Hill, al menos el apartamento en el que me encontraba, no sacrificaban nada. La cocina abierta y el salón eran probablemente el doble de grande que todo mi apartamento. Y cuando miré por la ventana, vi el edificio de al lado. Bennett tenía vistas de un millón de dólares de la bahía y el puente Golden Gate, con las montañas como telón de fondo.

Me trajo una copa de vino y se puso a mi lado mientras yo contemplaba embobada la vista.

—Umm… ¿También robas bancos?

Las comisuras de sus labios se curvaron. Se llevó la copa de vino a la boca.

—Soy demasiado guapo para ir a la cárcel.

—¿Tienes una *sugar momma?*

Negó con la cabeza.

—¿Ganaste la lotería?

Negó con la cabeza otra vez. Podría haberme dicho de qué se trataba Me conocía lo suficiente para saber que no dejaría pasar el tema sin una respuesta.

—¿Tienes unos padres ricos? Llevas trajes y zapatos caros.

—Mi padre era cartero. Mi madre, secretaria en un bufete de abogados.

—Sé que, de media, los hombres ganan más que las mujeres en los mismos trabajos, pero esto… —Levanté las manos hacia las vistas—… esto sería un poco de locos.

Bennett dejó la copa en una estantería cercana, me quitó la mía de la mano y la puso junto a la suya.

Me rodeó la cintura con los brazos.

—No me has saludado con un beso.

—Supongo que me he distraído con las vistas.

Me miró de arriba abajo.

—Estoy bastante distraído por la vista ahora mismo.

Me hizo sentir mariposas en el estómago.

Se inclinó hacia mí.

—Bésame.

Puse los ojos en blanco, como si me pesara plantar los labios en aquel hombre tan atractivo, y me incliné para saludarlo con un beso rápido. Pero, cuando fui a apartarme, Bennett enredó la mano en mi pelo y no me dejó. Mi beso apresurado se convirtió en mucho más que un hola. Bennett posó la otra mano en mi culo y me apretó contra él. Sentí su erección contra mi vientre.

«Bueno, hola».

Rompió el beso y tiró de mi labio inferior entre los dientes. Me quedé sin aliento.

—Hola —le dije.

Su boca se curvó en una sonrisa y me apartó el pelo rebelde detrás de la oreja.

—Hola, preciosa.

Nos miramos fijamente y sonreímos como dos adolescentes tontos que acaban de besarse por primera vez. Bennett me limpió con el pulgar el pintalabios que se me había corrido del labio inferior.

—Tuve un accidente hace mucho tiempo. Recibí una gran indemnización. Invertí parte del dinero en comprar esta casa.

Tardé un segundo en darme cuenta de lo que estaba diciendo. Su beso me había dejado aturdida.

—Oh, lo siento. Espero que nadie resultara herido.

Bennett me devolvió la copa.

—Será mejor que compruebe cómo va la pasta.

Mientras él volvía a la cocina, yo husmeé. Los ventanales del salón eran la única decoración del apartamento, así que no necesitaba mucho más. Los muebles eran bonitos, oscuros y masculinos, y tenía una gigantesca televisión de pantalla curva en el salón.

Las estanterías eran lo único que aportaba una sensación real de quién era Bennett Fox. Eché un vistazo a los títulos: una extraña mezcla de no ficción política, *thrillers* de tapa dura y algunos cómics muy usados. Había cuatro fotos pequeñas enmarcadas, dos de las cuales eran de Lucas: en una llevaba un uniforme de fútbol y le faltaban la mitad de los dientes delanteros al sonreír, y en otra más reciente estaba con él y Bennett en un barco. Parecían tener un vínculo muy fuerte.

Había una más de Bennett y una mujer mayor en lo que debía de ser el día de su graduación universitaria. Me giré y vi que Bennett me observaba desde la cocina abierta.

—¿Es tu madre?

Asintió con la cabeza.

—Mi graduación universitaria.

Miré más de cerca la foto y vi el parecido.

—Te pareces a ella. Aquí se la ve muy orgullosa.

—Lo estaba. Me descarrilé durante un año, cuando empecé la carrera. Dejé los estudios. Estoy bastante seguro de que nunca esperó que pusiera los pies en la tierra y la terminara.

—Oh, ahora tengo curiosidad. Me gustaría oír más sobre ese año loco en algún momento.

Bennett se puso serio.

—No es un año del que me sienta orgulloso.

Sentí la necesidad de cambiar de tema, dejé la foto de su madre en su sitio y tomé el último marco. La foto era de una chica, de unos diecisiete o dieciocho años, apoyada en un coche y sonriendo. Era guapa.

—¿Tu hermana? —pregunté, aunque recordé que una vez había mencionado que era hijo único.

Bennett negó con la cabeza.

—Amiga. La madre de Lucas.

Había dicho que la madre de Lucas había muerto hacía mucho tiempo, así que no insistí. En lugar de eso, bajé la vista y estudié la foto. Su hijo era igual a ella.

—Guau, es como su pequeño mini yo.

Bennett vertió agua en el fregadero desde una olla humeante.

—También se está volviendo un pequeño sabelotodo como ella.

Volví a dejar la foto en la estantería y me acerqué a los taburetes de la barra que había debajo de la encimera de la cocina para ver cómo preparaba la cena.

—¿Eres bueno?

Arqueó una ceja.

—Dímelo tú.

—No seas malpensado, Fox. Me refería a cómo cocinas.

—Mi madre es italiana, así que sé hacer algunas cosas. Cuando era pequeño, ella trabajaba a jornada completa, y los domingos me preparaba cinco platos diferentes para que yo los metiera en el horno durante la semana, ya que hacía muchas horas extra. Yo la ayudaba. Con el tiempo, dejó de tener que pasar un día entero en la cocina cada fin de semana, porque aprendí a hacer algunas recetas y cocinaba para nosotros después del colegio.

—Qué bonito.

—Pero mi fuerte es el postre. Tengo muchas ganas de que pruebes lo que tengo planeado para después.

Y…, lo bonito no duró mucho. Aunque me encantó su combinación única de bonito y sucio.

Cuando nos sentamos a cenar, olía de maravilla. De hecho, se me hizo la boca agua, a pesar de que había comido un *brunch* completo no hacía mucho. Supuse que estaría bueno.

Bennett no era el tipo de hombre que hacía nada a medias. Pero no esperaba que fuera modesto. Sus espaguetis a la carbonara no eran de este mundo.

—Esto es… orgásmico. —Señalé mi plato con el tenedor después de tragar mi segundo bocado—. Madison te daría cinco estrellas si comiera aquí.

Sonrió, en lugar de regodearse como hacía en cada oportunidad.

—Gracias.

Tuve la sensación de que iba a descubrir que el Bennett de fuera de la oficina era muy diferente al hombre que había conocido en el trabajo; diferente en el buen sentido. Y por alguna razón, eso me ponía nerviosa. Era más fácil imaginarme teniendo una aventura con el imbécil buenorro del trabajo. No necesitaba encontrar cosas que me gustaran de él, aparte de su cuerpo.

—Bueno, ¿cómo han ido las entregas de esta mañana y el *brunch?*

—Bien. Aunque he estado atrapada en un coche durante horas con mi madre, que solo quería hablar de que anoche apareciste en la degustación.

Sonrió.

—Tiene buen gusto.

Suspiré.

—Al menos, ha dejado de preguntarme si tengo noticias de Andrew.

Bennett se llevó el tenedor a la boca y se quedó quieto.

—¿Has tenido noticias de él?

—Me envió un mensaje la noche después de que quedáramos para cenar en el hotel, pero no respondí, y no ha vuelto a molestarse.

Bennett se metió un bocado de pasta en la boca.

—Que le den. Es un capullo.

No pude evitar sonreír. Me encantaba que, desde el principio, se pusiera a la defensiva cada vez que mencionaba a Andrew.

—En fin. ¿Cómo te ha ido el día?

—Anoche me costó dormir, así que me he levantado tarde. He ido al gimnasio y luego he trabajado hasta justo antes de que llegaras.

—¿Sueles tener problemas para dormir?

Levantó la vista de la pasta.

—Solo cuando me duelen los testículos.

Eso lo había provocado el beso anoche.

—¿No podrías…?

—¿Hacerme una paja?

—Sí, eso.

—No ayudó.

La idea de que se diera placer por el efecto que yo tenía en él me dio una dosis de confianza femenina.

—Dímelo a mí, que he dormido en casa de mi madre. Mi mano no funciona ni la mitad de bien que el vibrador.

Bennett dejó caer el tenedor con un fuerte sonido metálico.

—¿Estás diciendo que anoche te masturbaste mientras pensabas en mí?

Le dediqué una sonrisa burlona y asentí.

Cinco segundos después, me levantó de mi asiento y me echó por encima del hombro, como un bombero.

—Es hora del postre.

Solté una risita.

—Pero si aún no hemos terminado de cenar.

—A la mierda la cena. Yo te llenaré la boca.

———

—Hasta frío está delicioso —dije con la boca llena de pasta.

No tenía ni idea de qué hora era, pero hacía tiempo que el sol había desaparecido. Habíamos pasado toda la noche en la cama, y ahora nos pasábamos un cuenco de pasta fría el uno al otro, desnudos en su dormitorio.

—Eres fácil de complacer. —Movió las cejas—. Y lo digo en varios sentidos.

Sentía que Bennett no tenía problemas para complacerme. Mi cuerpo nunca había estado tan sensible. No me malinterpretes, no había estado con tantos hombres como para experimentar. De hecho, podía contarlos con una mano —incluido el hombre sentado a mi lado—, pero uno pensaría que después de todos los años que había pasado con Andrew, él habría sabido excitarme mejor que un tío con el que solo había pasado dos noches.

—Eh…, ¿el sexo siempre es bueno para las mujeres con las que estás?

Se detuvo con el tenedor a medio camino de su boca.

—¿Me estás preguntando si soy bueno en la cama? Porque, seamos sinceros, ningún tío va a responder que «no» a esa pregunta, aunque necesite un mapa para encontrar un clítoris.

Me reí.

—Me refería a si el sexo siempre es así para ti.

Dejó el cuenco de pasta en la mesilla y terminó de masticar.

—¿Quieres saber si el sexo siempre es bueno para mí porque no estás segura de si soy yo, nosotros, o si ese imbécil con el que perdiste ocho años no es más que un inútil en la cama?

—Algo así… Supongo.

—Es todo lo anterior. Nunca he tenido una queja, pero me gusta que una mujer se sienta satisfecha tanto o más que satisfacerme a mí mismo. Así que me esfuerzo, la observo y averiguo qué la excita.

—Oh. Vale. —Por alguna razón, me sentí un poco decepcionada.

Bennett me puso dos dedos bajo la barbilla y me alzó el mentón para que nuestros ojos se encontraran.

—No me has dejado terminar. Pero hay una diferencia entre el buen sexo y lo que sea que me pasa cuando estoy dentro de ti. Tenemos química, Texas. Y ninguna cantidad de atención o trabajo duro la reemplazará. Así que, mi respuesta es, sí... Me gusta pensar que el sexo ha sido satisfactorio para mí y para las mujeres con las que he estado. Pero ¿lo que está pasando entre nosotros? No, no siempre es así.

El corazón me dio un pequeño vuelco.

—Vale.

Se inclinó hacia mí y me besó la mejilla.

—Y para responder a la última parte de tu pregunta, te has estado privando, cariño. No sé mucho del cabrón, salvo que planeaba utilizarte y que no le gusta practicar sexo oral a una mujer que claramente lo disfruta. Y esas dos cosas son suficientes para indicarme que el cabrón era egoísta, y sí..., no era nada bueno en la cama. Así que te privaste. Es fácil complacerte después de ese idiota.

Bennett se levantó de la cama y, por primera vez, vi su cuerpo desnudo de pies a cabeza. Sus hombros eran anchos y fuertes, tenía los brazos musculosos y esculpidos, incluso sin flexionar, y una tableta de chocolate. Y, al fin, vislumbré el tatuaje que había visto asomar aquel día en la oficina: II-IV-MMXI con una enredadera oscura que serpenteaba alrededor de las letras. Sabía que el número romano I equivalía a uno y V a cinco, así que cinco menos uno sería el cuarto mes: 2 de abril de hacía ocho años. Evidentemente, la fecha era importante, si la llevaba grabada para siempre en su cuerpo.

Bennett se volvió para recoger el cuenco de pasta que habíamos compartido y vi una larga cicatriz que le recorría el lado izquierdo del abdomen. Iba desde la parte baja del pecho hasta justo debajo del ombligo. Su piel estaba bronceada por naturaleza, así que casi no la había notado.

—Necesito beber algo —dijo, completamente ajeno a mi seguimiento de lo que parecía un rastro de pistas por todo su cuerpo—. ¿Quieres agua, un refresco o algo? ¿Vino, tal vez?

—Me gustaría un poco de agua. Gracias.

Me bebí la mitad de la botella cuando volvió. Tantos jadeos me habían secado la garganta. No habíamos hablado de dormir, así que no había traído ropa. La noche anterior me había quedado hasta tarde ayudando a mi madre a limpiar después de la fiesta y por la mañana me había levantado temprano para hacer las entregas. Al parecer, mi mente y mi cuerpo estaban sincronizados, porque bostecé.

—Creo que debería irme pronto.

Bennett tenía una mano detrás de la cabeza y estaba tumbado de forma despreocupada en la cama, como si estuviera completamente vestido en lugar de totalmente desnudo con todo a la vista. Extendió la mano que tenía libre y me atrajo hacia él. Coloqué la cabeza sobre su pecho.

—Quédate a dormir. Sé que estarás cansada. Prometo dejarte descansar, pero podemos ducharnos juntos por la mañana.

Sonreí con la mejilla apoyada en su esternón.

—No tengo ropa.

—Aquí nunca necesitarás nada. —Me acarició el pelo—. De hecho, diría que es una apuesta bastante segura decir que siempre estarás desnuda cuando estemos en mi casa.

—Me refería para ir al trabajo mañana.

—Puedo llevarte a casa ahora a recoger algo, si quieres. O si no, vete a casa mañana temprano y vístete para ir a la oficina. Saldré a correr mientras lo haces para que no creas que tengo una ventaja injusta al llegar a la oficina antes que tú.

Mi cabeza quería discutir. Tal vez sería mejor que nos limitáramos a enrollarnos y no hiciéramos fiestas de pijamas, pero mi cuerpo estaba en total desacuerdo.

—Supongo que podría hacerlo: pasar por mi casa por la mañana, quiero decir.

—Bien. Entonces está decidido. Pondré el despertador muy temprano para que nos demos una buena y larga ducha.

Mi cuerpo empezó a relajarse y el suyo también pareció hacerlo. Había pasado los dedos por la mata de pelo de su pecho y empecé a trazar la cicatriz de su abdomen. Los músculos de su cuerpo se tensaron cuando se dio cuenta de lo que estaba haciendo.

Incliné la cabeza para mirarlo.

—¿Esto es de tu accidente?

Asintió.

—Me extirparon el bazo. Se me rompió por el impacto.

—Vaya. Menudo accidente debió de ser.

Tensó la mandíbula.

—Sí.

—¿Cuántos años tenías?

—Veintidós.

Incliné la cabeza y besé la cicatriz, con la intención de dibujar una línea de besos de arriba abajo. Sin embargo, la voz cortante de Bennett me detuvo.

—No lo hagas.

Me quedé paralizada.

—Vale.

Volví a apoyar la cabeza en su pecho y de repente me sentí muy incómoda.

—Lo siento. No quería molestarte. Estaba pensando en algo que decía mi abuela: «Las cicatrices son los mapas de la historia de dónde hemos estado».

Permaneció en silencio durante mucho tiempo. Cuando por fin habló, lo hizo en voz baja:

—No todas las cicatrices acaban en una historia con final feliz, Annalise.

—Vale —dije en voz baja—. Lo siento.

Durante la hora siguiente, ninguno de los dos dijo una palabra. Me pregunté si se arrepentía de haberme pedido que me quedara. Aunque estaba agotada, no podía dormirme. Pensé que sería mejor que me fuera a casa, pero no quería despertarlo si se había quedado dormido.

—¿Bennett? —susurré.

No respondió, así que aparté las sábanas con cuidado e intenté por todos los medios que la cama no se moviera para no despertarlo. Estaba a punto de sentarme cuando su voz me sobresaltó:

—¿A dónde vas?

—Mierda. Me has asustado. Pensaba que estabas dormido.

—¿Ibas a intentar escabullirte?

—No. Ummm… Sí. He pensado que tal vez sería mejor que me fuera a casa.

Me atrajo hacia su pecho y me abrazó el hombro con fuerza contra él.

—No lo sería.

—¿Estás seguro?

—Eres una buena chica. Una buena mujer. Me gustas. Pero si te digo que algunas de mis cicatrices no se pueden curar por dentro, vas a intentar sanarme.

—¿Y eso tiene algo de malo?

—Algunas cicatrices no merecen ser curadas. Pero eso no significa que quiera que te vayas a casa. Duerme un poco, cariño.

Capítulo 31

Bennett

—La junta ha seleccionado la última cuenta con la que os examinará —dijo Jonas—. Es una cuenta nueva para los dos, así que creo que estaréis todo lo contentos que podríais estar, dadas las circunstancias.

—Eso es estupendo. ¿Qué tipo de cuenta es? —preguntó Annalise.

Al mismo tiempo, también descruzó y cruzó las piernas, así que perdí el hilo de la conversación. Tampoco ayudó que supiera que no llevaba ropa interior bajo la falda. Tras una hora de sexo en la ducha esta mañana, salí a correr mientras ella iba a casa a vestirse. Llegamos al trabajo a la misma hora, y los dos tuvimos que dejar los coches en el aparcamiento de la calle de abajo, en lugar de en las plazas habituales que ocupábamos cerca del edificio cuando llegábamos pronto.

Me había enviado un mensaje de texto desde su coche para pedirme que me adelantara para que la gente no sospechara nada cuando entráramos al mismo tiempo. Había pensado que era una exageración, pero pronto me di cuenta de que mentía y de por qué necesitaba un minuto a solas.

Estaba en el ascensor y las puertas empezaban a cerrarse cuando Annalise entró en el vestíbulo del edificio. En lugar de esperar al siguiente, agitó la mano y gritó desde la puerta.

—¡Detengan el ascensor, por favor!

Ya había unas cuantas personas dentro, y una mujer de contabilidad pulsó el botón de apertura de puertas.

—Gracias. —Annalise entró corriendo y se puso a mi lado. Traté de seguir su petición de que nadie en el trabajo se enterara de lo nuestro y la saludé con un simple movimiento de cabeza antes de mirar hacia delante. Ella, en cambio, hizo todo lo posible por dirigirse a mí delante de la gente.

—Bennett. —Me tendió una bolsa de papel marrón—. Creo que se te ha caído algo al salir del coche en el aparcamiento. —Su cara no delataba nada, pero capté el brillo de sus ojos.

¿Qué narices tramaba? Acepté la bolsa, aunque no se me había caído.

—Sí, se me ha caído. Gracias.

Al llegar a nuestra planta, salió la primera del ascensor, lo que me permitió ver cómo su trasero se contoneaba mientras la seguía por el pasillo. Con curiosidad, entré en mi despacho y abrí la bolsa de papel marrón. Encima de la tela roja de encaje había una nota. El tanga aún estaba caliente.

No dejes que esto te distraiga hoy.
Ni el hecho de que me las haya quitado en el coche.

Me reí y pensé que era una broma, pero ahora me daba cuenta de que estaba la hostia de distraído. ¿Me lo parecía a mí o hoy estaba mucho más atractiva que de costumbre? ¿A qué distancia estaba el motel más cercano de la oficina? Me pregunté si querría echar un polvo rápido durante la comida.

Esa idea me rondaba la cabeza cuando Jonas pronunció el nombre de la nueva cuenta: Mascota o algo así. Pero el cambio en el tono de Annalise me sacó del mundo de las fantasías. Sonaba aprensiva.

—¿Productos para mascotas y más? ¿La empresa *online* con sede en San José?

—Esa es —dijo Jonas—. ¿Los conoces?

Me miró de reojo y luego volvió a mirar a Jonas.

—Sí, los conozco.

Entrecerré los ojos.

—¿Has hecho alguna presentación para ellos antes?

Annalise negó con la cabeza y se dirigió a Jonas.

—Trent y Lauren Becker, ¿verdad?

Jonas asintió.

—Sí, son ellos. ¿Has trabajado con ellos antes?

Algo en la reacción de Annalise no encajaba. No parecía emocionada por saber quiénes eran, cuando eso podría ser una clara ventaja.

—No. ¿Cómo llegó la solicitud de propuesta?

—Nuestro director general recibió una llamada del suyo.

—Oh. Vale. Puede que Lauren ni siquiera sepa que trabajo aquí con la fusión y todo eso, pero puedo llamarla.

—¿Por qué tú? —«¿A qué está jugando?».

—Porque la conozco.

Me arreglé la corbata.

—Es evidente que no tan bien si no te llamó para hacer la solicitud de propuesta. Y ni siquiera sabe que trabajas aquí.

—Yo haré la llamada, Bennett. No preocupes a tu bonita cabecita. No evitaré que obtengas información, pero ambos sabemos que si uno de los dos tiene relación con el cliente, es mejor que tome la iniciativa.

—Supongo que eso depende de quién sea más competente.

Annalise me miró mal y luego se dirigió a Jonas.

—He estado en bastantes funciones con Lauren y Trent.

—Si los conoces tan bien, ¿por qué no les has hecho una presentación antes?

—Porque, en su momento, pensé que era mejor no mezclarlos con mi trabajo.

¿Por qué narices actuaba de forma tan sospechosa?

—¿En su momento? ¿Y ahora te parece bien? ¿Qué pasa, Annalise?

Suspiró y me miró a los ojos antes de volverse hacia Jonas.

—Lauren es la hermana de mi ex. Los abuelos de Lauren fundaron la empresa hace sesenta años, pero ahora la dirigen ella y su marido. Los conozco bastante bien. Andrew y yo estuvimos juntos ocho años.

—Genial. Así que nos van a evaluar tres cuentas, en las que, en una, el nuevo director creativo quiere acostarse con ella, y en otra, el hermano de la dueña ya lo ha hecho.

—¡Bennett! —Jonas me regañó—. Estás pisando una línea muy fina. Sé que este trabajo es importante para ti y, en un mundo perfecto, la única ventaja para conseguir una cuenta sería que la presentación de alguien fuera mejor. Así que te daré un respiro por estar enfadado, pero no me quedaré aquí sentado mientras hablas así de Annalise.

Me levanté de golpe.

—De acuerdo. Entonces me iré. Parece que Annalise dirigirá esta presentación con los Becker, de todos modos.

—¡Tienes que estar broma! —La puerta tembló al cerrarse de golpe tras Annalise.

Me pasé las manos por la cara y gruñí.

—Vuelve a tu despacho. No estoy de humor para discutir y tengo trabajo que hacer.

Se dirigió hacia mi mesa.

—Te comportas como un niño. Está claro que no tenía ni idea de que esta empresa iba a pedir una presentación. No sé por qué estás tan enfadado. He demostrado que juego limpio cuando se trata de clientes con los que tengo una relación.

—Una relación, ¿eh? —me burlé—. Creía que ya no tenías esa relación.

Annalise frunció el ceño y luego una expresión de comprensión cruzó su rostro. Se acercó más a mí.

—¿De eso se trata? ¿De Andrew? Creía que estabas enfadado porque tenía ventaja en el trabajo.

Unas sensaciones desconocidas me pusieron nervioso y me sentí como un león enjaulado. Mi primer instinto fue atacar a la presa.

—A quién te tires no es asunto mío, a menos que estés acostándote conmigo al mismo tiempo.

Parecía dolida.

—¿A quién me tiro no es asunto tuyo? Creía que habíamos decidido que ninguno de los dos se acostaría con nadie más.

No quería sentirme mal. Estaba enfadado. Puto Andrew. Si ella no estaba involucrada, ese cabrón estaba jugando a algo. Esto no era una coincidencia.

—Puede que no se le dé bien el sexo oral, pero esta mañana me he enterado de que eres toda una profesional con las mamadas. Estoy seguro de que te sacrificarías por el equipo y te pondrías de rodillas para ayudar a conseguir la cuenta.

Retrocedió e intentó darme una bofetada en la cara, pero la agarré antes de que me la golpeara.

—Que te follen —gritó.

Hice alarde de una sonrisa de suficiencia.

—Ya lo han hecho.

Levantó la otra mano y quiso darme una bofetada con la izquierda. Esa fue aún más fácil de atrapar.

—Eres un cabrón. —Me miró con el pecho agitado.

Bajé la mirada y noté que sus pezones apuntaban a través de la camisa. Dejé que mis ojos se detuvieran para que se diera cuenta de lo que había captado mi atención, y luego alcé la mirada para encontrarme con los suyos.

—Entonces deben de gustarte los cabrones.

—Vete al infierno —siseó.

—Ya estoy en él, cariño.

Me miró a los ojos y una sonrisa perversa se dibujó en la comisura de sus labios.

—Al menos, acostarme con Andrew conduciría a algo productivo. No sé en qué estaba pensando cuando decidí perder el tiempo contigo.

Respiré hondo y me sentí como un toro que resoplaba por la nariz. Annalise estaba agitando una capa roja en el maldito aire, como si me retara. Ese pensamiento —el de la capa roja— me recordó lo que me había dado esta mañana. Es más, lo que no llevaba puesto.

Me incliné hacia ella, y quedamos nariz con nariz.

—¿Te gusta acostarte conmigo? ¿Estás mojada por mí ahora mismo?

Sí. Me había vuelto loco. Se me puso dura y sentía la necesidad de tocarla, no importaba lo loco que pareciera.

Puso los ojos como platos. Sin soltarle las muñecas, tiré de ellas y levanté sus brazos en el aire. Luego pasé a sostener ambas muñecas con una mano y deslicé la otra bajo su falda. Su sexo estaba caliente y suave. Si discutir con ella era un infierno, esto era el paraíso.

No le daría la oportunidad de que pudiera pensar y detenerme. Así que, sin previo aviso, me lancé. Deslicé dos dedos dentro de ella y jadeé. Mi boca se estrelló contra la suya, y me tragué el final de un gemido mientras la penetraba con la mano tres veces rápidas.

Cuando arqueó la espalda e hizo fuerza hacia mí, supuse que era seguro soltarle las muñecas. La guie para que se apoyara en el borde del escritorio y me arrodillé. Tenía muchas ganas de saborearla. No había pasado por alto que acabábamos de discutir por su ex antioral y que yo había decidido comérselo.

Me importaba una mierda lo que eso significara en ese momento, si es que significaba algo. Lo único importante para mí ahora era que necesitaba que se corriera. En. Mi. Boca.

Me lancé como una tormenta, lamí, chupé y enterré la nariz tan dentro de ella que me cabalgó la cara. Algunos hombres dicen que lo más *sexy* que puede hacer una mujer es decir guarradas o someterse a ellos, pero es evidente que no les ha tirado del pelo ni les ha montado la cara una mujer que ahora mismo les odia a muerte.

No. Había. Nada. Más. *Sexy.* En. El. Mundo.

Cuando volví a meterle dos dedos y le chupé el clítoris con fuerza, gritó. Por suerte, uno de los dos se acordó de dónde estábamos —obviamente, a mí me importaba una mierda, ya que le estaba practicando sexo oral a una mujer en mi escritorio—, pero era lo bastante consciente como para al menos utilizar mi otra mano para taparle la boca.

Cuando cedió, aminoré el ritmo, pero me quedé de rodillas para disfrutar con toda tranquilidad de unos cuantos lengüetazos más de su dulzura. Luego me levanté con brusquedad y me limpié la cara con el dorso de la mano.

Annalise parpadeó un par de veces, como si volviera de otro lugar, pero no intentó moverse. Estaba claro que no había oído el ruido la primera vez.

La puse en pie de un tirón y le bajé la falda con un movimiento rápido. Parecía confusa…, hasta que oyó el segundo golpe en la puerta de mi despacho.

Capítulo 32

Annalise

«¡Mierda!».

Bennett me había bajado la falda, enderezado la blusa y alisado el pelo antes de que me diera cuenta de qué demonios pasaba. Pero había estado tan ocupado arreglándome la ropa que no había reparado en su aspecto.

Presa del pánico, cuando la puerta empezó a abrirse con sigilo, tomé lo más cercano que encontré y lo lancé contra la situación sin salida.

Solo que…, resultó ser un café grande.

Al chocar con mi objetivo, la tapa se desprendió y todo el contenido le salpicó los pantalones justo cuando Jonas entraba.

—¿Qué narices? —gritó Bennett.

—Lo siento. Ha… Ha sido un accidente.

Jonas frunció el ceño y cerró la puerta tras de sí.

—Ya basta. Os oye toda la oficina. Parecéis dos gatos peleándose.

Bennett abrió el cajón superior, sacó un fajo de servilletas y se secó los pantalones.

—No es lo que piensas —dije—. Al principio discutíamos, sí. Pero luego…, hemos encontrado una forma mutuamente beneficiosa de solucionarlo. Estábamos a punto de llamar juntos al cliente cuando le he tirado el café encima al coger el teléfono del escritorio.

Jonas entornó los ojos. Parecía que no me creía. Entonces Bennett me apoyó mientras se limpiaba la entrepierna empapada.

—Está todo arreglado, Jonas. Me he disculpado por las cosas que he dicho en tu despacho, y... nos hemos besado y reconciliado. El café ha sido un accidente.

Nos miró a uno y luego al otro; aún no parecía del todo convencido.

—Tal vez deberíais llevar esto fuera de la oficina. Ir a tomar algo o a comer. Haceros amigos. Yo invito.

—Comer algo —asintió Bennett. Capté el tic en la comisura de su labio, pero, por suerte, Jonas no.

—Gran idea. Gracias, Jonas.

Nuestro jefe refunfuñó algo sobre ser demasiado viejo para esta mierda y volvió a dejarnos solos en el despacho de Bennett. Incluso cerró la puerta tras de sí.

—¿Qué narices? —Bennett señaló los pantalones empapados.

—Tenías una mancha húmeda.

—¿Qué?

—Una mancha húmeda gigante. Ya sabes, la llovizna antes del chaparrón. Y una erección.

—¿Así que tu respuesta ha sido lanzarme un café al pene en lugar de, no sé, pasarme una carpeta para que me cubriera?

Me eché a reír.

—Me ha entrado el pánico. Lo siento.

—Supongo que debería alegrarme de que ya no estuviera caliente.

Me tapé la boca, pero no pude contener la sonrisa.

—Ha sido... una completa locura.

La sonrisa de Bennett era de suficiencia.

—Ha sido jodidamente *sexy*.

—No puede volver a pasar.

—Es evidente que volverá a suceder.

—Te has portado como un idiota.

—La próxima vez que nos peleemos, te empujaré al suelo y te daré de comer el rabo de este idiota. Aquí mismo, en este despacho. Con la puerta abierta.

Se me revolvió el estómago por los nervios. No tenía ninguna duda de que lo haría y, aunque era una locura, la idea me excitaba. Pero no podía permitírselo.

Me alisé la falda y di un paso atrás.

—Me debes una disculpa por lo que has dicho esta mañana.

Sonrió satisfecho.

—Creía que me acababa de disculpar, pero estoy dispuesto a hacerlo otra vez.

—Lo digo en serio, Bennett. No puedes actuar como un novio celoso en la oficina.

—No estaba celoso.

Parecía realmente confundido por mi comentario. ¿De verdad creía que lo que acababa de ocurrir no era otra cosa que el comportamiento de un macho alfa celoso?

—¿No estabas celoso? ¿Entonces por qué te enfadaste tanto?

Tiró las servilletas que había usado para limpiarse los pantalones a la papelera.

—Era por el trabajo. El terreno de juego debería estar nivelado para los dos.

Observé su rostro con atención. Dios, era cierto que no tenía ni idea.

—Claro.

El cajón de su escritorio seguía abierto desde que había sacado las servilletas. Metí la mano y me serví.

—¿Nuevo superhéroe? —Arqueé una ceja.

—Dame eso. —Bennett intentó arrebatarme la libreta llena de garabatos, pero la alejé de su alcance.

—Me resulta familiar. —Su última obra de arte mostraba una caricatura femenina con el pelo largo y los pechos gigantes. Era idéntica a mí, con una capa, claro.

Se acercó y me quitó la libreta de la mano.

—¿Sabes qué superpoder tiene?

—¿Cuál?

—El de volver loca a la gente.

Mostré una sonrisa tonta.

—¿Crees que soy una superheroína?

—Que no se te suba a la cabeza, Texas. Hago muchos dibujitos.

Señalé el dibujo de la superheroína apoyada en un escritorio, con las piernas abiertas en posición de poder. Solo faltaba la cabeza de Bennett entre ellas.

—Sí, pero no todas tus fantasías se hacen realidad.

———————

Llevaba todo el día pensando en invitar a Bennett.

¿Y si mi competidor hubiera sido un hombre de sesenta años, felizmente casado, en lugar de un soltero de treinta y uno, increíblemente *sexy*, que casualmente me había provocado tres orgasmos esta mañana: dos en la ducha y otro en su escritorio?

¿Jugaría limpio? ¿O estaba regalando más de lo que debía porque Bennett Fox era mi punto débil? (¿Y quizá también me gustaba su punto duro?) ¿Me importaba cómo ganar la batalla, siempre y cuando saliera vencedora?

Por desgracia, sí me importaba. Y sabía que yo era la minoría. En una competición despiadada como esta, la mayoría de la gente utilizaría cualquier ventaja para vencer la guerra, pero para mí era importante vencerlo de forma limpia. Así soy yo.

Así que a las cuatro menos cinco, me dirigí a la oficina de Bennett. Estaba metido de lleno en su material gráfico, que había esparcido por toda la mesa de la esquina de su despacho.

Llamé a la puerta abierta.

—¿Tienes un minuto?

Enarcó las cejas.

—Depende de lo que hayas pensado.

—Ven a mi despacho en cinco minutos.

Me di la vuelta y volví por el pasillo. Apareció en la puerta de mi despacho justo a tiempo.

Le hice un gesto hacia la puerta.

—Cierra la puerta. Tengo que hacer una llamada por el altavoz.

Bennett sonrió.

—Claro que sí.

El muy imbécil había pensado que lo había invitado para echar un polvo. En lugar de darle explicaciones, pulsé el botón del altavoz y marqué.

La asistente contestó al primer timbrazo.

—Oficina de Lauren Becker.

Miré a Bennett. Él levantó las cejas.

—Hola. Soy Annalise O'Neil y quisiera hablar con Lauren. He llamado esta mañana y hemos programado una reunión telefónica para las cuatro.

—Sí. Está esperando, Annalise. Te paso enseguida.

—Gracias.

Nos dejó en espera, y mi mirada se encontró con la de Bennett.

—Te voy a ganar porque soy buena en mi trabajo. No hay otro motivo.

Bennett me miró fijamente, pero no pude leer su rostro.

Lauren se puso al teléfono dos segundos después.

—¿Anna?

Levanté el auricular.

—Sí. Hola, Lauren.

—¿Cómo estás? Dios, ha pasado mucho tiempo.

—Así es. No sé si lo sabes, pero ahora trabajo en Foster, Burnett y Wren. Las dos empresas se han fusionado.

Miré a Bennett mientras escuchaba su respuesta.

—Ah —dije—. Vale. Sí. No estaba segura de si Andrew te lo había comentado. Gracias. Te agradezco que nos hayas incluido en la solicitud de propuesta.

Bennett tensó la mandíbula y yo ahogué un suspiro. No podía controlar cómo nos había llegado la cuenta, pero sí gestionarlo. Lauren y yo nos pusimos al día durante un minuto y luego me aclaré la garganta.

—Espero que no te importe, pero he invitado a un compañero para que participe. Acaba de entrar. Se llama Bennett Fox.

Después de que ella dijera que no se oponía, volví a activar el altavoz. Los tres hablamos durante media hora sobre la solicitud de propuesta y lo que ella buscaba. Hacia el final de la conversación, le propuse quedar para cenar y seguir hablando la semana que viene.

—Sería estupendo. Sé que a Trent también le encantaría verte. —Hizo una pausa—. ¿Y Andrew? ¿Debería preguntarle si quiere unirse? Me dijo que las cosas habían sido complicadas desde la fusión y pensó que sería un buen momento para que trabajáramos juntos.

Bennett parecía tan incómodo como yo.

—Si no te importa, preferiría que no lo hicieras. No estamos... Ni siquiera sabía que te había hablado de mi cambio en el trabajo ni que te había pedido que me incluyeras en la solicitud de propuesta.

Lauren suspiró.

—Sí, lo entiendo.

No tenía ni idea de qué esperar de Bennett cuando colgué, pero lo que obtuve, era sincero.

—Gracias por incluirme.

Asentí.

—De nada.

Dio unos pasos hacia la puerta de mi despacho y se giró.

—¿Por qué?

No estaba segura de haber entendido la pregunta.

—¿Por qué?

—¿Por qué quieres ganar limpiamente? ¿Es por lo que hay entre nosotros?

—La verdad es que antes he estado pensado en ello. —Sonreí—. No te hagas ilusiones. Haría las cosas de la misma manera, aunque fueras un hombre de sesenta años felizmente casado.

—Vaya. —Sacudió la cabeza—. Y yo que pensaba que eras una buena persona. ¿Pero dejarías que un tío casado de sesenta años te practicara sexo oral en su despacho?

—¡No me refería a eso!

Bennett me guiñó un ojo.

—Ya lo sé, pero finjamos para que no tenga que admitir que eres muchísimo mejor persona que yo.

Capítulo 33

Bennett

—¿Te gusta *La guerra de las galaxias?*

Pulsé el botón para silenciar SportsCenter y miré a Annalise. Tenía tres periódicos diferentes repartidos por la cama. Yo prefería las noticias de la CNN o la ESPN, pero en las últimas semanas habíamos establecido una rutina de sábado por la mañana que me gustaba.

Teníamos sexo mañanero y luego yo salía a correr mientras ella preparaba el desayuno para los dos. De camino a casa, compraba tres periódicos diferentes y, después de comer, yo veía SportsCenter mientras ella los leía durante horas.

¿He mencionado que Annalise cocinaba y leía con una de mis camisetas sin sujetador ni ropa interior? Sí, esa era mi parte favorita.

Deslicé la mano bajo el dobladillo de la camiseta blanca que llevaba puesta y le froté el muslo.

—Me gusta *La guerra de las galaxias.* No soy uno de esos frikis que se disfrazan de Yoda o Chewbacca en una convención anual de frikis, pero voy a ver las películas. ¿Por qué?

Annalise se encogió de hombros.

—Por nada.

Pero algo en su respuesta —quizá fue demasiado rápida o abrupta— me dijo que mentía.

—No serás una de esos frikis, ¿verdad?

Sus mejillas se tiñeron de rosa.

—No, no lo soy.

Le señalé la cara.

—Ni lo intentes, Texas. Ya estás a medio camino de ser un tomate.

Dejó el papel.

—Está bien. Me gustaba disfrazarme de la princesa Leia. —Bajó la voz—. Y a veces de Aayla Secura y Shaak Ti.

Me reí.

—¿Quiénes?

—Olvídalo.

—Oh, no. Has abierto la caja de Pandora. Ahora que sé que eres una loca de *La guerra de las galaxias,* quiero saber a qué me enfrento. ¿Estamos hablando solo de disfraces de Hallowcen, fiambreras y que conoces al dedillo el idioma klingon, o de una fan superloca que se disfraza y va a convenciones?

—El klingon es de *Star Trek,* no de *La guerra de las galaxias.*

—El hecho de que lo sepas dice mucho.

Annalise puso los ojos en blanco.

—¿Para qué compartiré nada contigo?

Me reí.

—Vale. No me reiré de ti, mi pequeña friki *sexy.* ¿Por qué lo preguntas?

Señaló un artículo en el periódico.

—Estoy leyendo que el *merchandising* de las películas ha superado las ventas de taquilla. *La guerra de las galaxias* ha ganado casi treinta y cinco mil millones de dólares en *merchandising.*

—Supongo que tienes muchos amigos potenciales en Frikilandia.

Me golpeó el abdomen con el dorso de la mano.

—Cállate.

—Pronto habrá un nuevo parque en Disneyland llamado *Star Wars:* Galaxy's Edge.

—Lo sé. Estoy impaciente.

Esta tarde era mi viaje anual a Disney con Lucas: el fin de semana de su cumpleaños era el único viaje de una noche que

Fanny me permitía hacer. Todos los años, íbamos el sábado por la tarde y pasábamos la noche y el día siguiente montados en atracciones. Lucas siempre escribía una lista de las atracciones nuevas cada año, y esta vez una de ellas era de *La guerra de las galaxias.*

—¿Te subes a las atracciones en Disney? —le pregunté.

—Antes sí, pero hace años que no voy.

No había mencionado mi viaje con Lucas, pero llevaba toda la semana pensando en invitarla.

—De hecho, voy a ir a Disney con Lucas esta tarde. Es su cumpleaños esta semana y hacemos un viaje anual.

—Oh. Eso es genial. Haces cosas muy divertidas con él.

Nunca había llevado mujeres cuando estaba con Lucas, sobre todo porque las relaciones que tenía no encajaban con mis visitas semanales. En cambio, las invitaba a cenar, se ponían vestidos bonitos y luego, a casa, no íbamos a pescar ni a correr en *karts.* Pero Annalise y yo éramos diferentes. Pasábamos horas trabajando juntos todos los días y, cuando no estábamos peleándonos o reconciliándonos con sexo, la verdad es que nos divertíamos bastante sentados sin hacer nada en mañanas como aquella.

Aunque solo había pasado un mes, la había conocido mucho mejor que a cualquier otra persona con la que hubiera salido durante seis meses. Además, le gustaría la nueva atracción de *La guerra de las galaxias.* Así que me sentía casi obligado a invitarla. Era lo correcto.

Apagué el televisor, que estaba silenciado.

—¿Por qué no vienes con nosotros?

Parecía tan sorprendida como yo de que la hubiera invitado.

—¿A Disney? ¿Contigo y Lucas?

—Sí. ¿Por qué no? Puedes ponerte en plan friki en la nueva atracción de *La guerra de las galaxias,* y Lucas tendrá a alguien con quien dar vueltas.

—¿No te subes a las montañas rusas?

—No. Cuando iba al colegio, me moría por besarme con Katie Lanzelli. La llevé a la feria del pueblo y tenía planeado morrearme con ella en la noria. Justo antes de ir, me subí al Gravitron. Vomité hasta el desayuno al bajar. No podía besarla después de eso. Así que desde aquel día, dejé de montarme en las montañas rusas.

Annalise soltó una risita.

—Tu perversión no conoce límites. Incluso afecta a tus viajes a Disney.

—¿Qué me dices? ¿Quieres venir? —Subí la mano que tenía sobre su pierna y le acaricié la piel sensible del interior del muslo, justo al lado de sus labios—. Tendría que conseguir una habitación separada por Lucas, pero tal vez podría reservar una al lado para escabullirme cuando se duerma y deslizarme dentro de ti.

—¿Ves? Eres un pervertido. Todos los caminos conducen al sexo. —Sonrió—. Me encantaría ir. ¿Pero estás seguro? No quiero entrometerme en el tiempo que pasas con Lucas.

Cuanto más hablábamos de ello, más me gustaba la idea de que viniera.

—Seguro. Se alegrará de tener a alguien que no sea yo con quien hablar. Créeme. —La miré—. Además, quiero que vengas.

La cara de Annalise se iluminó, casi resplandeció, mientras asentía con la cabeza. Luego se subió encima de mí, y yo también me animé.

***

—¿Quién compuso la banda sonora de las películas?

—Esa es fácil. John Williams. —Annalise se limpió las chispitas del labio con una servilleta.

Lucas miró su teléfono y volvió a pasar el dedo. Desde que habíamos subido al coche por la mañana, Lucas se había pasado todo el viaje haciéndole preguntas de un trivial *online*.

—¿De qué color era el sable de luz de Luke Skywalker en las dos primeras películas?

—Azul.

—¿Y en *El retorno del Jedi*?

—Verde.

Negué con la cabeza.

—¿Por qué cambiarían el color del sable de luz? Y, una pregunta aún mejor, ¿por qué te sabes las respuestas a todas estas tonterías?

Annalise lamió una gota del cucurucho de helado, y mi pene se estremeció, en medio del puñetero Disney.

—Perdió el azul en un duelo con Darth Vader en Ciudad Nube. Hubo un gran revuelo porque el sable de luz fuera verde en *El retorno del Jedi*. Los pósteres originales de la película lo mostraban con un sable azul. Algunos dicen que cambiaron el color porque el fondo de la escena de la pelea era un cielo azul, mientras que otros creen que hay un significado más profundo, como que los cineastas intentaban mostrar que Luke se había convertido en un hombre.

Me reí entre dientes.

—Ah, ya lo entiendo. Así que, al cambiar el color, querían embaucar a los padres para que compraran más sables de luz.

Lucas estaba fascinado con la capacidad de Annalise para el trivial de *La guerra de las galaxias*. A mí no me importaba quedarme sentado mirándolos, siempre y cuando ella no dejara de lamer el cucurucho de helado. Estaba muy contento por haber conseguido esas habitaciones contiguas.

Cuando comimos el postre, montamos en unas cuantas atracciones más antes de dar por terminada la noche. Había sido un día muy largo: sexo dos veces por la mañana, una larga carrera, conducir hasta Los Ángeles y un montón de atracciones cuando llegamos. Yo estaba agotado, pero Lucas y Annalise parecían tener todavía mucha energía.

—¿Podemos ir a la piscina? —preguntó Lucas al bajar del vagón en la parada del hotel.

Miré el reloj.

—Son casi las nueve y media.

—¿Y? —Frunció el ceño.

—Probablemente Annalise ni siquiera haya traído bañador.

Sonrió.

—En realidad, sí.

—¿Por favor? —Lucas me puso ojitos de cachorro.

—Puedo llevarlo yo si estás muy cansado.

—No. No pasa nada. —Señalé a Lucas con el dedo—. Media hora. Eso es todo.

—¡Vale!

—Espero que al menos sea un bikini si tengo que meterme en un cubo de mear de Disney —refunfuñé a Annalise mientras Lucas se adelantaba a toda prisa hacia la puerta principal del hotel.

Su sonrisa resplandeció.

—Quéjate todo lo que quieras, pero veo la verdad en tus ojos. Harías cualquier cosa que ese niño te pidiera, y te encanta verlo disfrutar a cada minuto.

No se equivocaba. Sin pensarlo, deslicé mi mano entre la suya y terminamos el paseo hasta el vestíbulo del hotel de la mano. Lo peor era que no tenía ni idea de que lo había hecho. Simplemente estaba a gusto. Annalise tampoco pareció darse cuenta, o si lo hizo, no dijo nada.

De todos modos, la solté para abrir la puerta y me metí las manos en los bolsillos.

———

—Es un niño estupendo.

Annalise y yo estábamos sentados uno frente al otro en el *jacuzzi* burbujeante, a seis metros de la piscina. Un grupo de niños había organizado un partido de voleibol acuático cuando salimos, y le habían pedido a Lucas que se uniera. Así que habíamos conseguido una prórroga para no meternos en el cubo de orina fría y habíamos ido a remojarnos en el *jacuzzi* para mayores de dieciocho años. Las luces iluminaban la zona de la piscina, así que aún podíamos vigilarlo desde la distancia, pero estábamos lo bastante lejos como para que no pareciera que lo estábamos cuidando.

—Sí. A pesar de la chiflada que lo está criando, ha resultado ser un niño muy bueno. Tiene la cabeza bastante asentada.

—Te admira de verdad.

El *jacuzzi* me había ayudado a relajar los músculos, pero ese comentario hizo que se tensaran de nuevo.

—Sí.

Annalise se quedó callada, y me hice una idea de lo que estaba pensando.

—¿Te importa que te pregunte cuántos años tenía cuando su madre murió?

—Tenía tres años.

—Vaya.

—Sí.

—¿Estaba… enferma?

Le sostuve la mirada.

—Un accidente de coche.

Me miró el torso. Era lo bastante inteligente para sumar dos y dos. Y sabía que dudaba si preguntarme sobre ello.

Era lo último de lo que quería hablar. Me levanté.

—Se está haciendo tarde. ¿Por qué no traigo unas toallas?

Lucas roncaba cuando salí de la ducha. El día había sido bastante bueno, pero la mención del accidente me había bajado los ánimos. Me senté en la cama frente a Lucas y miré cómo dormía. Ahora se parecía a su madre. Era difícil imaginar que en unos años tendría la misma edad que ella cuando le dio a luz. Lo que me hizo pensar… Necesitaba tener una charla sobre condones y anticonceptivos con él. Fanny no lo haría. Joder, yo también había tenido la charla con su hija.

«Y de mucho sirvió».

Mi móvil vibró en la mesilla, así que deslicé el dedo por la pantalla para ver los mensajes.

Annalise: Perdona si me he entrometido. Te has quedado callado cuando te he preguntado por su madre. No pretendía incomodarte.

Intenté tranquilizarla.

Bennett: No lo has hecho. Solo estaba cansado. Este día tan largo me ha afectado.

Dudaba que se lo creyera, pero al menos no insistió.

Annalise: Vale. Bueno, gracias por dejar que te acompañara hoy. Me lo he pasado muy bien. Buenas noches.
Bennett: Buenas noches.

Volví a dejar el teléfono sobre la mesilla. En los ocho años transcurridos desde aquella noche, nunca había hablado con nadie del accidente, salvo con la policía y los abogados. Ni siquiera el psiquiatra al que me había enviado mi madre logró abrir la caja fuerte. Durante mucho tiempo, creí que cuanto menos pensara en ello, más fácil me resultaría seguir adelante. Hasta hace poco.

Los diarios de Sophie habían removido muchas cosas en mi interior. Empezaba a preguntarme si guardarlo me había permitido seguir adelante, o si tal vez sacarlo sería lo único que me liberaría.

Capítulo 34

1 de enero

Querida yo:

Estamos tristes.

Han pasado dos meses desde que Bennett se fue. Está a solo unas horas de distancia, en la UCLA, pero bien podría ser el otro lado del mundo. Le echamos de menos. Mucho. Tiene una nueva novia. Otra vez. Dijo que esta también estudia marketing, *y salen todo el tiempo como hacíamos nosotros.*

Aún salimos con Ryan Langley, pero a veces, cuando lo besamos, pensamos en Bennett. Es muy raro. Quiero decir, es Bennett, ¿verdad? Nuestro mejor amigo, pero parece que no podemos evitarlo.

La universidad no es tan genial. Pensé que sería diferente. Sin embargo, cuando vives en casa, sigue siendo como otro año de instituto, pero sin Bennett. Hasta voy a clase con un montón de chicos que iban conmigo al instituto RFK.

Todo sigue igual, pero diferente.

Conseguimos trabajo en una peluquería atendiendo el teléfono. La gente es muy amable y pagan muy bien.

Esperamos ahorrar dinero y tener nuestra propia casa. Aaron, el nuevo novio de mamá, es un capullo y siempre está en casa.

El poema de este mes no está dedicado a nadie.

*Ella mira hacia atrás,
temerosa de avanzar ahora.
¿Por qué no estás aquí?*

Esta carta se autodestruirá en diez minutos.

*Anónimamente,
Sophie*

Capítulo 35

Bennett

¿Cuánto deseaba el puesto?

Hacía unas horas que Annalise se había ido a su cena semanal con Madison. Como mañana tenía una cita fuera de la oficina a primera hora de la mañana y mi cama iba a estar vacía esta noche, me había quedado hasta tarde para terminar mi presentación para Star Studios, que estaba al caer. La semana había sido muy dura, a pesar de que solo era miércoles, y aún teníamos una cena con la hermana del cabrón el viernes.

Cogí la llave del despacho de Annalise del cajón superior de Marina para dejar algunos bocetos en su escritorio. En la comida de hoy, me había dicho que estaba atascada con el logotipo para una empresa de rotuladores mágicos para niños que se estaba expandiendo a una línea de rotuladores profesionales para artistas. Se me había ocurrido una idea mientras trabajaba en el sombreado de otro proyecto, y pensé que le serviría a su cliente.

Annalise se había traído la cuenta de Wren, así que no competíamos; no tenía motivos para no ayudarla.

Pero cuando fui a dejar los dibujos en su mesa, me encontré con todo el concepto de su propuesta para Star: guiones gráficos, modelos de logotipos en 3D y una gruesa carpeta roja con la etiqueta INVESTIGACIÓN. Miré la carpeta anillada: habría unos cinco centímetros de maldita investigación. Mucho más de lo que yo había hecho. ¿Qué tendría ahí? Algo que podría darle ventaja, eso seguro.

Dejé los dibujos en su asiento y tomé la carpeta. Pesaba.

«Joder».

No debería.

«Pero ¿y si me he perdido algo?».

Sabía dos cosas con absoluta certeza. Una, hacerlo sería algo muy ruin. Y dos, si el zapato estuviera en el otro pie, y fuera Annalise quien encontrara mi escritorio con toda esta mierda, se daría la vuelta y se largaría.

Pero, de ninguna manera me iba a mudar a Texas.

«No lo estaría haciendo por mí, sino por Lucas».

Había una excepción para el comportamiento de mierda cuando el fin justificaba los medios, ¿no?

¿Qué narices tendría aquí? En serio, esta cosa debía de pesar un kilo. ¿Quizá había un ladrillo dentro? ¿O un libro? ¿Uno de tapa dura de *Marketing para dummies?* Al menos podría comprobarlo, ¿no? Me tranquilizaría saber que no me faltaba investigación.

Quité la goma roja de la carpeta.

«Dios, qué capullo soy».

Volví a dejarla sobre el escritorio y la miré un poco más.

«¿Y si no fuera Annalise?».

Ella misma había dicho que había intentado eliminar a la persona de la ecuación a la hora de decidir cómo actuar. Un hombre de sesenta años, casado…, estaba bastante seguro de que eso era lo que ella pretendía que fuera su competencia.

¿Qué haría yo si hubiera encontrado ese archivo de información potencialmente útil, pero la competencia a la que me enfrentara hubiera sido un hombre de sesenta años en lugar de Annalise?

Me gustaría pensar que la respuesta a esa pregunta requería cierto debate.

Pero… todos sabemos que no es así, ¿verdad?

Yo ya estaría fotocopiando la mierda de este archivo.

Eso, en pocas palabras, resumía la diferencia entre Annalise y yo. Cuando ella se planteaba cómo debía actuar, siempre hacía lo correcto, lo que era ético. Yo, por otro lado, hacía lo que me acercaba a lo que quería.

¿Qué me lo impedía?

Annalise y su maldita ética me hacían sentir culpable.

Gruñí, tomé la carpeta, volví a colocarle la goma elástica y la dejé donde la había encontrado. Recogí los dibujos de su silla, cerré la puerta tras de mí y me agaché para deslizarlos por debajo de la puerta cerrada del despacho. Ella los encontraría por la mañana sin saber que había entrado.

Volví refunfuñando a la mesa de Marina para dejar la llave. Mientras estaba allí, pensé en dejarle una nota para indicarle que estaría fuera la mañana siguiente, ya que, en un principio, mi cita era por la tarde.

Busqué un bolígrafo y algo para escribir. Al lado de su teléfono había uno de esos blocs de notas con tres papelitos de calco que se arrancan y se meten entre las hojas. Así que lo tomé y escribí en la última.

El calco que quedaba del mensaje anterior me llamó la atención porque tenía el nombre de Annalise.

FECHA: *6-1*
HORA: *11:05*
PARA: *Annalise*
LLAMANTE: *Andrew Marks*
TELÉFONO: *415-555-0028*
MENSAJE: *Te devuelve la llamada. Llama en cualquier momento.*

—¿Pasa algo? —Annalise apoyó la cadera en la encimera de la sala de descanso.

—Nada de nada —dije, y me serví mi segunda taza de café.

Cruzó los brazos sobre el pecho.

—Entonces, ¿solo estás de mal humor?

—Ha sido una semana ajetreada.

—Lo sé. —Miró hacia la puerta y bajó la voz—. Por eso pensé en ser amable y hacerte la cena en mi casa anoche. Pero no contestaste a mi mensaje y esta mañana, cuando te he visto en el pasillo, parecía que me ibas a morder.

Cogí mi taza.

—Tú fuiste la que quiso asegurarse de que fuéramos discretos en la oficina. ¿Debería haberme parado a meterte mano?

Entrecerró los ojos.

—Como quieras. No olvides que esta noche cenamos a las seis con Lauren y Trent en La Maison.

Me burlé.

—Me muero de ganas.

Annalise interpretó mi sarcasmo de forma correcta. Suspiró y se giró para salir de la sala de descanso.

Se detuvo cerca de la puerta y se volvió.

—Por cierto, gracias por los bocetos. Eran exactamente lo que necesitaba y no se me ocurría.

Levanté la vista de mi taza y nuestras miradas se cruzaron. «A la mierda».

—Anoche fui a tu despacho a dejarlos en tu escritorio. Vi que estaba cubierto con tu trabajo sobre la campaña Star, así que me fui y los metí por debajo de la puerta.

Ladeó la cabeza y me miró a la cara.

—¿No miraste nada?

Tras haber encontrado el mensaje de su ex, me planteé volver a entrar. Pero no pude. «Cobarde». Negué con la cabeza.

Sus ojos se desenfocaron durante un minuto y tuve la sensación de que le daba vueltas a la cabeza mientras intentaba encajar las piezas de un puzle.

Volvió a centrarse en mí.

—¿Estás enfadado contigo mismo por no haber hurgado entre mis cosas?

Me crucé de brazos.

—Me pregunté si me habría marchado si hubiera sido otra persona.

—Y…

—No lo habría hecho.

Los ojos de Annalise se suavizaron.

—Pues gracias. ¿Por eso estás tan gruñón? Porque no me trataste como al enemigo.

—No lo estaba…, hasta que fui a guardar la llave en el cajón de Marina y vi un mensaje que te había dejado diciendo que alguien te había devuelto la llamada.

Se le desencajó la cara.

—No es lo que piensas.

—¿Así que ahora sabes lo que estoy pensando?

—Cuando el otro día llamé a Lauren para confirmar la cena de esta noche, me dijo que Andrew iba a acompañarnos. Le llamé para pedirle que no lo hiciera. Por eso me devolvió la llamada.

Caminé hacia la puerta de la sala de descanso.

—Da igual.

Annalise exhaló con fuerza.

—La próxima vez, habla conmigo si algo te molesta.

Me detuve en la puerta.

—O a lo mejor, la próxima vez, le echo pelotas y consigo ventaja sobre la competencia.

—Lo siento. Imaginé que las dos necesitaban unos minutos a solas. A mi mujer le gusta meterse donde no le llaman. Pero soy un hombre derrotado, así que no me resisto. —Trent Becker levantó la copa y la inclinó hacia mí—. Mi respuesta siempre es «Sí, querida». Y un buen *whisky*.

Alcé mi copa.

—A mí me parece bien. Ni siquiera importa cuál sea la pregunta.

Annalise y yo llegamos al restaurante desde la oficina al mismo tiempo. Lauren y su marido entraron unos minutos más tarde. Como la camarera había dicho que nuestra mesa aún no estaba lista, Trent me había pedido que lo acompañara a la barra a por unas bebidas y las chicas se pusieron de inmediato a hablar.

—Lauren y Annalise tienen una historia personal.

Tomé un sorbo y miré a Trent por encima del borde de la copa.

—Andrew. Lo sé.

Trent enarcó las cejas.

—Así que te lo ha contado.

—Sí.

Asintió.

—Tiene sentido. Sobre todo, porque fue él quien propició esta reunión.

Era una reunión de negocios. Tenía que guardarme mis opiniones, pero con la puerta abierta para mirar dentro, no pude resistirme.

—Qué raro. Annalise lleva años trabajando en *marketing*. Sin embargo, dijo que nunca habíais hablado sobre trabajar con ella.

Trent miró a su alrededor, luego se inclinó hacia mí.

—Lauren piensa que el sol sale y se pone en su hermano. Pero entre nosotros, creo que es un capullo pomposo y egoísta.

Esta vez, alcé las cejas. Tal vez esta cena no sería tan mala después de todo.

—Parece que tienes razón, por lo que Annalise me ha contado. Pero como tú, me lo guardaré para mí. —Levanté mi copa—. Y me tragaré mis pensamientos con este *whisky*.

Trent se rio entre dientes.

—Annalise es genial. Me alegro de que podamos hacer negocios con ella. Solo espero que esto no ayude a mi querido cuñado a volver con ella. Que se quede con la azafata sueca con la que se ha estado viendo a escondidas los últimos años.

Mierda.

Me lo imaginaba.

Sabía que ese tío era un imbécil.

Ocho años y ningún compromiso indicaba que solo había hecho que ella perdiera el tiempo, pero no sabía la razón. Qué cabrón.

El camarero trajo dos copas de vino y Trent y yo discutimos sobre quién pagaba la cuenta. Cuando gané, llevamos las copas a las chicas, que estaban sentadas hablando en un banco cerca del puesto de la camarera que recibía a los clientes.

—Gracias. —Annalise se levantó para que le pasara la copa. Se inclinó hacia mí con una sonrisa aprensiva—. ¿Todo bien?

La mía era genuina.

—Mejor que nunca.

La cena con Lauren y Trent resultó sorprendentemente agradable. Hablamos mucho de su negocio, nos explicaron abiertamente los altibajos que habían sufrido y parecían tener una idea clara del mercado al que querían llegar. También nos contaron que habían asignado un presupuesto considerable a la publicidad en Internet y en la televisión, lo que justificaba que la junta recompensara la campaña que consiguiera la cuenta.

—¿Quién hace qué? —preguntó Lauren a ninguno de los dos en particular—. ¿Uno se dedica a la página web y el otro a la televisión o algo así?

Dejé que Annalise tomara la iniciativa. Que fuera ella quien decidiera explicarlo.

—La verdad es que no. Tenemos miembros especializados en arte, textos e investigación de mercado. Los utilizaremos para idear conjuntamente dos campañas diferentes para presentároslas.

—Oh, vaya. Vale. —Lauren sonrió—. Estoy segura de que me encantará lo que se te ocurra. Siempre hemos tenido gustos muy parecidos.

Una vez más, Annalise podría haberme fastidiado. Lo único que tenía que hacer era mencionar que cada uno de nosotros haría una presentación individual y que ellos elegirían la que más les gustara. Sin duda, eso le daría a Lauren una buena preventa sobre cuál escoger. Pero el hecho de que Annalise lo presentara como si fuera un trabajo en equipo igualaba mucho las cosas.

La miré y me dirigió una dulce sonrisa.

Joder, era preciosa. Y esa mierda era contagiosa, porque le devolví la sonrisa, y estoy muy seguro de que no soy alguien que sonríe a menudo. Soy más bien una persona con cara de enfado, sobre todo porque la mayoría de la gente me cabrea. De hecho, me atrevería a decir que las comisuras de mis labios se han curvado más hacia arriba desde que conocí a Annalise que en mis primeros treinta años de vida.

Desvié la mirada hacia ella para volver a observarla. Era muy buena y tenía unos altos valores morales. Me daban ganas de hacer cosas inmorales y volverla mala después.

Me limpié la boca con la servilleta y, sin querer, la dejé caer al suelo. Me agaché para fingir que la recogía y deslicé la mano por el vestido de Annalise bajo el mantel. Dio un respingo cuando mi pulgar acarició el cálido centro entre sus piernas. Su reacción fue cerrar los muslos de golpe y casi pierdo el equilibrio cuando atrapó mi brazo entre sus piernas de un tirón. Tosí y liberé la mano en un intento por no reírme.

«¿Hay alguna forma de que le introduzca el dedo ahora mismo y vea cómo intenta hablar de negocios con la hermana del cabrón al mismo tiempo?».

Me lanzó una advertencia con los ojos.

—¿Estás bien, Bennett?

Me acomodé en la silla y dejé caer la servilleta sobre la mesa.

—Se me ha resbalado la servilleta.

Mi mano se deslizó con discreción unas cuantas veces más antes del final de la noche, la última para apretarle el culo mientras caminábamos hacia la puerta del restaurante detrás de nuestros posibles nuevos clientes. Su coche llegó justo antes que el mío, así que nos despedimos y vimos cómo se alejaban.

Si Lauren y Trent hubieran mirado por el retrovisor, probablemente aún podrían habernos visto mientras tiraba de Annalise hacia mis brazos.

—Esta noche te has portado muy mal. —Apoyó las palmas de las manos en mi pecho.

Yo le rocé los labios con los míos.

—No puedo evitarlo. Quiero hacerte cosas malas. Ven a casa conmigo. Anoche te eché de menos en mi cama.

Sus ojos se suavizaron.

—Yo también te eché de menos.

No recordaba haber echado de menos a nadie, excepto a Sophie. Y eso era totalmente diferente, porque ella se había ido de verdad. Sin embargo, no le había mentido a Annalise: la había echado de menos de verdad. Después de una noche separados. Y por mucho que la idea me asustara, no tenerla en mi cama esta noche me asustaba un poco más. Así que ignoré las campanas de alarma que me avisaban de que estaba yendo demasiado lejos.

El aparcacoches se detuvo con el coche de Annalise.

—Te seguiré —le dije.

—En realidad, ¿podríamos quedarnos en mi casa esta noche? Encargué un sillón nuevo para el salón hace dos meses y me lo entregarán mañana por la mañana.

—Sí. Por supuesto. —Le besé la frente—. Mientras me duerma y me despierte dentro de ti, no importa dónde estemos.

Capítulo 36

Annalise

—*Shit-take.* —Madison sacudió la cabeza.

—Umm… ¿Qué?

—¿No acabas de oír al camarero? Ha pronunciado el especial de setas *shiitake* como *shit-take* y me ha preguntado cómo quería mi langosta al horno. Em, ¿hecha?

Solté una risita.

—Lo siento. Supongo que he desconectado unos segundos.

Madison se llevó el vino a los labios.

—Puede que sea por el cansancio de practicar sexo cada noche con tu nuevo juguete.

Suspiré.

—¿Puedo hacerte una pregunta hipotética?

—Por supuesto. Si te hace sentir mejor fingir que no se trata de ti, adelante. Dispara.

—Así es. —Hice una pausa y pensé en cómo formularla—. Si una mujer tiene una relación con un hombre, que ha sido muy sincero desde el principio al decir que no quiere un compromiso a largo plazo, ¿sería una locura que esa mujer dejara un buen trabajo con un montón de opciones sobre acciones y dinero en juego por la remota posibilidad de que el tío cambiara de opinión y quisiera algo más?

Madison frunció el ceño y dejó su copa de vino.

—Oh, cariño. Se suponía que solo lo usarías como rebote.

Pasé el dedo por la condensación de la base de mi copa de vino.

—Lo sé. Y debería haber sido el arreglo perfecto. Quiero decir, es un narcisista con fobia al compromiso, machista y arrogante.

Madison levantó las manos.

—¡Pues claro que te has enamorado de él!

Nos reímos.

—Hablando en serio, a uno de los dos lo enviarán a Texas en unas semanas. ¿Estaría cometiendo una locura si buscara otro trabajo para que pudiéramos tener una oportunidad?

—¿De cuánto dinero estamos hablando?

—Bueno, tengo opciones sobre acciones que se consolidan en los próximos tres años. Básicamente, me dan la oportunidad de comprar veinte mil acciones por un precio fijo de nueve dólares. Así que depende de lo que valgan las acciones cuando se consoliden.

—¿Cuánto valen ahora?

Me estremecí.

—21 dólares la acción.

Madison abrió los ojos de par en par.

—Eso son… ¿casi doscientos cincuenta mil dólares de beneficio?

Asentí y tragué saliva.

Ella se bebió el resto del vino.

—Te gusta mucho.

Asentí un poco más.

—No me malinterpretes, es todas esas cosas que pensé al principio, pero hay mucho más debajo. Tiene un aire infantil, pero al mismo tiempo es muy comprometido y responsable con su ahijado. Además, me hace reír, incluso cuando estoy enfadada con él. Y tiene un buen corazón, pero no quiere que nadie lo sepa. Por no mencionar su mercancía y cómo sabe usarla.

—¿Qué opina Bennett de todo esto?

Negué con la cabeza.

—No hemos hablado de ello.

—Bueno, creo que es una conversación que debes tener antes de plantearte dejar de lado tu carrera y tanto dinero.

—La cosa es que… no creo que estemos ahí todavía. Y no imagino que él esté de acuerdo con que yo renuncie a todo por la posibilidad de que él vaya a cambiar de opinión. De hecho, estoy bastante segura de que volvería a meterse en la cajita en la que está encerrado la mayor parte del tiempo si supiera lo que estoy pensando. Tiene miedo a las relaciones, pero todavía no sé por qué.

—¿No crees que eso es una bandera roja en sí misma? ¿Que ni siquiera sabes qué le ha hecho oponerse a las relaciones?

—¡Claro que lo sé! Y sé que suena ridículo siquiera considerarlo. Pero… me gusta mucho, Mad.

—Sabes, a veces es difícil ver las cosas con claridad en una relación de rebote. La gente a menudo busca la seguridad y la comodidad de lo que acaban de perder, y eso puede causar apegos que son más con la relación que con la persona real.

—He pensado en ello. Lo he hecho. Pero no creo que esté tratando de reemplazar a Andrew o lo que teníamos.

Madison no parecía convencida. Esperaba que me dijera que estaba loca por considerar siquiera la posibilidad de renunciar a un buen trabajo y al dinero para tener una oportunidad con un hombre, al menos al principio. Pero ahora que no estaba de acuerdo ni entusiasmada con mi idea, mi emoción también se desvanecía.

Cambié de tema e intenté disfrutar del resto de la noche. Aunque había una razón por la que aquella mujer había sido mi mejor amiga durante más de veinte años: veía mis estupideces.

Cuando salíamos del restaurante, me abrazó un buen rato.

—Si quieres a un imbécil narcisista, yo también lo querré. Si decides dejar tu trabajo y arriesgarte en el amor, puedes dormir en mi sofá y venir a mis cenas de trabajo cuatro noches a la semana cuando estés sin blanca. Estoy aquí para lo que necesites, pase lo que pase. No era mi intención echar por tierra tus sentimientos. Solo estaba siendo protectora contigo, amiga mía. Confío en tu juicio. Puedes ganar más dinero y encontrar un nuevo trabajo.

Se apartó y me tomó las mejillas con las manos.

—Tienes tiempo. Lo resolverás.

Sentí que se me llenaban los ojos de lágrimas y la abracé de nuevo.

—Gracias.

Decidí no escribirle a Bennett antes de aparecer. Pero ahora que estaba delante de su edificio, mirando hacia su oscura ventana, me preguntaba si había sido una mala idea. Parecía una cita para echar un polvo, algo que nunca había hecho. De hecho, en los ocho años que Andrew y yo habíamos estado juntos, nunca me había planteado aparecer sin avisar. Simplemente, no teníamos ese tipo de relación, lo que nunca me había parecido extraño, hasta esta noche.

Pero aquí estaba, así que a la mierda. No tenía sentido replantearme lo que ya había hecho antes de empezar a analizar las cosas y compararlas con mi última relación. Respiré hondo y abrí la puerta de su edificio. Pulsé el timbre que ponía Fox y esperé mientras tamborileaba con las uñas el metal del buzón empotrado que había debajo.

Me sobresalté cuando su voz llegó a través del intercomunicador.

—¿Sí?

Estaba tan malhumorado que no pude evitar sonreír.

—Una entrega para un tal señor Fox.

Oí la sonrisa en sus palabras.

—Una entrega, ¿eh? ¿Qué tienes para mí?

—Lo que te apetezca.

El timbre sonó y la puerta se abrió antes de que hubiera terminado la última palabra. Solté una risita. Estaba un poco mareada.

Pero a medida que el ascensor subía, otras sensaciones se apoderaron de mí. Sentí un hormigueo en el cuerpo y el corazón se me aceleró. «Mi primera cita para echar un polvo». No me extraña que la gente le diera tanta importancia.

Cuando salí del ascensor, Bennett me esperaba en el pasillo, sin camiseta y apoyado en el marco de la puerta de su apartamento. Era la viva imagen de la confianza y el desenfado, y le brillaron los ojos al verme caminar hacia él.

Tomó un mechón de mi pelo entre el pulgar y el índice y jugó con él.

—¿Lo que me apetezca? Eso es mucho decir para una niña. —Su voz era tan espesa y ronca que me encantó.

Me removí, inquieta, y sentí la electricidad crepitar en el aire a nuestro alrededor. En un intento por recomponerme, me erguí y levanté la vista hacia su imponente figura.

—Estoy aquí, ¿no?

La boca de Bennett se curvó en una sonrisa lenta y pícara.

—Sin duda alguna.

Grité cuando me levantó del suelo. Sin embargo, mis piernas parecían saber qué hacer antes de que mi cerebro se diera cuenta. Le rodearon la cintura y se cerraron a su espalda mientras me llevaba al interior del apartamento. Sus labios se posaron sobre los míos mientras con una mano me agarraba un puñado de pelo para inclinarme la cabeza hacia donde quería.

Perdida por completo en el beso, no fui consciente de que nos habíamos movido hasta que mi espalda chocó con el mullido colchón. De algún modo, conseguimos quitarnos casi toda la ropa sin romper el contacto. Bennett me deslizó el tanga por las piernas. Mi respiración era agitada y entrecortada.

Me apartó el pelo de la cara.

—Una última oportunidad… ¿Lo que me apetezca? ¿Estás segura?

Asentí, aunque ahora estaba un poco nerviosa.

Volvió a sonreír con picardía, se acercó a la mesilla y tomó algo del cajón. Levantó un bote de lubricante.

—Está lleno y es totalmente nuevo. Lo he comprado esta noche de camino a casa por si surgía la oportunidad. Es importante que estemos en la misma página, cariño.

Bajó la cabeza para atrapar uno de mis pezones entre los dientes. Tiró de él hasta que mi espalda se arqueó sobre la cama y luego cerró los labios sobre el punto hinchado y succionó con suavidad. Cuando volvió a levantar la cabeza para alinearla con la mía, yo jadeaba como un animal salvaje.

Pasó de estar encima de mí a mi lado, con lo que se llevó el calor de su cuerpo y dejó que una bocanada de aire fresco me golpeara el cuerpo. Se me puso la piel de gallina en lugares que ni siquiera sabía que fuera posible. El sonido del tapón del bote de lubricante me hizo dar un respingo.

—Supongo que eres virgen anal. ¿Me equivoco?

Abrí mucho los ojos. Asentí con la cabeza, porque formar palabras habría sido completamente imposible.

Me besó con suavidad una vez más, luego me rodeó la cintura con un brazo y me dio la vuelta como si fuera una muñeca de trapo.

—A cuatro patas, preciosa. —Me levantó con el brazo y me guio.

El sonido de mi respiración entrecortada llenaba el aire que nos rodeaba. Bennett se puso de rodillas detrás de mi culo. Sentía que iba a explotar de los nervios y la expectación. Se inclinó y me besó desde la parte superior del trasero hasta el cuello, pasando por la columna vertebral, y luego me mordisqueó la oreja. Su cuerpo envolvió el mío y sentí que su pene me rozaba el culo.

—Iremos despacio. No te haré daño. Confía en mí.

Me había puesto tensa sin darme cuenta, y la calidez y la preocupación de su voz ayudaron a que mi cuerpo se relajara un poco.

Bennett se puso de rodillas detrás de mí, y sentí unas pequeñas gotas de líquido caliente que caían en la parte superior de mi culo. Cada gota intensificaba mi expectación. Avanzaban minuciosamente despacio y seguían el camino natural entre mis nalgas. Era la mayor sensación de euforia que había experimentado en mi vida. Me empezaron a hormiguear los dedos de los pies.

—Dios —gimió—. Eso es la hostia de *sexy*.

Cuando el lubricante llegó a mis labios, Bennett lo frotó en mi interior, me masajeó el clítoris y provocó mi abertura. Se encorvó sobre mi cuerpo y utilizó la otra mano para girarme la cabeza y besarme en el momento exacto en que sus dedos me penetraban. El calor se extendió por mi cuerpo cuando murmuró:

—Quiero estar dentro de cada parte de ti a la vez.

Movió las caderas y sustituyó los dedos por el pene. El lubricante y mi excitación hicieron que se introdujera con facilidad. Movió las caderas un par de veces y se hundió hasta el fondo, antes de ponerse de rodillas detrás de mí.

Cuando sentí que la punta de uno de sus dedos dibujaba círculos sobre mi ano, mi cuerpo se contrajo de inmediato.

—Relájate. No te presionaré. Esto es todo lo que intentaré esta noche. Te lo prometo. Confía en mí.

Cerré los ojos y procuré desplegar la espiral de tensión que se había acumulado en mi interior con unas cuantas respiraciones profundas. Bennett me dio un poco de espacio y se deslizó lentamente dentro y fuera de mí unas cuantas veces antes de volver a intentarlo. La segunda vez, aún me resultaba extraño, pero lo acepté y dejé que sucediera. Me masajeó e introdujo la punta del dedo lentamente, al unísono con sus caderas. Al final me relajé y empecé a moverme con él, incluso empujé hacia atrás y correspondí a sus embestidas. Me sorprendió lo placentero que resultó.

Me perdí en la sensación de estar llena y de darle algo especial a este hombre. Empezaron a temblarme los brazos y las piernas, mi cuerpo se estremecía por la anticipación del *tsunami* que había empezado a recorrerme.

—Bennett...

Me penetró con más fuerza y rapidez, al tiempo que retiraba el dedo y volvía a introducirlo. Cuando me relajé lo suficiente, añadió un segundo. Fue bastante para excitarme. Me corrí con fuerza y de una forma escandalosa, con sonidos que salían de mí y ni siquiera reconocía.

Cuando creía que me iba a desmayar, Bennett me rodeó la cintura con un brazo para mantenerme firme y se movió dentro de mí con más fuerza. Con un gruñido voraz, se inclinó sobre mí, hundió la cabeza en mi pelo y se derramó en mi interior.

Estábamos empapados de sudor cuando nos desplomamos sobre la cama. Bennett, consciente de su peso, rodó hacia un lado para quitarse de encima y los dos luchamos por recuperar el aliento.

Tenía el pelo pegado a la cara. Me lo aparté y me puse bocarriba.

—Guau.

Bennett se apoyó en un codo y me miró fijamente. Se inclinó para darme un beso suave y me frotó el labio inferior con el pulgar.

—Menos mal que ese ex tuyo es tonto del culo y no tenía ni idea de lo que te gustaba.

Esbocé una sonrisa tonta.

—Creo que yo tampoco lo sabía.

Volvió a besarme.

—Ha sido un verdadero placer ayudarte a descubrirlo.

—Acabo de tener mi primera cita para echar un polvo. —Moví las cejas.

Bennett se rio.

—Qué apropiado en este momento, ¿no crees?

Capítulo 37

Bennett

Me sentía feliz.

Llevaba media hora tumbado intentando averiguar cuándo había sido la última vez que había sentido algo así. Si alguien me hubiera preguntado hace unos meses, habría dicho que cada vez que tenía relaciones sexuales sentía esa relajación postorgásmica que se apodera de tu cuerpo. Pero me habría equivocado.

Eso era quedar satisfecho. Hasta ahora no me había dado cuenta de que había una diferencia entre sentirse satisfecho y feliz. Pero así es, y muy grande. La satisfacción es esa sensación de plenitud que tienes después de una buena comida cuando te mueres de hambre. O cuando estás muy cachondo y consigues una liberación que te deja exhausto. Claro que estaba agotado en este momento, no me malinterpretes. Y también me sentía complacido. Pero no estaba satisfecho. La satisfacción calma un hambre que siempre vuelve. La felicidad te hace sentir que no necesitas nada más. Nunca más.

Y eso es un desastre.

Sin embargo, en ese momento, me importaba una mierda lo jodido que era sentirme así. De hecho, hacía media hora que necesitaba ir al baño, pero no había ido porque temía que cuando mis pies tocaran el suelo, esta sensación desapareciera de nuevo.

Annalise apoyó la cabeza en mi pecho mientras yo le acariciaba el pelo. Sus dedos trazaron un pequeño círculo alrededor de mi abdomen.

—¿Puedo preguntarte algo? —susurró.

—Sí. Puedo volver a hacerlo. Solo tienes que mover la mano un poco más hacia el sur.

Soltó una risita y me dio un golpecito en el estómago.

—Eso no es lo que iba a decir. —Hizo una pausa y se puso seria—. ¿Pero de verdad podrías hacerlo otra vez? Ya lo hemos hecho dos veces desde que he llegado.

Le tomé la mano y la llevé hasta mi pene, que seguía semierecto después de la última vez.

—Ummm… Creo que podrías tener un problema. Se supone que se relaja de vez en cuando, ya sabes.

—Bueno, ahora que estamos hablando de mi polla, ella lo sabe, y está todavía incluso más despierta, así que, si tienes una pregunta de verdad, será mejor que la hagas bastante rápido. Vas a tener la boca demasiado llena para hablar en un minuto.

Annalise apoyó la cabeza en su puño, que descansaba sobre mi pecho.

—¿Qué crees que pasaría si no tuviéramos fecha de caducidad?

Me quedé paralizado.

—¿Qué quieres decir?

—¿Qué pasaría si solo trabajáramos juntos y uno de los dos no se trasladara pronto? ¿Crees que seguiríamos haciendo esto dentro de un año?

No quería herir sus sentimientos, pero tenía que ser sincero. Las palabras solían salir de mi cerebro, pero con estas noté que me arrancaban y desgarraban el corazón.

—No.

Cerró los ojos y asintió.

—Vale.

Joder.

Giró la cabeza y volvió a apoyarla en mi pecho. Unos minutos después, sentí la piel húmeda.

Joder. Joder.

Estaba llorando. Cerré los ojos y respiré hondo varias veces. Luego nos hice rodar hasta que ella quedó bocarriba y le hable a la cara. Le sequé una lágrima con el pulgar. Ella miró por encima de mi hombro en vez de a mí.

—Oye. Mírame.

Odié que sus ojos se llenaran de dolor cuando se encontraron con los míos. Un dolor que yo había causado.

—La respuesta solo tiene que ver conmigo, y nada que ver contigo. Eres…

Rara vez me quedaba sin palabras, pero no tenía ninguna para describir con precisión lo que pensaba de ella. Sin embargo, sabía que era importante que mi mensaje llegara. Acababa de salir de una relación larga de mierda, y necesitaba saber lo que era para mí.

—Lo eres todo, Annalise. He conocido a dos tipos de mujeres en mi vida: todas las mujeres que hay. Y a ti.

—Entonces no entiendo…

—Me has preguntado si las cosas serían diferentes, si estaríamos haciendo esto en un año. Te soy sincero. No. Pero no quiero que pienses que es porque no sería el hijo de puta más afortunado si consiguiera tenerte en mi cama tanto tiempo. Porque lo sería. Pero algunas personas no están hechas para las relaciones largas.

—¿Por qué no?

La verdad era porque no se lo merecen. Pero no podía decirle eso. Pasaría hasta el último minuto del tiempo que nos quedaba juntos intentando demostrarme lo contrario.

Aparté la mirada, porque no podía mirarla a los ojos y mentir.

—Porque me gusta estar soltero. Me gusta mi libertad y no tener que responder ante nadie ni tener responsabilidades. Quieres velas y flores en San Valentín, y te mereces tener lo que deseas.

Tragó saliva y asintió con la cabeza. Decidí que ya era hora de responder a la llamada de la naturaleza.

—Voy al baño y a por algo de beber. ¿Quieres algo?

—No, gracias —susurró con tristeza.

Por desgracia, no me había equivocado. Para cuando mis pies tocaron el suelo, hacía tiempo que mi sensación de felicidad había desaparecido.

Me evitó durante días después de eso.

Y yo se lo permití. No nos peleábamos ni nos enfadábamos. Cuando nos cruzábamos en el pasillo, poníamos sonrisas falsas, y ella se inventaba alguna excusa sobre una cita a la que debía ir corriendo y que yo sabía que no tenía porque había cotilleado su agenda. Pero no se lo decía. No tenía sentido.

Parecía que nuestra relación había seguido su curso natural y que la mejor noche de sexo de mi vida había resultado ser nuestro canto de despedida. Probablemente era lo mejor: poner un poco de espacio entre nosotros haría las cosas más fáciles. Nuestras presentaciones a Star eran la semana siguiente, y la de Productos para mascotas estaba programada para principios de la otra. ¿Por qué seguir adelante?

Sin embargo, no pude contenerme.

Su puerta estaba cerrada, pero yo sabía que seguía allí. Éramos los dos únicos que quedábamos en la oficina casi a las nueve de la noche del jueves. También me moría de hambre.

Llamé a la puerta de su despacho después de rebuscar en la nevera.

—Adelante.

Levanté un bocadillo envuelto en papel de aluminio.

—¿Tienes hambre?

Suspiró.

—Estoy famélica.

Me acerqué a su mesa y le di medio bocadillo.

Annalise se lamió los labios y lo cogió, aunque se detuvo con él a medio camino de la boca.

—Espera…, esto es tuyo, ¿verdad?

Sonreí.

—Cómetelo. Vendré por la mañana temprano a remplazarlo.

Miró con anhelo el bocadillo y luego a mí.

—Esto es de Marina, ¿no?

Mordí la mitad de mi trozo de un bocado gigantesco y hablé con la boca llena.

—Mmmmm. Está buenísimo.

Las comisuras de sus labios temblaron, pero mordió su mitad de todos modos.

—Me estás corrompiendo.

—Creía que te gustaba que te corrompiera. —Incliné la cabeza—. Pero parece que has estado demasiado ocupada para eso los últimos días.

La sonrisa de Annalise desapareció.

—Lo siento. He estado… desbordada.

Eché un vistazo a su escritorio. Su portátil estaba cerrado y había apilado un montón de archivos con cuidado.

—Parece que has terminado. —La miré a los ojos—. ¿Eso significa que estás libre esta noche?

Me observó durante unos instantes y luego levantó una mano para cubrirse la boca mientras la abría para fingir un bostezo.

—Estoy agotadísima. Tal vez otra noche.

Sabía que había mentido incluso antes de que su piel se sonrojara, pero la dejé estar de todos modos.

Asentí con la cabeza.

—Sí, claro. Claro. Yo también estoy cansado.

No había mentido. Estaba cansado.

Sin embargo, no me fui a casa.

En su lugar, fui al bar de mala muerte más cercano a la oficina y pedí un *whisky* doble. Y luego otro. Y otro. Hasta que el camarero me dijo que me daría una última copa solo si le entregaba el móvil.

Lo arrojé sobre la barra y arrastré las palabras:

—Es una bebida cara. Pero adelante…, quédatelo. Solo dame la maldita copa.

El camarero me cogió el móvil con una mano y me sirvió una copa con la otra. Enarcó una ceja.

—¿Cómo se llama?

—Annalise. —Me reí como un loco—. O Sophie. Tú eliges. —Incliné mi vaso hacia él y la mitad cayó sobre la barra—. Y le queda de puta madre el sombrero vaquero.

—¿De cuál estamos hablando? ¿De Annalise o de Sophie?

—Annalise. Es preciosa, tío. Simplemente preciosa. —Di un gran trago a mi bebida.

—Seguro que lo es. Voy a pedirte un Uber. ¿A dónde vas después de esa copa?

—Piensa que soy un capullo.

El estoico camarero suspiró.

—Estoy seguro de que tiene razón. ¿A qué dirección vas, colega?

—No la merezco.

—Seguro que no. ¿La dirección?

Volví a beberme el contenido de la copa.

—¿Estás casado?

Levantó la mano izquierda.

—Dieciséis años.

—¿Cómo supiste que la querías?

—Si me das una dirección para llamar a este maldito Uber, te lo digo.

Le dije la dirección. Tecleó en mi teléfono y luego me lo pasó por la barra.

—¿Conoces el dicho de que, si amas algo, déjalo ir y volverá a ti?

—Sí.

Sacudió la cabeza.

—Bueno, eso es una chorrada. Si amas a alguien y lo dejas ir, puede que vuelva con herpes. Así que supéralo y agarra al toro por los cuernos antes de contraer una ETS. —Hizo una pausa—. Tu Uber llegará en cuatro minutos, así que deberías trasladar tu culo borracho hasta la acera ahora mismo.

———————

—Hemos llegado.

La voz del conductor me despertó de golpe. Despatarrado en el asiento trasero, debí de haberme quedado dormido durante el breve trayecto hasta casa.

Asentí con la cabeza.

—Sí. Gracias, tío.

Me costó unos cuantos intentos, pero conseguí encontrar la manija y abrir la maldita puerta. Incluso salí a trompicones sin caerme de bruces. El conductor del Uber no debía de estar muy impresionado con lo bien que lo había hecho, porque no se quedó a verme llegar a la puerta. Apretó el pie del acelerador para largarse de allí antes de que yo terminara de balancearme lo suficiente como para dar los tres pasos hasta la acera. Pero de todos modos, le dije adiós con la mano.

De alguna manera, me abrí paso hasta la puerta del portal. Por suerte, cuando más de noventa kilos se inclinan hacia delante a punto de caerse, también propulsan un montón de impulso. Me pasé cinco minutos intentando meter la llave en la cerradura, pero la maldita cosa no funcionaba. Empezaba a pensar que alguien había venido a mi casa y había cambiado la maldita cerradura.

Di un paso atrás y entorné los ojos hacia la puerta mientras intentaba ver la cerradura. Pero entonces la puerta se abrió de golpe.

«¿Qué narices ha pasado?».

Me tambaleé hacia atrás y parpadeé varias veces.

—¿Qué demonios estás haciendo? —Fanny se ajustó la bata.

¿Me había equivocado de casa?

Joder.

Quizá no.

—No quería hacerle daño. —Me balanceé de un lado a otro—. No sabía cómo se sentía.

—Es más de medianoche. Debería llamar a la maldita policía.

Bajé la mirada y me tragué el nudo que tenía en la garganta.

—Lo siento. Lo siento mucho, joder.

Había dicho esas palabras muchas veces hacía ocho años. No hicieron nada por ninguno de nosotros por aquel entonces. ¿Pero qué esperaba? ¿El perdón? El perdón no cambia el pasado.

—¿Quieres que te diga que está bien? No lo está. Lucas me contó lo de la chica que llevaste a Disney. ¿Quieres que acepte tus disculpas para que sigas adelante sin cargo de conciencia? ¿De eso se trata? Mi hija no puede seguir adelante, ¿verdad?

«No, no puede». Negué con la cabeza.

—Lo siento.

—¿Sabes lo que hace sentirlo?

Levanté la vista y me encontré con sus ojos enfadados.

—¿Qué?

—Nada.

La puerta se cerró en mi cara antes de que pudiera decir otra palabra.

Capítulo 38

1 de diciembre

Querida yo:

Estamos embarazadas.

No es exactamente lo que habíamos planeado, ¿eh?

Es una larga historia, pero ocurrió cuando fuimos a Minnetonka con mamá hace dos meses. ¿Recuerdas al chico guapo que conocimos en el bar el día que nos escapamos después de que mamá se fuera a dormir?

Sí. Fue él.

Parecía un buen tío.

Hasta que fuimos a su casa a decirle que estábamos embarazadas hace dos semanas, y…

… su mujer abrió la puerta.

¡Su mujer! ¡El imbécil había dicho que ni siquiera tenía novia!

Aún no se lo hemos dicho a mamá. No se va alegrar.

La única persona en el mundo que lo sabe es Bennett. Al día siguiente de contárselo, vino a pasar el fin de semana a casa para asegurarse de que estábamos bien. Fingimos estarlo. Pero, en realidad, no era así.

En secreto, desearía estar embarazada de Bennett. Sería muy bueno con nosotros y muy buen padre. Le quiero de verdad, no como deberían quererse los mejores amigos.

Este poema está dedicado a Lucas o Lilly.

El trueno rompe por encima,
nubes oscuras se juntan en el cielo,
el sol brillará algún día.

Esta carta se autodestruirá en diez minutos.

Anónimamente,
Sophie

Capítulo 39

Bennett

Sentía como si una banda de música se hubiera instalado en mi cráneo.

El martilleo sordo se convertía en una auténtica sesión de percusión cada vez que intentaba levantar la cabeza de la almohada.

«¿Qué narices bebí anoche?».

«¿Qué hora es?».

Busqué el teléfono en la mesilla de noche, pero no estaba. Me di la vuelta, abrí un ojo y me encontré con un chorro de luz que entraba por las persianas.

«Dios». Me tapé los ojos. «Eso duele, joder».

Me obligué a levantarme de la cama, fui al baño, tomé tres paracetamoles del botiquín y me los tragué en seco. Al volver, encontré el móvil en el suelo del dormitorio, junto a la ropa que me había puesto ayer.

8:45. Mierda. Tenía que mover el culo hasta la oficina. Sin embargo, volví a la cama. El paracetamol tenía que hacer efecto antes de que me levantara. Tomé el teléfono con la intención de enviarle un correo electrónico a Jonas para avisarle de que llegaría tarde, pero en su lugar encontré un montón de llamadas perdidas.

Dos de Fanny esta mañana, y tres de Annalise anoche.

«¿Qué coño quiere Fanny?». Nunca era bueno que llamara.

Estaba a punto de ignorarla cuando retazos de anoche empezaron a volver, poco a poco.

Demasiado *whisky*.

Uber.

Aparecí en casa de Lucas y me arrastré ante Fanny.

Llamé a Annalise desde la acera frente a casa de Fanny.

Cerré los ojos. Dios santo.

La había despertado para disculparme.

Y para decirle que pensaba que era preciosa.

E inteligente.

Y divertida.

Y…

Que había querido acostarme con ella con un sombrero de vaquero y tacones desde la primera vez que vino pisando fuerte con su culito *sexy* a mi oficina para ponérmelo difícil.

Joder.

Me pasé los minutos siguientes haciendo algunas respiraciones relajantes que no funcionaron, y luego pulsé «Devolver llamada» en la llamada perdida de Annalise. Tenía que disculparme antes de ocuparme de Fanny.

Contestó al primer timbrazo.

—¿Cómo te encuentras esta preciosa mañana?

Gemí.

—Como si me hubiera atropellado una apisonadora y el cabrón se hubiera negado a dar marcha atrás y terminar el trabajo.

Se echó a reír.

—Bueno, me alegro de que estés bien. Empezaba a preocuparme. Supuse que no tendrías muchas ganas de correr por la mañana, pero las nueve son como el mediodía para ti.

—Sí. —Me pasé la mano libre por la cara—. Escucha. Siento lo de anoche.

—Vale. No pasa nada. Te llamé para echar un polvo la semana pasada. Tienes derecho a una o dos llamadas de borrachera gratis.

Sonreí a medias.

—Gracias. ¿Puedes hacerme el favor de avisar a Jonas de que llegaré tarde? Dile que esta mañana trabajaré desde casa para terminar la presentación de Star o algo así.

—Claro, por supuesto.

—Gracias.

Cuando colgué, escuché el mensaje de voz de Fanny. Como era de esperar, no era ni la mitad de comprensiva de lo que parecía ser Annalise. Pero necesitaba acabar de una vez con mi muy merecida reprimenda. Así que le devolví la llamada, con la esperanza de que no contestara.

No hubo suerte.

Fanny me gritó durante cinco minutos sin respirar.

—Si quieres disculparte con alguien, discúlpate con Lucas.

Cerré los ojos.

—¿Le desperté?

—Claro que sí. Y al parecer, el pequeño cotilla estaba escuchando. Quería saber qué habías hecho mal para disculparte.

Joder.

—¿Qué le dijiste?

—Le pedí que volviera a la cama y que hablaríamos de ello hoy después de clase.

—No puedes, Fanny. Eso no se lo puedes contar tú. Tengo que hacerlo yo.

—Entonces, supongo que tendrás una conversación con él muy pronto.

Me pasé los dedos por el pelo.

—Es demasiado pequeño. Le dolerá demasiado.

—Deberías haberlo pensado hace ocho años, ¿no? Quizá habrías prestado un poco más de atención.

—Fanny…

—Le diré que tendrás una charla con él cuando lo veas el próximo fin de semana.

—Pero…

Me interrumpió de nuevo.

—Y si no lo haces tú, lo haré yo.

Clic.

Capítulo 40

Bennett

—Buena suerte.

Annalise tenía las manos ocupadas, así que abrí la puerta de la sala de conferencias.

—Gracias. —Dejó el material para la presentación sobre la larga mesa—. Aunque estoy segura de que no lo dices en serio.

Sonreí de verdad por primera vez en días. Lo decía en serio, aunque deseaba no hacerlo. Sería mucho más fácil si no quisiera verla triunfar.

Acababa de terminar mi última presentación ante Star, y su equipo se había tomado un descanso mientras yo recogía mis cosas y Annalise se preparaba para su turno.

—¿Cómo te ha ido? —me preguntó.

Había sido todo un éxito, pero no quería ponerla nerviosa. En lugar de regodearme como haría normalmente, me encogí de hombros.

—Supongo que bien.

Me miró con los ojos entrecerrados.

—¿Solo bien?

Miré el reloj.

—No van a volver hasta dentro de veinte minutos. ¿Quieres hacer un simulacro conmigo?

—¿Te refieres a enseñarte mis conceptos?

—Claro. —Me encogí de hombros—. Mi turno ha terminado. No podría robarte ninguna idea, aunque quisiera.

Annalise se mordió el labio inferior.

—Claro. ¿Por qué no? Normalmente no estoy tan nerviosa, pero por alguna razón, esta me tiene un poco aterrada.

Preparó los carteles y me guio por la presentación. Me quedé hipnotizado al ver lo nerviosa que empezaba y, sin embargo, se las arreglaba para hacer una presentación estupenda. Mi instinto me decía que sus conceptos no iban a gustar tanto como los míos, pero quería subirle el ego, no destrozarlo, así que la felicité.

—Buen trabajo. Tus colores aportan la familiaridad de su empresa matriz, pero has creado una identidad totalmente nueva para Star.

Se irguió un poco más. Así que continué:

—Y me gusta el eslogan. El juego de palabras también es inteligente.

—Gracias. —Annalise empezó a sospechar, así que reduje los halagos a mi estilo habitual.

—Además, esa falda le queda fenomenal a tu culo.

Puso los ojos en blanco, pero capté la sonrisita que intentaba ocultar. Había hecho mi trabajo. Su vacilante confianza se había fortalecido.

Jonas entró en la sala de conferencias.

—¿Estás lista, Annalise?

Con una sonrisa, me miró a mí y luego a Jonas.

—Por supuesto.

Al salir de la sala de conferencias, me incliné para susurrarle unas reflexiones finales a mi némesis.

—¿Qué tal una pequeña apuesta? Si gano, te inclinarás sobre mi escritorio más tarde. Si ganas tú, te pondrás de rodillas delante de mí.

—Caray, qué premio más bueno me toca.

Sonreí.

—Buena suerte, Texas.

Más tarde, Jonas llamó a la puerta abierta de mi despacho.

—¿Tienes un minuto?

Tiré el lápiz sobre el escritorio, contento por la distracción. Me había resultado muy difícil concentrarme durante toda la tarde.

—Pasa.

Cerró la puerta tras de sí, algo que Jonas no hacía a menudo. Se sentó en la silla al otro lado de mi escritorio y soltó un gran suspiro.

—¿Cuánto hace que nos conocemos? ¿Diez años?

Me encogí de hombros.

—Más o menos.

—En todo ese tiempo, nunca te había visto tan estresado como en las últimas dos semanas.

En eso tenía razón. Me dolía el maldito cuello de la tensión, incluso cuando me levantaba por la mañana.

—Hay mucho en juego. —«Mucho más de lo que se suponía que iba a ser esta competición».

Jonas asintió.

—Por eso hoy te cuento esto en confianza. Después de lo duro que has trabajado para mí todos estos años, te debo que no sufras más.

¿A dónde quería llegar?

—Vale...

Sonrió a medias.

—He hablado con el equipo de Star antes de que se fueran hace un rato. Van a elegir tu campaña. Ha sido una elección unánime de todo el equipo.

Debería haber tenido ganas de chocar los cinco y celebrarlo, pero la victoria me pareció vacía. Forcé una sonrisa de felicidad.

—Es estupendo.

—No es la única buena noticia. Billings Media también me ha dicho, de manera extraoficial, que van a escoger tu propuesta. También se han puesto en contacto con nuestro director general y le han hecho saber que les ha impresionado tu trabajo a lo largo de los años. Yo tampoco se lo pedí. Lo hicieron por su cuenta porque trabajas duro.

—Guau. Vale.

—No creo que haga falta que te diga lo que esto significa. La junta va a votar formalmente todas las reestructuraciones y ceses de personal de alta dirección, pero en este momento es solo una formalidad. Has ganado dos de tres, así que la tercera ni siquiera es necesaria. Te quedas aquí, Bennett. —Jonas se golpeó la rodilla y la utilizó para ayudarse a levantarse—. Van a transferir a Annalise a la oficina de Dallas. Pero esperaremos hasta después de las presentaciones de Productos para mascotas para dar la noticia.

Me froté el nudo de la nuca.

—Gracias por avisarme, Jonas.

Dejó la puerta abierta al salir.

Había ganado.

Todo lo que había querido hace dos meses era mío. Sin embargo, no podría haberme sentido más miserable. Eso me hizo preguntarme si alguna vez había sabido lo que quería. Porque ahora no imaginaba querer algo que llevara a Annalise a miles de kilómetros de distancia.

Una hora después, seguía con la mirada perdida cuando Annalise entró con la chaqueta puesta.

—Gracias por el simulacro de esta tarde. Ha hecho que mi presentación fuera más fluida.

Asentí con la cabeza.

—No hay de qué. Me alegro de que haya ido bien.

Sus labios se curvaron en una sonrisa dudosa.

—Seguro que sí. Bueno, he quedado con Madison en un restaurante nepalí, sea lo que sea. ¿Sigue en pie lo de cenar mañana?

Había olvidado por completo que me iba a preparar la cena en su casa.

—Claro. Suena bien. —«Puede que sea una de las últimas noches que tengamos».

Annalise sacó las llaves del bolso y ladeó la cabeza.

—¿Estás bien?

—Sí, solo estoy cansado.

—Pues descansa esta noche. —Sonrió—. Porque mañana no descansarás en mi casa.

Capítulo 41

1 de abril

Querida yo:

Es el momento.

Estos últimos meses, desde que Lucas y yo nos mudamos con Bennett, he sido más feliz que en toda mi vida. Pero esta mañana, mientras veía a Bennett reír y jugar con Lucas, por fin me he decidido. Ya éramos como una familia en muchos sentidos. ¿Sería posible que él me quisiera como yo a él?

Acaban de ascenderle en su nuevo trabajo, después de solo un año. Ahora está más asentado. Al menos tengo que intentarlo. Decirle lo que siento desde hace tanto tiempo. ¿Qué daño podría hacer?

No recuerdo la última vez que estuve tan emocionada. Espero que cuando escriba el próximo mes, entre Bennett y yo haya ocurrido algo que nos haya cambiado la vida.

Este poema está dedicado a Bennett:

> *Dos enredaderas que crecen altas,*
> *una envuelve a la otra con fuerza,*
> *entrelazadas o estranguladas.*

Esta carta se autodestruirá en diez minutos.

Anónimamente,
Sophie

Capítulo 42

Bennett

Volvía a tener dificultades para dormir.

¿Recuerdas *El corazón delator* de Edgar Allan Poe? Probablemente lo leíste en el instituto. ¿No? Bueno, déjame contarte la versión corta. Un tío mata a otro y oculta el cuerpo bajo los tablones de madera del suelo de su casa. Sigue oyendo el latido del corazón del muerto debido a la culpa que su conciencia le impone. O eso, o el tío se volvió loco; nunca lo supe con seguridad.

En fin, ese soy yo, con una ligera modificación. Estoy viviendo *El corazón oloroso,* de Bennett Fox. Di vueltas en la cama la mitad de la maldita noche, con el olor de Annalise tan intenso en la almohada que, después de dos horas intentando dormir, me levanté y deshice la cama. También tomé una almohada de repuesto que había guardado en el fondo del armario —una que Annalise nunca había tocado— y tiré las sábanas al pasillo.

«Snif, snif».

«Pum, pum».

Tumbado en un colchón desnudo, con una almohada sin funda, aún olía a ella, joder. No podía ser físicamente posible. Pero su esencia no había disminuido ni un poco. Golpeé la almohada con el puño para ahuecarla.

«Pum, pum».

Al final, me levanté de la cama y registré la maldita habitación. Tenía que haberse dejado un frasco de perfume en alguna parte. Vacié las mesitas de noche, olfateé el frasco de lubricante sin olor y miré debajo de la cama.

No había ningún maldito perfume.

«Snif, snif».

«Pum, pum».

———————

A la mañana siguiente, estaba para el arrastre. Al menos era sábado, así que no tenía que ir a la oficina. Aunque hubiera preferido eso a la idea de hablar con Lucas hoy. Tenía que ser un sádico, o ¿un masoquista? Siempre confundía ambos términos. Con independencia de cómo lo llamara, el momento parecía una maldita coincidencia. Estaba a punto de herir a las dos personas de mi vida que realmente me importaban algo.

Fanny me recibió en la puerta con el ceño fruncido. No podría haberme puesto más contento cuando no dijo nada, me cerró la puerta en las narices y gritó escaleras arriba con su habitual simpatía.

Lucas era el mismo de siempre, alegre y despreocupado. Salió y nos dimos nuestro habitual apretón de manos.

Entonces, arrugó la nariz cuando me miró.

—¿Estás enfermo o algo así?

—No. ¿Por qué lo dices?

Bajó de un gran salto los dos escalones del porche.

—Tienes mala cara. Y el otro día te presentaste en casa en mitad de la noche y no parecías estar muy bien.

—Sí. Lo siento. No quería despertarte.

Se encogió de hombros.

—La abuela me dijo que querías hablarme de algo.

Respiré hondo y lo solté:

—Sí. Hoy tenemos que hablar un rato.

Después de subirnos a mi coche y abrocharnos el cinturón, Lucas se volvió para echar un vistazo al asiento trasero.

—¿No has traído las cañas de pescar?

Negué con la cabeza.

—Hoy no, colega. Quiero llevarte a un sitio.

Frunció el ceño.

—Vale.

Durante el trayecto hasta el puerto, intenté entablar conversación, pero todo resultaba forzado. Me empezaron a sudar las manos mientras aparcaba. Tal vez no fuera tan buena idea hablarle de su madre después de todo. Aún era muy joven. Probablemente, Fanny tuviera un precio para mantener la boca cerrada. Puede que me costara toda mi cuenta bancaria, pero, por el momento, podría ser una buena inversión. «Posponerlo sería lo mejor para Lucas, aún es demasiado pequeño».

Justo cuando ese pensamiento se me pasó por la mente, Lucas estiró los brazos por encima de la cabeza en un bostezo gigante. Tenía las axilas llenas de pelo.

«Sí. Buen intento». Era una conversación que merecía haber tenido hace años, pero yo había sido demasiado egoísta.

Esperamos en el aparcamiento y Lucas miró por la ventanilla hacia la bahía y el embarcadero cercano. Algunas personas pescaban en las rocas.

—¿Dónde estamos? —preguntó—. ¿Por qué no hemos traído una caña?

—Porque hoy se trata de escuchar. Vamos, quiero mostrarte un sitio.

Caminamos por el embarcadero. A medida que nos acercábamos a nuestro destino, empecé a oír el ruido y sonreí.

—¿Oyes ese ruido? —pregunté.

—Sí. ¿Qué es?

—Se llama Wave Organ. Este era el lugar favorito de tu madre cuando éramos adolescentes. Me arrastraba hasta aquí todo el tiempo.

Wave Organ era una escultura acústica activada por las olas situada a lo largo de la bahía. Hecha en su mayor parte con los escombros de un cementerio demolido, parecía más unas ruinas antiguas que una exposición de arte y música. Veintitantos tubos de órgano de PVC y hormigón estaban repartidos por las piezas de granito y mármol talladas y creaban un sonido que procedía del movimiento del agua por debajo.

Lucas y yo nos sentamos en unas rocas y escuchamos los sutiles sonidos.

—En realidad, no es música. —Frunció el ceño.

Sonreí.

—Es lo que le decía a tu madre. Pero ella me respondía que no escuchaba lo bastante bien.

Lucas se concentró durante un minuto y trató de oír algo más que el sonido que producía acercarse una concha al oído. Se encogió de hombros.

—Está bien. Sería mejor con una caña de pescar.

Estuve de acuerdo con su opinión.

Siempre había sido alguien que decía lo que pensaba, no encontraba la manera de sumergirme en la conversación para la que lo había traído. Al parecer, Lucas sabía que tenía algo en mente.

Tomó una pequeña piedra y la arrojó al agua.

—¿Vamos a tener la charla de mamá, papá y la semillita o algo así?

Me reí entre dientes.

—No pensaba hacerlo hoy. Pero si quieres, podemos.

—Tommy McKinley ya me ha contado todas esas cosas.

—¿Tommy es el chico con granos que huele a hámster al que llevamos al cine hace unos meses? El que se ató los cordones de los zapatos y se cayó.

Lucas se rio.

—Sí, ese Tommy.

Oh, sin duda necesitábamos tener esa charla.

—Supongo que la experiencia de Tommy con las chicas es más o menos ninguna, así que por qué no tenemos esa charla la próxima semana. Hoy quería hablar contigo sobre tu madre.

—¿Qué pasa con ella?

De repente, me sentí mareado. ¿Cómo le decía a este chico que adoraba que le había arruinado la vida? Se me secó la boca.

—Sabes que tu madre era mi mejor amiga, ¿verdad?

—Sí. Aunque eso es raro. ¿Quién quiere ser el mejor amigo de una chica cuando eres un niño?

Esbocé una sonrisa triste. No había una manera fácil de confesarle la verdad a este niño. Preferiría que una ola gigante arrasara la roca en la que estaba sentado y me llevara mar adentro que terminar esta conversación. Pero miré a Lucas, que me miraba expectante.

Como un cobarde, bajé la mirada.

—Sabes que tu madre murió en un accidente de coche.

—Sí. —Asintió con la cabeza—. Aunque no lo recuerdo, la verdad. Solo me acuerdo de que venía mucha gente a nuestra casa.

Asentí.

—Sí. Mucha gente quería mucho a tu mamá.

Cuando me callé de nuevo, preguntó:

—¿Es eso lo que querías decirme?

Levanté la vista y me encontré con los ojos de Lucas, llenos de inocencia y confianza: la confianza que había depositado en mí durante once años, esa que yo estaba a punto de destrozar.

—No, colega. Necesito contarte algo sobre el accidente.

Esperó.

No había forma de volver a poner el corcho en la botella después de esto. Respiré hondo por última vez.

—Debería habértelo contado hace mucho tiempo, pero eras demasiado pequeño, o yo tenía demasiado miedo de decírtelo, o quizá las dos cosas. —Aparté la mirada y volví a fijarme en Lucas para asestarle el golpe—. Yo era quien conducía el coche la noche del accidente. Tu madre y yo acabábamos de tener una fuerte discusión y… había llovido mucho. Había un gran árbol que se tenía que cortar, y cubría parcialmente una señal de *stop*. No la vi hasta que estuvimos casi encima. Pisé el freno, pero el suelo estaba mojado...

La expresión del rostro de Lucas cambió de inmediato. Tuve la sensación de que tardó una eternidad en asimilar lo que le había dicho, en asimilarlo del todo, pero cuando por fin lo hizo, se puso de pie.

—¿Por eso pasas tanto tiempo conmigo? —Su voz estaba llena de dolor, y cuanto más hablaba, más fuerte se volvía—. ¿Te sientes culpable por haber matado a mi madre? ¿Por eso vienes a visitarme cada dos semanas y le pagas a mi abuela?

—No. No es eso en absoluto.

—¡Eres un mentiroso!

—Lucas...

—¡Déjame en paz! —Se fue corriendo por el muelle.

Lo llamé varias veces, pero cuando se detuvo en el camino para recoger piedras y arrojarlas al agua, pensé que sería mejor dejarle un poco de espacio. No se alteraba al hablar de su madre, pero lo que le había contado era mucho que asimilar y posiblemente hubiera abierto muchas viejas heridas, además de haber creado otras nuevas.

Lucas no me dirigió la palabra durante el resto de la tarde, pero tampoco me pidió que lo llevara a casa temprano. Así que no lo hice. En lugar de eso, me detuve en la tienda, compré una caña barata y algunos aparejos y lo llevé a pescar a un lago. Si le preguntaba algo, gruñía una respuesta de una sola palabra. Me reconfortaba saber que, incluso cuando estaba enfadado y molesto, no me ignoraba por completo.

A medida que nos acercábamos a su casa, sabía que no me daría tiempo para hablar con él cuando llegáramos. Saltaría fuera del coche en cuanto me detuviera y daría un portazo tras él. Joder, yo habría hecho lo mismo a su edad. Por eso reduje la velocidad y hablé durante los últimos cinco minutos del trayecto.

—Entiendo que estés enfadado conmigo. Y no espero que me hables ahora mismo. Pero necesito que sepas que el tiempo que he pasado contigo no ha sido por la culpa. ¿Me siento culpable por lo que pasó y desearía que hubiera sido diferente? Cada maldito día de mi vida. Pero ese no es el motivo por el que vengo a verte. Lo hago porque quería a tu madre como si fuera mi hermana. —Empecé a ahogarme y se me quebró la voz—. Y te amo con todo mi corazón. Ódiame si quieres por lo que pasó. Me lo merezco. Pero no hay nada más sincero en mi vida que lo que tengo contigo, Lucas.

Nos detuvimos frente a su casa y giré la cabeza para intentar ocultar que me secaba las lágrimas. Lucas me miró fijamente a los ojos durante mucho rato. Luego se dio la vuelta y salió del coche sin decir una palabra.

Capítulo 43

Annalise

—¿Seguro que estás bien?

Tomé el plato de Bennett que tenía delante. Apenas había comido nada.

—Sí. Solo estoy cansado. —Se frotó la nuca.

—¿No te ha gustado el pollo?

—Sí, estaba buenísimo. Yo… Umm… He comido algo con Lucas. No lo he pensado. Siento no habérmelo acabado cuando te ha costado tanto trabajo cocinarlo.

Dejé los platos en el fregadero y le pedí a Bennett que apartara un poco la silla de la mesa. Me senté en su regazo y le acaricié el pelo.

—Está bien. No me importa en absoluto. Esta noche pareces… estar en otro sitio.

—Lo siento.

—Deja de disculparte. —Me levanté y le tendí la mano—. Vamos. Estás cansado, y te has frotado el cuello desde que has llegado. Voy a darte un masaje.

Bennett me tomó la mano y lo llevé a mi dormitorio. Se quitó los zapatos y se sentó en el borde del colchón.

Entré en el cuarto de baño y cogí la botella medio vacía de aceite de bebé que guardaba bajo el lavabo para la piel seca.

—Quítate la camisa, no vaya a ser que se quede aceitosa.

Cuando ver que me echaba aceite en las manos no incitó ningún comentario lascivo, supe que le molestaba algo más aparte del dolor de cuello y el cansancio. Me puse de rodillas detrás de él y le masajeé la piel con el aceite. La barbilla se le hundió en el pecho mientras le frotaba los músculos con los dedos.

—No lo decías en broma. Estás muy tenso. Tienes un nudo gigante aquí atrás.

Bennett emitió un sonido que era una mezcla entre un gemido de placer y dolor cuando hundí los dedos más profundamente en su piel.

—¿Estás bien?

Asintió.

Tras aflojarle los músculos del cuello, pensé en relajarle otro músculo. Así que le rodeé el pecho y le desabroché el cinturón mientras le besaba la nuca. Luego bajé de la cama y me coloqué entre sus piernas antes de arrodillarme.

El sonido de la cremallera de sus tejanos resonó en la habitación. Le metí la mano en los pantalones, le acaricié el miembro y soltó un suspiro fuerte y tembloroso. Pensé que era el mismo que cuando perdía el autocontrol, pero al levantar la vista, vi que tenía los ojos cerrados y la cara contraída por el dolor.

—¿Bennett? —Me aparté—. ¿Qué ocurre?

Abrió los ojos.

—Nada.

—No me digas que no es nada. Pareces muy triste.

Se levantó y se alejó unos pasos de mí.

—Lo siento.

—Deja de decir eso. ¿Qué te ocurre?

Esperé en silencio a que dijera algo, pero él siguió respirando hondo, inspirando y expirando. Parecía que intentaba recomponerse, que trataba de controlarse.

Bennett se pasó una mano por el pelo.

—¡Joder! —Sonaba enfadado, pero me di cuenta de que, lo que fuera que le ocurriera, estaba furioso consigo mismo, no conmigo.

—Puedes hablar conmigo.

Se paseó un par de veces y luego volvió a sentarse en el borde de la cama, con la cabeza entre las manos. Se tiró del pelo con los dedos.

Me arrodillé frente a él.

—¿Bennett?

Observé cómo la nuez subía y bajaba mientras tragaba saliva. Y entonces sus hombros empezaron a temblar. Al principio, pensé que se estaba riendo, con una especie de risa maníaca que necesitaba sacar porque si no iba a romper a llorar.

Pero entonces levantó la vista.

Y vi que tenía los ojos llenos de lágrimas no derramadas.

Se me paró el corazón.

No se estaba riendo; estaba llorando en silencio mientras hacía lo que podía para evitar que saliera.

—Madre mía, Bennett. ¿Qué te pasa? ¿Qué ha pasado?

Capítulo 44

Annalise

Lo abracé con fuerza.

Sus hombros temblaron durante tanto tiempo que supe que tenía que prepararme para el sonido cuando por fin llegara. Fue un ruido desgarrador, que me rompió el corazón y el alma. No tenía ni idea de qué podía causar tanto dolor, pero sabía que quería quitarle una parte.

Le froté la espalda, le acaricié el pelo, le aseguré con palabras tiernas que todo iba a salir bien. Fuera lo que fuera, se trataba de un dolor acumulado durante mucho tiempo. No era nuevo, no como lo que sientes cuando pierdes a alguien de forma inesperada o descubres de repente que el hombre que creías conocer no era ese del que te enamoraste. El dolor que emanaba de Bennett había pasado años embotellado, como un volcán que entra en erupción después de cien años de inactividad y, de repente, su fuego se dispara a cien metros de altura.

Lloré con él, aunque no tenía ni idea de por qué. Era demasiado emotivo verlo y no conmoverme. Nos abrazamos durante mucho tiempo.

—Todo irá bien —le susurré—. Todo saldrá bien.

Al final, los temblores de Bennett disminuyeron. No estaba segura de si era porque lo había reconfortado o porque ya no le quedaban lágrimas que derramar. Inspiró y espiró, largo y profundo, tembloroso, y se soltó de mi abrazo.

Había hundido la cara en mi cuello. Quería mirarlo, verle la cara, pero tenía miedo de que, en cuanto me apartara y viera el dolor en sus ojos, volviera a echarme a llorar, aunque él estuviera bien.

Cuando la respiración de ambos se normalizó y ninguno de los dos lloraba, carraspeé:

—¿Quieres que te traiga algo de beber? ¿Un poco de agua?

Bennett negó con la cabeza y la mantuvo baja para que no le viera. Llevó una mano hasta mi rostro. Apoyó la palma en mi mejilla y susurró:

—Gracias.

—No hay de qué. —Sonreí con tristeza, aparté la mano de mi cara y me la llevé a los labios— . Lo que necesites.

Levantó la cabeza y apoyó la frente en la mía. Tenía los ojos hinchados y enrojecidos, pero la media sonrisa que logró formar era real.

—Gracias por la oferta, pero espero que haya sido la primera y última vez que lo veas.

Ya se parecía más al Bennett de siempre.

—¿Quieres hablar de ello?

Levantó la vista.

—Todavía no.

—De acuerdo. Bueno, ya sabes dónde encontrarme si llega el momento.

Sonrió con tristeza.

—¿En Texas?

Me eché a reír.

—Chico, te ha faltado tiempo. Y yo que pensaba que serías amable conmigo después de lo buena que he sido contigo. Debería haberlo sabido.

Bennett me tomó en brazos y me sorprendió cuando me subió a lo alto de la cama, cerca del cabecero. Se colocó sobre mí.

—¿Estás diciendo que te debo una?

Asentí con una sonrisa de oreja a oreja.

—Quizá más de una.

Se rio entre dientes.

—Bueno, será mejor que empiece ahora mismo.

Acercó el rostro a mi cuello una vez más, pero ahora ya no lloraba. Nos envolvimos el uno en el otro. No hacía ni diez minutos que habíamos estado emocionalmente destrozados, y ahora esos sentimientos se habían transformado en deseo y necesidad.

Bennett me besó de forma apasionada, con ternura y adoración. Nuestro deseo mutuo nunca había sido un problema, pero este momento era diferente por alguna razón. Cuando rompió el beso para quitarme la ropa, me miró como si no existiera nadie más en el mundo. La sonrisa que esbozó al penetrarme me conmovió. En mi corazón supe que algo había cambiado. Y luego confirmó esa sensación al hacerme el amor por primera vez.

—Esta noche le he contado a Lucas la verdad sobre mí.

La habitación estaba a oscuras. Acababa de empezar a dormirme y no estaba segura de haberle oído bien.

—¿La verdad?

Noté que asentía, aunque no lo viera. Tenía la cabeza apoyada en el hueco de su hombro y me acariciaba el pelo con suavidad mientras hablaba.

—Sophie era mi mejor amiga. A la gente le parecía raro que pasáramos tanto tiempo juntos y que no fuéramos pareja. Era como la hermana pequeña que nunca tuve, aunque éramos de la misma edad. Teníamos diecinueve años cuando se quedó embarazada de un perdedor. Su madre la echó de casa. Se vino a vivir conmigo durante un tiempo y luego volvió a su casa. Así fue durante años. Pero, cuando me gradué, ya no soportaba vivir con Fanny. Conseguimos un apartamento juntos para compartir gastos y que yo la ayudara con Lucas mientras ella iba a la escuela de cosmetología por las noches.

Hizo una pausa y esperé en silencio hasta que estuvo listo para continuar.

—Una noche salió temprano de clase. Lucas ya estaba dormido en su habitación. Yo había conocido a una mujer en nuestro edificio y empezamos a salir de vez en cuando. Sophie nos pilló teniendo sexo en mi habitación. —Respiró hondo—. Ni siquiera recuerdo el nombre de la mujer. De todos modos, Sophie se puso como loca, dijo que Lucas podría habernos visto y tuvimos una gran discusión. A la noche siguiente, dejó a Lucas en casa de su madre en lugar de en la mía cuando se fue a la escuela. O, al menos, yo creía que se había ido a la escuela. Un amigo mío llamó más tarde esa noche desde un bar y me dijo que Sophie estaba allí, bastante borracha. Así que fui a recogerla. Era una noche de mierda, estaba diluviando y la encontré besándose con un motero de mala muerte. Se montó una escena: el motorista quería darme una paliza, pero la saqué de allí antes de que cometiera una estupidez.

Volvió a respirar hondo.

—Nuestra pelea continuó en el coche, y Sophie me besó.

—¿Te besó?

—Al principio, pensé que era por el alcohol. La aparté y le dije que se dejara de tonterías. Pero empezó a llorar. Entonces salió todo. Me soltó que llevaba años enamorada de mí. Al parecer, la pelea de la noche anterior no había sido por haberme encontrado con otra mujer mientras Lucas dormía, sino porque sentía algo por mí.

—Oh, vaya. ¿Y no tenías ni idea?

—Para nada. Como un maldito imbécil, no me di cuenta de nada. Hasta mucho después. Y no lo manejé muy bien. Le dije que era ridículo, y que era como mi hermana pequeña.

—Ay.

—Sí. Eso no fue muy bien. Estaba bastante disgustada, así que pensé que era mejor llevarla a casa. —Hizo una pausa—. Nunca llegamos. Me salté un *stop* por culpa de unos árboles caídos por la lluvia, y apareció un camión de nueve ejes. Derrapamos y el coche dio varias vueltas de campana.

Me giré sobre mi estómago.

—Dios mío, Bennett.

Sacudió la cabeza.

—No debería haber conducido tan enfadado y molesto, y mucho menos de noche, con mala visibilidad y la carretera mojada.

Me llevé la mano al pecho. La historia era desgarradora, pero entonces recordé lo que había dicho antes: «Esta noche le he contado a Lucas la verdad sobre mí».

—¿Lucas no sabía nada de esto?

Asintió.

—No lo sabía hasta esta tarde. Es una larga historia, pero Sophie guardaba unos diarios, y su madre los leyó hace poco. Lucas estuvo a punto de leerlos. La última entrada de su diario la escribió el día antes de morir y decía que iba a hablarme de sus sentimientos. Su madre sabía que nos habíamos peleado la noche en que murió, pero cuando leyó los diarios, se dio cuenta de por qué nos habíamos peleado. Para empezar, nunca le gusté a Fanny, y con razón me culpa del accidente.

Suspiró.

—Solo me deja seguir en la vida de Lucas porque la ayudo económicamente. Lucas y yo recibimos una indemnización porque el árbol debería haberse talado y el camionero conducía demasiado rápido, pero la suya está en un fideicomiso y Fanny solo recibe un estipendio para sus gastos de manutención cada mes. Siempre he sabido que debía confesarle que era yo quien conducía. Pero pensé que podría esperar hasta que fuera un poco mayor. —Sacudió la cabeza—. Leer esos diarios removió muchos sentimientos. Para los dos.

Cerré los ojos.

—Oh Dios, Bennett. Lo siento mucho. ¿Le has contado todo esto hoy? ¿Debo suponer que no ha ido bien?

—Podría haberme dicho que no volviera a contactar con él. Así que supongo que podría haber sido peor.

No hacía falta ser psiquiatra para darse cuenta de por qué Bennett no era el mayor admirador de las relaciones. Una mujer a la que apreciaba profundamente le había dicho que estaba

313

enamorada de él la noche en que murió en un accidente de coche; un accidente que ocurrió mientras él estaba al volante, y por el que obviamente albergaba mucha culpa.

En un instante, el resto de las piezas que faltaban de Bennett Fox encajaron en su sitio. Un hombre tan complejo, con cicatrices internas mucho más profundas que las externas causadas por el accidente.

—Se recuperará. Es un niño inteligente, y en el poco tiempo que he pasado con vosotros dos, quedó claro lo mucho que te preocupas por él. Estoy segura de que solo estará disgustado por la noticia. Se lo habrá tomado como que le ocultabas un secreto importante.

—Cree que he pasado todo este tiempo con él por la culpa que me provoca lo que hice. Y sinceramente, me siento muy culpable, pero esa nunca fue la razón por la que me involucré en la vida de Lucas.

Permanecimos en silencio durante mucho tiempo. Necesitaba asimilar todo lo que me había contado y, obviamente, él necesitaba espacio. Pero primero… debía hacerle una pregunta más.

—¿Bennett?

—¿Umm?

—¿Has hablado con alguien sobre esto? Quiero decir, de toda la historia. Lo que Sophie significaba para ti, lo que compartió la noche que murió y las relaciones que has tenido desde entonces…, o la falta de ellas.

Negó con la cabeza.

—Gracias por contármelo. Sé que ha sido un día muy largo, pero quiero que sepas que me encantaría oírlo todo sobre Sophie. Cuando estés listo.

Me miró a los ojos.

—¿Por qué? ¿Por qué querrías oír hablar de ella?

—Porque es evidente que es muy especial para ti, es la madre del niño que quieres y, lo veas o no, ella te ha ayudado a convertirte en el hombre que eres hoy.

Capítulo 45

Annalise

Releí por segunda vez la carta que había escrito a Jonas. Aún no estaba preparada para entregársela, pero el hecho de haberla escrito ya me acercaba un poco más. Me sentí bien, como cuando me pruebo unos pantalones que hacía mucho tiempo que no me ponía y, de repente, la cremallera se cierra. Hacía mucho tiempo que nada en mi vida me sentaba bien de verdad.

Sonó el teléfono de mi escritorio, así que metí la carta en un sobre y la guardé en el cajón. Supuse que era Bennett, que llamaba desde dos despachos más abajo para gritarme que me diera prisa, porque hacía media hora que había dicho que estaría lista en diez minutos.

—Annalise O'Neil. —Mi voz era casi cantarina.

Pero cuando levanté la vista, con el teléfono entre el hombro y la oreja, Bennett estaba en mi puerta. Sonreí.

Hasta que la voz al otro lado de la línea sonó en el auricular:

—¿Anna? Hola. Imaginé que aún estarías en la oficina.

Andrew.

No sé por qué, pero me entró el pánico.

—Ummm... Sí. Todavía estoy aquí. Espera un minuto. —Apoyé el teléfono contra el pecho y hablé con el hombre que me miraba desde la puerta—. Es mi madre. Solo serán unos minutos.

Bennett asintió.

—Tómate tu tiempo. Dame las llaves. Llevaré tu coche delante para cargar tus cosas para la presentación cuando hayas terminado.

Rebusqué en el bolso, con la esperanza de que no se diera cuenta del rubor que me subía por la cara. Por suerte, no lo notó. Tomó las llaves y me besó en la frente antes de salir de mi despacho. Esperé a que sus pasos se desvanecieran en la distancia y a que la puerta principal de nuestras oficinas se abriera y cerrara.

Volví a acercarme el teléfono a la oreja.

—Hola, ¿qué pasa? ¿Va todo bien?

—¿Te pillo en mal momento?

Me senté. ¿Había algún buen momento para que un ex llamara de la nada?

—Me estoy preparando para irme. ¿Qué pasa?

—Veo que sigues trabajando hasta muy tarde —bromeó, pero yo no estaba de humor para charlas triviales.

—En realidad, voy a salir a cenar. Así que tengo que hacer esto rápido, Andrew. ¿Qué pasa?

—¿Cenar en plan cita?

Eso me hizo enfadar. Resoplé.

—De verdad que tengo que irme.

—Vale. Vale. Solo quería que supieras que iré con Lauren y Trent a vuestra cena mañana por la noche.

—¿Por qué?

—Porque quiero verte.

—¿Para qué?

Andrew suspiró.

—Por favor, Annalise.

—Es una cena de negocios. Que yo sepa, no tenías ningún interés en el negocio de tu familia.

—Aún soy accionista. Y he estado ayudándolos los últimos meses, revisando el catálogo y esas cosas.

Sus padres siempre habían querido que participara en el negocio familiar, pero Andrew puso el grito en el cielo cuando le sugirieron que asumiera un papel que implicara escribir en su imperio. Todo lo que no fuera literatura era indigno de él.

—De acuerdo. Como quieras. Tengo que irme.

—Estoy deseando verte.

El sentimiento no era mutuo.

—Adiós, Andrew.

———

—¿Sabes algo de Lucas?

Bennett me frotó el hombro. Estábamos en lo que se había convertido en nuestro modo habitual de dormir después del sexo: él me rodeaba con el brazo izquierdo, mi cabeza descansaba sobre su pecho y sus dedos me acariciaban el hombro mientras hablábamos.

—Le he enviado un mensaje esta tarde para recordarle que iría el viernes antes de clase para despedirme. Se marcha a Minnetonka con Fanny nada más acabar las clases. Odio que vaya a estar fuera tres semanas y media mientras estamos mal. Debería haber presionado más a Fanny para que me dejara decírselo cuando volviera.

—Tal vez el tiempo le venga bien y le haga darse cuenta de que te echa de menos.

—No sé yo.

—¿Te ha contestado?

—Una palabra: bien.

Sonreí.

—Eso es mejor que nada. Ya se le pasará. Solo necesita algo de espacio.

Bennett me besó en la coronilla.

—¿Estás nerviosa por lo de mañana por la noche?

Como tenía remordimientos de conciencia, enseguida pensé que se refería a ver a Andrew, aunque no había mencionado que iría a mi presentación con Lauren y Trent.

—No —espeté.

Se rio entre dientes.

—Se te da de pena mentir. Ni siquiera necesito ver tu cara roja para saber que mientes.

Ahora habría sido la oportunidad perfecta para mencionar que Andrew vendría a la reunión, pero no lo hice. Sabía que le molestaría, y ya había estado bastante estresado últimamente.

Cuando Andrew había llamado antes, mi reacción inmediata había sido ponerme a la defensiva. Todavía estaba enfadada por cómo habían terminado las cosas y no quería que intentara recuperar mi confianza, si es que esa era su intención. La ira era más fácil de manejar. Pero cuantas más vueltas le daba, más pensaba que, tal vez, verlo era justo lo que necesitaba.

Aunque había barajado la idea de dejar el trabajo hacía unas semanas, me había parecido ridículo arriesgar tanto por una oportunidad descabellada con un hombre que no tenía ningún interés en una relación. Pero después del fin de semana pasado, después de que Bennett me contara lo que había pasado con la madre de Lucas, ya no estaba tan segura de que no tuviera interés en una relación. Simplemente, creía que no merecía ser feliz. Sentía demasiada culpa que no le correspondía.

Necesitaba una señal de que hacer caso a mi corazón era lo correcto. Tal vez, ver a Andrew me ayudaría a asegurarme de que lo que sentía por Bennett no era una especie de rebote. Necesitaba estar segura de que mis emociones eran reales y no una fantasía.

Bennett bostezó.

—Lo harás muy bien.

Casi había olvidado que seguíamos hablando de mañana por la noche.

—Gracias. ¿Listo para tu presentación?

—Casi.

—¿Cuánto crees que tardaremos en conocer la decisión de la junta?

La mano de Bennett en mi hombro se detuvo.

—No estoy seguro. Pero pronto, creo.

Lo que significaba que podría tener menos de una semana para averiguar si Bennett y yo estaríamos separados por más de mil quinientos kilómetros.

———

—Tus ideas eran realmente geniales.

Dejé de mirar por el gran ventanal del salón de Lauren y Trent y vi que Andrew caminaba hacia mí con una copa de vino en cada mano. Me tendió una.

—No, gracias. Conduzco.

Sonrió.

—Más para mí, entonces. Mi coche está en el taller, así que Trent me ha recogido de camino a casa desde la oficina.

Asentí.

Andrew había estado bastante callado mientras yo presentaba mis ideas antes de la cena, y luego se había quedado en un segundo plano de nuestra conversación mientras los cuatro compartíamos la comida. Me tomé un minuto para mirarlo. Llevaba una camisa abotonada por fuera, unos vaqueros oscuros y mocasines. Tenía una ligera barba, lo que me sorprendió mucho. De hecho, todo su aspecto relajado me extrañó.

—Estás diferente —le dije.

Dio un sorbo de vino.

—¿Eso es bueno o malo?

Volví a mirarlo.

—Bueno. Pareces relajado. Creo que nunca te he visto con barba, excepto cuando escribías sin parar durante días.

Asintió.

—Siempre dijiste que te gustaba con vello facial.

Era cierto. Siempre me había gustado con algo de barba. Pero a él no…, así que nunca tuvo.

Miré por encima del hombro hacia la cocina. Lauren y Trent habían insistido en fregar los platos y no me habían dejado ayudar, pero hacía rato que se habían marchado.

Andrew bebió más vino mientras me miraba por encima del borde de la copa.

—Les he pedido que nos den un poco de tiempo para hablar.

—Oh. —Asentí. De repente, me sentí incómoda, así que volví a centrarme en el ventanal. Había diluviado toda la noche—. Está lloviendo mucho.

Andrew no apartó la mirada de mí.

—No me había dado cuenta.

Se dirigió a una mesita y dejó el vino. Cuando volvió, se acercó un poco más a mí.

—Estás preciosa esta noche.

Lo miré y nuestras miradas se cruzaron. La calidez de su sonrisa me hizo recordar tiempos pasados. Solíamos ser felices. Aquella sonrisa me había calentado por dentro, igual que ahora lo hacía la de Bennett. Pero la sonrisa de Bennett tenía otros efectos en mí. Me provocaba calor y emoción y, aunque no me daba nada que indicara más que una atracción física por mí, me hacía sentir querida y cuidada.

Andrew alargó la mano y me apartó el pelo de la cara. Sus dedos me rozaron la piel. La caricia era cálida y suave, pero solo era una sombra de lo que sentía cuando estaba cerca de Bennett. Él podía pasarme un lápiz en una reunión, y el roce accidental de nuestros dedos me encendía. El tacto de Andrew era como el confort de una manta acogedora, algo familiar. No recordaba la última vez que Andrew y yo habíamos ardido. ¿Lo habíamos hecho alguna vez? ¿O simplemente me había acostumbrado a la seguridad de lo que conocía?

Se inclinó un poco más hacia mí.

—Te echo de menos, Anna.

Lo miré fijamente. Sus labios estaban muy cerca y su aroma familiar me envolvía. Sin embargo, no tenía ninguna intención de besarlo. Nada.

Una sonrisa se dibujó en la comisura de mis labios. Me emocionaba no sentir nada y, en ese momento, me decidí. Iba a arriesgarme con Bennett.

Andrew malinterpretó lo que pasaba por mi mente y se inclinó para besarme.

Moví las manos a toda prisa hacia su pecho y lo detuve justo antes de que nuestros labios se encontraran.

—No. No puedo.

Lauren y Trent eligieron ese momento para salir de la cocina. Di un paso atrás y puse distancia entre Andrew y yo antes de que se unieran a nosotros en el salón.

—Ya está todo limpio. —Lauren sonrió—. Y Trent solo ha roto un plato esta noche.

Trent le puso la mano en la espalda a su mujer.

—Sigo pensando que dejará de obligarme a lavar los platos si rompo otro. Pero sigue comprando más y obligándome a ayudar.

Agradecí la interrupción. De repente también quise largarme de aquí y sorprender a Bennett de camino a casa. Teníamos algo que celebrar esta noche, aunque él no tuviera ni idea de lo que estaba a punto de ocurrir.

—Muchas gracias por la cena. Estaba deliciosa.

—Gracias a ti —dijo Lauren, que miró a su marido—. A los dos nos han encantado tus ideas. Para ser sincera, ni siquiera creo que necesitemos escuchar la otra presentación.

—Eso es muy amable. Pero quiero que tengas la campaña que más te guste, así que mantén la mente abierta hasta después de ver lo que Bennett os presentará cuando os reunáis con él el lunes.

«Además, si eliges mis ideas, tal vez te pida que me sigas a una nueva empresa. Necesito al menos unos días para presentar mi currículum».

Trent asintió.

—Claro, por supuesto.

—Espero que no te importe, pero me voy. La lluvia se está intensificando ahí fuera, y no quiero conducir con las calles inundadas.

—Oh. Por supuesto —dijo Lauren, que miró a su hermano y luego a mí.

—¿Te importaría llevarme? —me preguntó Andrew—. Así Lauren y Trent no tienen que salir con este tiempo.

—Ummm… —No podía negarme. La casa de Andrew estaba justo de camino a la mía, y hacía muy mal tiempo fuera—. Claro. No hay problema.

Tal vez esto era bueno. Habíamos dejado la puerta abierta un centímetro, y por fin había llegado el momento de cerrarla y despedirnos. Por el camino, podría decirle que había conocido a alguien. Era lo correcto después de ocho años. Y no necesitaba malos rollos entre Lauren y yo si íbamos a trabajar juntas.

Los cuatro nos despedimos. Me resultaba extraño salir de su casa con Andrew, porque habíamos cenado muchas veces en pareja. Juntos, Andrew y yo corrimos hacia el coche, pero la lluvia caía de costado y los dos estábamos empapados cuando cerramos las puertas tras nosotros.

—Mierda. —Andrew se sacudió los brazos—. Está lloviendo de verdad.

Me quité el agua de la cara y arranqué el coche.

—Sí, es horrible.

—¿Quieres que conduzca?

Conducir con la que estaba cayendo era lo último que quería hacer, pero eso no importaba.

—No, estoy bien. Gracias. —Miré por el retrovisor, respiré hondo y antes de poner el coche en marcha, susurré—: Compruebo si vienen coches en sentido contrario. Me aparto del bordillo.

—Esta es una de las cosas que más echaba de menos.

Oí la sonrisa en la voz de Andrew, pero seguí concentrada en la carretera. Llovía a cántaros como nunca había visto, y las calles empezaban a inundarse.

—No sé si es un cumplido o un insulto que esto sea lo que más echabas de menos.

Apreté el volante con fuerza y me dirigí a la autopista. Los cristales empezaban a empañarse y, cuando miré por el retrovisor para incorporarme a la autopista, solo vi una mancha de luces a través de la ventanilla del conductor. La visión por atrás no era mucho mejor debido a que la luna trasera estaba empañada, así que pulsé el botón para bajar la ventanilla y ver mejor. Pero justo cuando lo hacía, pasó un coche, que salpicó un montón de agua a través de la ventanilla abierta y directamente sobre mi cara.

Mi reacción innata fue pisar el freno. Pero eso me hizo patinar sobre el agua en la incorporación. Agarré el volante y el coche perdió el control.

El coche se desplazó hacia la derecha, hacia el tráfico que circulaba por la autopista, y eché el volante hacia la izquierda.

Todo sucedió a cámara lenta después de eso.

Empezamos a dar vueltas.

Perdí la noción de lo que era delante y atrás.

Las luces destellaban frente a mis ojos.

Y me di cuenta de que íbamos en dirección contraria.

En la incorporación de la autopista.

Empezó a sonar un claxon.

El coche que venía hacia nosotros se desvió a la derecha.

Pero no había espacio suficiente para los dos.

Me preparé para el impacto.

Nos golpearon.

Fue fuerte y estremecedor.

Mi cuerpo se sacudió a la izquierda y luego a la derecha.

Andrew gritó mi nombre.

Luego todo volvió a la calma.

Empecé a pensar que podríamos estar bien.

Y entonces…

Nos golpearon por segunda vez.

Capítulo 46

Bennett

Me detuve frente a la casa de Lucas y Fanny unos minutos antes y revisé el móvil por décima vez desde anoche.

«Todavía nada».

Le había mandado un mensaje a Annalise para ver cómo había ido su presentación y no me había contestado. Aunque hubiera llegado pronto a casa y se hubiera acostado, seguro que ya estaría levantada. La mayoría de los días estaba en la oficina a las siete.

Había tenido una sensación horrible y ansiosa toda la noche al no haber recibido respuesta. Pero tal vez se debía más a todo lo que estaba pasando con Lucas y a tener que despedirme durante tres semanas después de lo que había ocurrido el fin de semana pasado.

Volví a meterme el móvil en el bolsillo, miré hacia la casa de Fanny y Lucas y respiré hondo antes de salir del coche.

Fanny abrió la puerta con su habitual carácter alegre.

—Le vendría bien algo de dinero para las vacaciones.

Negué con la cabeza. «¿Sí? Pues dale un poco».

—Bien. ¿Está listo?

Me cerró la puerta en las narices y la oí chillar:

—¡Lucas! ¡Mueve el culo!

Mi corazón latió de forma errática cuando oí cómo sus pies enormes bajaban las escaleras. No tenía ni idea de lo que haría si este niño no me perdonaba. Me empezaron a sudar las palmas de las manos.

La puerta se abrió y Lucas salió mientras se ponía la mochila.

Me anduve con cuidado y mantuve las manos en los bolsillos.

—Hola.

Levantó la barbilla hacia mí.

—Hola.

«Al menos es algo».

—¿Estás listo?

Asintió y subimos al coche. Encendí el motor e intenté entablar una conversación trivial.

—¿Estás emocionado por tu viaje a Minnetonka?

Lucas frunció la nariz como si hubiera olido algo agrio.

—¿Tú lo estarías?

Tenía razón.

—Abre la guantera. Saca el sobre marrón. Anoche te imprimí información sobre los lagos locales. Hay algunos a poca distancia de dónde vas que parecen tener buenos peces para pescar. También hay algo de dinero, para que compres cebo, señuelos y demás.

Tomó el sobre y lo metió en su mochila.

—Gracias.

Hablamos un poco más durante el corto trayecto hasta su colegio, pero fue una conversación intrascendente y básicamente consistía en que yo hablaba y él decía «sí», «no» o «gracias».

Supuse que podría haber sido mucho peor.

Cuando llegamos a la puerta del colegio era pronto, aún quedaban unos minutos, así que me detuve junto a la acera y aparqué el coche.

—Escucha, colega… —Me aclaré la garganta—…, sobre lo que te dije la semana pasada.

Bajó la mirada, pero al menos no hizo ningún intento de salir del coche. Así que continué:

—Lo siento. Siento lo del accidente. Siento no habértelo dicho hasta ahora, pero nunca fue el motivo por el que paso tiempo contigo. —Metí los dedos por el pelo—. No me voy a ninguna parte. Tómate algo de tiempo si lo necesitas. Enfádate conmigo por el accidente. Enfádate conmigo por tardar tanto en hablar contigo. Joder, estoy enfadado conmigo mismo por todo, pero estaré aquí cada dos semanas cuando vuelvas, como siempre, porque te quiero y, aunque me siento culpable por muchas cosas, esa culpa no tiene nada que ver con mis visitas.

Lucas me miró y nuestros ojos se cruzaron durante un breve segundo. Luego se agachó y levantó la mochila. Abrió la puerta del coche y empezó a salir, pero se detuvo para gruñir:

—Lo mismo digo.

Esperé a que entrara en el colegio para arrancar. Hacía años que temía decírselo, pero íbamos a superarlo. Recuperaría su confianza despacio, pero lo haríamos juntos.

Y fue la primera vez que creí que tal vez, solo tal vez, yo también lo superaría.

«¿Dónde narices está?».

Me dirigí al despacho de Annalise para contarle lo de Lucas, pero su puerta estaba cerrada. La luz también estaba apagada. Volví a marcar su número mientras iba a ver a Marina para preguntarle si había tenido noticias suyas hoy.

No lo había hecho, y mi llamada saltó de nuevo al buzón de voz.

A las once ya estaba preocupado. Una cosa era que me evitara, ¿pero que no apareciera ni llamara a la oficina? Algo no iba bien. Me pasé por el despacho de Jonas, pero estaba reunido, así que le pedí a su ayudante que me llamara en cuanto saliera. Debí de darle a rellamar unas cincuenta veces más desde entonces hasta que Jonas salió por fin de la sala de conferencias.

Entró en mi despacho sin llamar y arrojó un sobre encima de mi mesa.

—No has podido evitarlo, ¿verdad? —Estaba enfadado.

—¿De qué estás hablando?

—Te confié que la junta iba a mantenerte aquí. Y no podías esperar a restregárselo por la cara a Annalise, ¿verdad?

Levanté ambas manos.

—No tengo ni idea de lo que estás hablando. No le dije nada a Annalise.

—¿Entonces a qué viene esa carta? —Miró el sobre.

Lo abrí y leí.

> *Querido Jonas:*
>
> *Por favor, acepta esto como mi carta de dimisión y preaviso de dos semanas de que dejaré el puesto de directora creativa de Foster, Burnett y Wren. Aunque he disfrutado trabajando para ti y agradezco la oportunidad que me has brindado, he decidido permanecer en San Francisco y buscar otras oportunidades.*
>
> *Muchas gracias.*
>
> *Annalise O'Neil*

Le tendí el papel.

—¿Qué narices es esto?

—Me parece una dimisión.

—¿Cuándo te la dio? ¿Por qué iba a dimitir?

Jonas se llevó las manos a las caderas.

—Supongo que dimitió porque quiere quedarse en la zona de San Francisco, como dice en su carta. Pero nadie, excepto nosotros dos, sabía que la trasladarían a ella. Tuvo que enterarse de alguna manera.

—Bueno, no fue por mí. ¿Te la ha dado esta mañana?

—Lo he encontrado en su cajón cuando he entrado a buscar los archivos que necesitaba para cubrir la reunión a la que no se ha presentado hoy.

327

Algo no iba bien. Annalise no dimitiría. Aunque estuviera enfadada, no se habría saltado una reunión programada con un cliente. Se enorgullecía de la forma en que se manejaba, siempre justa y profesional. ¿Y por qué no iba a hablar conmigo de algo así?

Releí la carta una vez más, la dejé caer sobre el escritorio y tomé la chaqueta del respaldo de la silla.

—Tengo que irme.

Estaba en la puerta de mi despacho antes de que Jonas pudiera objetar.

—¿Adónde vas? —gritó tras de mí.

—A averiguar qué narices está pasando.

—¿Annalise? —Volví a llamar a su puerta, aunque seguro que no estaba en casa. Había tocado todos los timbres hasta que alguien me abrió la puerta principal y luego corrí a su apartamento antes de que me echaran. Su coche no estaba aparcado en el bloque y no se oía nada desde el interior. Sin embargo, golpeé más fuerte.

Al final, el vecino de enfrente abrió la puerta. Acunaba a un gato en sus brazos como la mayoría de la gente acunaría a un bebé.

—Creo que anoche no vino a casa.

—¿Eh?

Le rascó la barriga al gato, que ronroneó de forma ruidosa.

—Se suponía que iba a alimentar a Frick y Frack por mí anoche. Dejé las latas en la mesa, pero siguen ahí. —Miró al gato y le habló a él, en vez de a mí—. La señora Frick me ha perdonado, pero la señora Frack ni siquiera sale de su habitación. Tengo suerte de que mi vuelo de esta mañana no se retrasara o mis bebés se habrían muerto de hambre.

«¿Muerto de hambre?». Sacudí la cabeza. «Daba igual».

—¿Cuándo fue la última vez que habló con ella?

—Ayer por la mañana, cuando le di mi llave.

Me di la vuelta y comencé a regresar hacia las escaleras sin decir otra palabra. El loco de los gatos gritó tras de mí:

—Cuando la vea, dígale que le debe una disculpa a Frick y Frack.

«Claro. Eso será lo primero que hablemos».

Me senté en mi coche fuera de su edificio de apartamentos en doble fila y traté de averiguar qué había pasado. ¿No había vuelto a casa anoche y había dimitido sin siquiera discutirlo conmigo?

En realidad, la otra noche había mencionado el trabajo. Bueno, algo así. Me preguntó si creía que estaríamos juntos el año que viene si uno de los dos no se veía obligado a trasladarse a Texas. Y le dije que no. Sabía que le había hecho daño, pero ¿estaba tan enfadada conmigo como para dimitir sin decírmelo?

No lo creía.

Aunque...

Había estado callada. Incluso le pregunté varias veces si todo iba bien. Dijo que estaba nerviosa por la presentación de Productos para mascotas. Mi instinto pensó que algo más le había molestado. Ahora que lo pensaba, había hablado poco desde la llamada de su madre. No la había presionado.

¿Fue una coincidencia que anoche cenara con la hermana de su ex? Tal vez eso le recordó que todos los hombres eran unos imbéciles.

Aun así, al menos habría vuelto a casa anoche.

A menos que...

Negué con la cabeza. No, no lo haría. Ahora ve lo imbécil que es ese tipo.

¿Verdad?

¿Pero dónde narices durmió anoche?

Arranqué el coche y saqué el móvil del bolsillo. No hay llamadas perdidas. Ni mensajes sin leer. Frustrado, volví a marcar antes de regresar a la oficina. Quizá se había presentado en el trabajo mientras yo no estaba. A lo mejor nos habíamos cruzado en la autopista. Anoche se había quedado en casa de Lauren y Trent y se le acabó la batería del móvil. Había llovido mucho y, para empezar, no le gustaba conducir. Tenía sentido.

Sí, eso es lo que había ocurrido.

Decidí que tenía que ser eso, tiré el teléfono en el asiento del copiloto y puse el coche en marcha. Olvidé que había pulsado el botón de rellamar. Por eso me quedé confundido cuando la voz de un hombre sonó por los altavoces de mi coche.

—¿Diga?

Fruncí el ceño, y esperé que el resto del anuncio de la radio siguiera.

— ¿Diga? —repitió la voz.

El móvil iluminado en el asiento de al lado llamó mi atención. Mierda. Mi móvil se había conectado a través del Bluetooth y sonaba por los altavoces del coche. Pero ¿a quién narices había llamado sin querer?

—¿Quién eres? —pregunté.

—Andrew. ¿Quién eres tú?

Me quedé paralizado. «¿Cómo?». Al levantar el móvil para mirarlo, confirmé el nombre de Annalise en la pantalla, y el cronómetro de llamadas que había debajo marcaba los segundos.

—¿Dónde está Annalise?

—Está en la cama. Durmiendo. ¿Puedo ayudarte en algo?

Me hirvió la sangre en las venas.

—Sí. ¡Pon a Annalise al maldito teléfono!

—¿Perdona?

—Ya me has oído. Pon a Annalise al teléfono.

«Clic».

—¿Hola?

Silencio.

—¿Hola? —grité más fuerte.

El cabrón me había colgado.

Joder.

Joder.

—Jooooooder.

Volví a marcar. El teléfono ni siquiera sonó esta vez, solo saltó el buzón de voz. Así que volví a marcar.

Y luego otra vez.

Y otra.

Llamé una y otra vez. Pero seguía yendo directo al buzón de voz. El muy cabrón estaba rechazando la llamada o había apagado el móvil. En cualquier caso, me estaba impidiendo hablar con Annalise.

Capítulo 47

Bennett

Me senté en mi escritorio durante horas y repasé todas las emociones.

«Ira».

¿Cómo había podido hacerme eso a mí... a nosotros? ¿No sabía lo que sentía por ella?

«No. No lo sabe».

¿Por qué? Porque fui demasiado cobarde para decírselo.

«Negación».

Tal vez había una explicación perfectamente lógica para esto. Quizá había quedado con Andrew para una reunión de negocios, algo relacionado con Productos para mascotas y más. A lo mejor Lauren había metido a su hermano en el asunto y quería que Annalise le enseñara su presentación esta mañana.

Sí. Probablemente fuera eso.

Excepto que ella estaba en la cama cuando él había contestado su maldito teléfono.

En su puñetera cama.

No en la mía, donde debería haber estado.

¿Por qué? Porque era demasiado cobarde para admitir que tenía miedo de darle una oportunidad real a lo nuestro. Ella había sido lo bastante valiente como para hacerme la maldita pregunta. Sin embargo, yo había tomado la salida cobarde.

Me repetí la conversación que habíamos tenido la otra noche:

«Si las cosas fueran diferentes entre nosotros, ¿estaríamos aquí dentro de un año?».

Y mi respuesta de mierda:

«No, porque me gusta estar soltero. Me gusta mi libertad, no dar cuentas a nadie ni asumir responsabilidades».

Bueno, tienes lo que pediste, imbécil.

«Negociación».

Si pudiera hablar con ella, lo arreglaría. Sabía que sentía algo por mí. En sus ojos vi cómo le dolió que le hubiera dicho que no estaríamos juntos dentro de un año, aunque las cosas fueran diferentes en el trabajo.

Había estado tratando de convencerme de que me gustaba mi libertad, cuando en realidad nunca quise dejar ir a Annalise.

Porque tenía miedo.

«Puto cobarde».

Tenía que hablar con ella, ir al apartamento de ese imbécil y patearle el culo, si eso era necesario para verla. Ella me daría una oportunidad. Lo que teníamos era real.

¿No?

¿Cómo narices iba a saberlo? Nunca había tenido nada real en mi vida, excepto lo que ella me hacía sentir.

Podríamos estar separados por miles de kilómetros, uno en Texas y el otro aquí, pero no importaría, porque la distancia física no cambiaría lo que había en mi corazón.

En mi corazón.

Joder.

Eché la cabeza hacia atrás contra la silla y miré al techo de mi despacho mientras respiraba profundamente.

Estoy enamorado de ella.

Joder.

Enamorado.

¿Cómo ha pasado esto?

No he querido a una mujer desde…

Sophie.

Y mira lo que pasó la última vez que me acerqué a una mujer. Sophie no tuvo la oportunidad de sentir lo que era ser correspondida. ¿Por qué debería hacerlo yo?

No merecía ser amado por una mujer como Annalise.

No merecía el amor de Sophie.

Tampoco merecía el amor de Lucas.

Sin embargo, de alguna manera, él me lo había dado. Y fui lo bastante egoísta como para aceptarlo.

Mi mente estaba en todas partes.

Annalise sentía algo por mí, lo sabía en lo más profundo de mi negro corazón.

Pero yo no había hecho nada para demostrarle lo que sentía.

Necesitaba decírselo, pero más que eso, necesitaba mostrárselo.

Su maldito ex había dicho una cosa y hecho otra durante años. Si tenía alguna posibilidad de luchar por ella, necesitaba ver que tenía algo más que palabras.

Solo esperaba que no fuera demasiado tarde.

———

Jonas se estaba preparando para irse cuando llamé a su puerta. Pero dejó el maletín ya que, de todos modos, planté mi culo en una silla frente a él.

Se sentó, se quitó las gafas y se frotó los ojos.

—¿Qué pasa, Bennett?

Negué con la cabeza.

—La he cagado con Annalise.

Jonas resopló.

—¿Qué has hecho?

—No te preocupes. No es nada de lo que estás pensando. No saboteé su presentación ni hice trampas de ninguna manera. Y no le hablé de la decisión del traslado.

Asintió.

—Vale. ¿Y qué ha pasado?

—¿Sabes esa política de no confraternización que tenemos?

Jonas cerró los ojos y frunció el ceño. No necesitaba decir más.

—Así que has ganado el trabajo, pero has perdido a la chica.

—Lo he hecho mal.

—¿Cómo vas a arreglarlo?

Pensé que estaría nervioso, pero de repente me sentí tranquilo. Saqué el sobre del interior de la chaqueta, me incliné hacia delante y lo dejé sobre el escritorio de Jonas. Él lo miró y luego a mí. Sonrió con tristeza.

—Supongo que esta es tu dimisión.

Asentí con la cabeza.

—¿Has hablado con Annalise?

—No he podido hablar con ella.

—¿Y aun así me entregas esto ahora mismo? ¿Qué pasa si pierdes el trabajo, pero aun así no recuperas a la chica?

Me puse de pie.

—Esa no es una opción.

Jonas abrió el cajón y sacó el sobre que contenía la dimisión de Annalise. Me lo tendió.

—Cajón superior izquierdo de su escritorio. Colocado justo encima. Nunca lo encontré.

Cambié mi carta por la suya.

—Gracias, Jonas.

—Espero que consigas a la chica.

—Ya somos dos, jefe. Ya somos dos.

Había llenado su buzón de voz. Ahora, cada vez que llamaba, sonaba un mensaje que decía que el número de teléfono al que había llamado ya no aceptaba mensajes. Dejé escapar un suspiro entrecortado y apoyé la frente en el volante. Llevaba sentado frente a su casa desde las cuatro y media. Eran casi las ocho y aún no había ni rastro de ella. Cada minuto que pasaba me ponía más nervioso. Pero en algún momento tendría que volver a casa.

Esperé lo que me pareció una eternidad. Cada vez que una luz se encendía en la carretera, me impacientaba por ver si era su coche. Pero pasaban de largo. Hasta que, por fin, unos faros en el retrovisor frenaron y se detuvieron en la plaza vacía que había detrás de mí. Pero me decepcioné de nuevo, al ver un logotipo de Toyota en un todoterreno. No era ella.

Mis hombros se hundieron. Un minuto después, los faros se apagaron y oí el ruido de una puerta que se abría y cerraba. Un hombre había salido del todoterreno y se dirigía hacia la puerta del edificio de Annalise. Al principio no le di importancia. Pero entonces, un perro ladró y el hombre giró la cabeza, por lo que pude ver su perfil. Mi corazón latió con fuerza. Se parecía muchísimo al padrastro de Annalise, Matteo.

Bajé la ventanilla del acompañante, me incliné y lo llamé por su nombre:

—¿Matteo?

El hombre se giró. Tardó unos segundos en darse cuenta de quién era, pero se acercó a mí cuando salí del coche.

—¿Bennett?

Asentí con la cabeza.

—¿Sabes dónde está Annalise?

—En el hospital. Su madre está con ella. Solo he venido a buscar algunas de sus cosas.

—¿Hospital? —Me sentí mal—. ¿Qué ha pasado?

Matteo frunció el ceño.

—¿No lo sabes? Ha tenido un accidente de coche muy grave.

Capítulo 48

Annalise

Abrí los ojos conmocionada. Me pesaban mucho. Igual que los brazos y las piernas.

Una alarma que oía a lo lejos empezó a sonar más fuerte. Una mujer vestida de azul se acercó a mí, hizo algo, y el molesto sonido se silenció. La oí hablar, pero sonaba amortiguada, como si yo estuviera bajo el agua y ella no.

—Necesita descansar. Si la molestáis, haré que los de seguridad os acompañen a la puerta.

Oí la voz de un hombre murmurar algo, o tal vez era la voz de más de uno, no podía estar segura. «Si pudiera mover un poco los pies, podría llegar a la superficie y oír mejor». Intenté moverlos, pero no conseguí tomar suficiente impulso. La mujer de azul me puso las manos en las piernas y detuvo el poco movimiento que había conseguido reunir.

—Shhh. Descanse, señorita Annalise. No deje que estos chicos la alteren. Dios le ha dado a esta enfermera una boca y mucha espalda para echar a las visitas cuando sea necesario, si molestan a los pacientes.

Una enfermera. Era una enfermera.

Intenté hablar, pero tenía la boca tapada. Levanté el brazo para agarrar lo que me lo impedía, pero no conseguí levantarlo más de uno o dos centímetros de la cama. La enfermera se acercó hasta quedar frente a mi cara.

Tenía el pelo negro rizado, los ojos color chocolate oscuro y pintalabios en el diente delantero cuando sonrió.

—Está en el hospital. —Me acarició el pelo—. Tiene una mascarilla en la boca para respirar mejor y los medicamentos le dan sueño. ¿Lo entiende?

Asentí un poco.

Volvió a mostrarme los dientes y observé el pintalabios. «Alguien debería decírselo».

—Tiene dos visitas, señorita Annalise. Sus padres y sus amigos también están aquí. Están en la sala de espera. ¿Quiere que les diga a estos chicos que la dejen descansar?

Desvié la mirada hacia el otro lado de la cama, y dos rostros se inclinaron.

«¿Bennett?».

«¿Andrew?».

Volví a mirar a la mujer y negué con la cabeza.

—¿Qué tal si la visitan de uno en uno?

Asentí con la cabeza.

Se dirigió a los hombres y luego a mí.

—¿Quiere que Andrew la visite ahora mismo?

Moví los ojos para ver su cara, luego volví a mirar a la enfermera y negué con la cabeza.

Ella sonrió.

—Bien. Porque parecía que el otro iba a arrancarme la cabeza si le obligaba a irse.

Un minuto después, Bennett estaba a mi lado, con la cara justo donde había estado la de la mujer. Tomó mi mano entre las suyas; eran muy cálidas, y me apretó los dedos con fuerza.

—Hola. —Se inclinó y me besó en la frente. Lo miré a los ojos—. Ahí está mi preciosa niña. ¿Te duele algo?

«¿Dolor?». No lo creía. Ni siquiera sentía los dedos de los pies. Negué con la cabeza.

—He hablado con tu madre. Me ha dicho que te pondrás bien. ¿Recuerdas el accidente?

Negué con la cabeza.

—Tuviste un accidente de coche. Había una tormenta y llovía mucho, y al incorporarte a la autopista tu coche planeó por el agua.

Los recuerdos empezaron a venir en destellos. Llovía mucho. El frenazo. Las luces brillantes. Los faros. El fuerte golpe. Me sacudía de lado a lado. Andrew.

Intenté levantar la mano para quitarme la mascarilla de la cara.

Bennett se dio cuenta de lo que intentaba hacer.

—Tienes que dejártela puesta por ahora.

Fruncí el ceño.

Se inclinó hacia nuestras manos unidas y besó la parte superior de la mía.

—Lo sé. Mantener la boca cerrada es un reto para ti. —Sonrió satisfecho—. Pero tengo un montón de cosas que decir y no sé cuánto tiempo estaré a solas contigo, así que esto me viene bien. —Su rostro se volvió serio y apartó la mirada un momento antes de respirar hondo—: Mentí.

Volvió a mirarme a los ojos. No fueron necesarias más palabras para que supiera mi pregunta.

Me apretó la mano y se acercó más.

—Cuando me preguntaste si estaríamos juntos dentro de un año si uno de los dos no se trasladaba, te dije que no. Respondí que me gustaba estar soltero y tener mi libertad, pero la verdad es que estaba aterrorizado. Me daba miedo arruinar las cosas si seguíamos juntos. No mereces que te vuelvan a hacer daño y…

Bennett hizo una pausa y vi cómo intentaba tragarse las emociones. Cuando volvió a levantar la vista, tenía los ojos llenos de lágrimas.

—No mereces que te vuelvan a hacer daño y yo no merezco recibir amor.

Me destrozó oírle decir esas palabras. Se merecía muchas cosas buenas en su vida.

Bennett cerró los ojos y se tranquilizó para continuar:

—Pero ya me da igual lo que tú o yo merezcamos, porque soy lo bastante egoísta como para que me importe una mierda no merecerte, y me esforzaré cada día para convertirme en el hombre que mereces. —Sonrió y me pasó la mano por la mejilla—. Te quiero. —Se le quebró la voz—. Te quiero muchísimo, Annalise.

Nos interrumpió la enfermera con la bata azul. Se inclinó sobre mi cara desde el otro lado de la cama, frente a Bennett.

—Voy a ponerle unos medicamentos en la vía. Puede que le dejen un poco atontada.

«Bien. Alguien le había dicho lo del pintalabios en los dientes». La vi introducir unos medicamentos en mi vía intravenosa. Me volví hacia Bennett, pero me comenzaron a pesar los ojos. Muy pesados.

Bennett estaba desplomado en la silla de al lado, donde dormía profundamente.

Miré a mi alrededor. Era una habitación diferente a la que había estado antes. ¿No? O había soñado con la otra habitación, grande, sin ventanas, con una docena de camas y solo una cortina que me separaba de los pacientes a ambos lados. Ahora estaba sola en una habitación enorme con una puerta, excepto por el hombre que dormía a mi lado. Y una ventana detrás de él me decía que era de noche.

Sentía el cuello rígido, así que intenté mover la cabeza de un lado a otro. El leve roce de las sábanas despertó al gigante dormido.

Sonrió y se inclinó hacia delante.

—Hola. Te has vuelto a despertar.

Levanté el brazo para apartarme la mascarilla, pero Bennett me detuvo.

—No te la quites todavía. Deja que llame a la enfermera. Te han bajado la dosis de sedación, pero querían comprobar tu respiración y las constantes vitales antes de quitarte la mascarilla, ¿vale?

Asentí con la cabeza. Desapareció y volvió un minuto después con una enfermera.

No la reconocí. Me auscultó el pecho, me tomó la presión arterial y observó el monitor durante un minuto.

—Vas muy bien. ¿Cómo te encuentras?

Las costillas me estaban matando, pero asentí con la cabeza para indicar que me encontraba bien mientras señalaba la mascarilla.

—¿Quieres quitártela?

Volví a asentir.

—De acuerdo. Permite que te traiga unos trocitos de hielo. Cuando te lo quitemos, tendrás la boca muy seca por el aire forzado que has respirado durante tres días.

¿Tres días? ¿Tanto tiempo había estado aquí?

Cuando la enfermera volvió, dejó un vaso de poliestireno con una cuchara en la bandeja que había junto a mi cama y luego me rodeó la cabeza y me aflojó la correa que me sujetaba la mascarilla. Me la quitó y esperó cerca de mí mientras alternaba la mirada entre el monitor y yo.

—Respira hondo varias veces.

Primero abrí la boca para estirar la mandíbula contraída y luego hice lo que me había dicho. Me dolía mucho la cara, sobre todo la nariz.

Volvió a auscultarme el pecho y se colgó el estetoscopio del cuello.

—Suena bien. ¿Cómo te encuentras?

Levanté la mano para sujetarme la garganta.

—Seca —murmuré en voz baja.

—Bien. Bueno, tenemos que ir despacio. Pero vigilaré tus constantes desde la enfermería y os daré un poco de tiempo. —Se volvió hacia Bennett—. Uno o dos trozos de hielo a la vez. Eso debería ayudar a humedecerle la garganta.

La puerta ni siquiera se había cerrado cuando Bennett apareció con los trozos de hielo en la mano y la cuchara en mi boca. Me habría reído de su impaciencia si no me doliera tanto el costado.

Me metió algunos pedazos en la boca y luego se inclinó y rozó mis labios con los suyos.

—Ha sido una siesta muy larga. Cuando he empezado a hablarte de mis sentimientos, tu respuesta ha sido quedarte dormida durante doce horas.

Casi había olvidado todo lo que había dicho antes. Pero una vez que me lo recordó, cada palabra volvió a mí, clara como el cristal. Aunque quería oírselo decir otra vez. Así que puse mi mejor cara de confusión.

—¿Sentimientos?

Bennett puso los ojos como platos.

—¿No recuerdas que ayer te abrí mi corazón?

Negué con la cabeza, pero no pude evitar sonreír. Se dio cuenta.

—Me estás tomando el pelo, ¿verdad?

Mi sonrisa se ensanchó.

—Quiero oírlo otra vez.

Bennett se levantó y con mucho cuidado se subió a la cama a mi lado.

—Ah, ¿sí? ¿Qué parte quieres oír?

—Todas.

Una sonrisa se dibujó en su hermoso rostro, y le suavizó algunas de las líneas de expresión. Acercó su boca a mi oído:

—Te quiero.

Sonreí.

—Otra vez.

Se rio.

—Te quiero, Annalise O'Neil. Te quiero, joder.

Después de hacérselo decir una docena de veces o más, Bennett me puso al corriente de mis heridas. El dolor en el pecho se debía a una costilla rota. Ni siquiera me había dado cuenta de la escayola que tenía en la muñeca izquierda por una fractura de cúbito, y al parecer tenía golpes y moratones por todas partes. La peor parte había sido un colapso parcial de uno de mis pulmones, que habían tratado con una aguja para aspirar el aire de alrededor del pulmón, y se había vuelto a inflar por sí solo. Básicamente, tuve mucha suerte.

Cuanto más tiempo permanecía despierta, más cosas recordaba. Recordé que mamá, Matteo y Madison habían estado aquí. Y Andrew también. Tenía dos ojos morados y la nariz vendada, pero había dicho que estaba bien.

—¿Se han ido todos a casa?

Bennett asintió.

—Prometí a tu madre y a Matteo que los llamaría si había algún cambio. Volverán a primera hora de la mañana. Madison me amenazó de muerte si no le enviaba mensajes cada pocas horas. —Me dio más trozos de hielo, que mi garganta agradeció muchísimo—. Joder, da bastante miedo.

—¿Y Andrew? ¿Discutiste con él en mi habitación?

La sonrisa en la cara de Bennett desapareció.

—Pasé la noche llamándote. Cuando por fin conseguí hablar, contestó él, y el muy capullo me dijo que estabas en la cama. No mencionó el hospital ni nada. Luego me colgó.

Oh, Dios.

—Debiste de pensar que…

La tensión en su mandíbula respondió por él.

—¿Pensaste que había vuelto con él?

—No sabía qué pensar.

—¿Cómo te enteraste de lo que pasó?

—Acampé frente a tu apartamento. Al final, apareció Matteo. Espera…

—Entonces, ¿cuándo hablaste con Andrew?

Bennett se encogió de hombros.

—No lo sé. A primera hora de la tarde. ¿Quizá sobre la una?

—¿Pero esperaste delante de mi edificio aunque pensabas que había vuelto con Andrew?

Me acarició la mejilla.

—No iba a perderte sin luchar.

Eso hizo que se me hinchara el corazón.

—Me habrías aceptado, aunque yo…

Bennett me puso el dedo en la boca y me impidió continuar.

—Ni siquiera lo digas. No quiero saber por qué ibas en el coche con él. Solo dime que estamos bien y que no volverá a pasar.

—No pasó nada con Andrew. Lo estaba llevando a casa porque dijo que su coche estaba en el taller. Vino a la cena en casa de Lauren.

Bennett inclinó la cabeza.

—Gracias a Dios. Porque he dimitido. Te quedas conmigo aquí en San Francisco.

Abrí los ojos de par en par.

—¿Por qué has hecho eso?

—Porque no voy a dejar que te mudes a Texas.

—Eh… Creo que te estás adelantando un poco. Tú eres el que se mudará a Texas cuando gane yo.

Bennett puso los ojos en blanco mientras me apartaba el pelo de la cara.

—Sí, es probable que tengas razón. Pero, en cualquier caso, ahora nos quedamos los dos.

Capítulo 49

Bennett

—Se supone que deberías estar descansando. —Arrojé las llaves sobre la encimera de la cocina y dejé una bolsa de la compra. Había ido a la oficina unas horas mientras la madre de Annalise la llevaba al examen médico después de que le hubieran dado el alta.

—Estoy bien, de verdad. El médico ha dicho que estoy muy bien. —Annalise se agachó para sacar una olla del fondo del armario. La vista de su culo era espectacular, pero no quería que se hiciera daño. Le rodeé la cintura con los brazos y la aparté de mi camino.

—Déjame.

Suspiró cuando vacié el contenido del armario sobre la encimera para que tomara lo que necesitaba.

—Sabes, tendré que empezar a valerme por mí misma de todos modos. Deberías buscar un nuevo trabajo, y quizá yo tendría que volver a mi apartamento. Llevo aquí casi dos semanas. Te vas a cansar de mí.

Le aparté un mechón de pelo de la cara.

—El médico ha dicho que tienes que ir despacio porque tu pulmón aún no se ha recuperado. No estás preparada para subir tres tramos de escaleras. Necesitas un ascensor.

Le pedí a Annalise que viniera a casa conmigo cuando le dieron el alta. Había aceptado, porque no le había dado muchas opciones, pero cada día estaba más fuerte y pronto estaría bien para volver a casa, aunque ese día no era hoy. Yo la quería aquí.

—Podría quedarme con mi madre un tiempo. Tiene una habitación libre en la primera planta.

Deslicé un dedo bajo su barbilla y la levanté para que nuestros ojos se encontraran.

—¿Ya te has cansado de mí?

Me colocó las manos en las mejillas.

—Dios, no. ¿Cómo voy a estar harta de ti cuando te encargas de todas mis necesidades y me lavas el pelo en la bañera para que no se me moje la escayola?

—Entonces, ¿por qué quieres irte?

—No quiero, pero tampoco quiero quedarme demasiado tiempo, Bennett. Ahora me siento con fuerzas para hacer cosas y, salvo por las escaleras, no hay razón para que siga aquí.

Sacudí la cabeza.

—¿Ninguna? ¿Y si simplemente quieres estar aquí?

Se ablandó.

—Claro que quiero. Ya sabes lo que quiero decir.

La levanté y la coloqué sobre la encimera de la cocina para que estuviéramos cara a cara.

—La verdad es que no. Así que hablemos. ¿Te gusta mi casa?

Se giró para mirar el salón y la vista que ofrecían las ventanas.

—Eh, hace que la mía parezca un agujero de mierda. Es deprimente entrar en mi apartamento cuando salgo del tuyo.

—Así que te gusta el apartamento. ¿Y el compañero de piso?

Se inclinó hacia delante y presionó sus labios contra los míos.

—Me está mimando. Además, la vista cuando sale de la ducha solo con una toalla hace palidecer la del Golden Gate desde el salón.

Enrollé su coleta alrededor de mi mano y mantuve su boca pegada a la mía cuando intentó apartarse. La abrió y deslicé mi lengua entre esos labios deliciosos. La besé largo y tendido, y mi corazón se sintió lleno de nuevo.

Las últimas semanas habían sido las más felices de mi vida. Sabía que no quería que esto terminara. El beso era toda la seguridad que necesitaba.

—Bien. —Le di un ligero tirón a la coleta—. Entonces está decidido. Te trasladarás aquí. Me encargaré de que una empresa de mudanzas vaya a tu casa este fin de semana y empaquete tus cosas.

Annalise abrió los ojos como platos.

—¿Qué?

—Te gusta más mi apartamento que el tuyo. Te pone tu compañero de piso. —Me encogí de hombros—. ¿Por qué te irías?

—¿Me estás… me estás pidiendo que venga a vivir contigo? La miré a los ojos.

—Estoy diciendo que te quiero aquí cuando me levante por la mañana, y te quiero aquí cuando me acueste por la noche. Quiero tus cuatro periódicos diferentes esparcidos por nuestra cama, y que tu absurda cantidad de zapatos llene nuestro armario. Quiero que te pongas mis camisetas para prepararnos el desayuno cuando te sientas con ganas otra vez, y te quiero debajo de mí, encima de mí, de rodillas en el suelo de nuestro dormitorio y atada al cabecero mientras te como de postre. —Hice una pausa—. ¿Ha quedado claro?

Se mordió el labio inferior.

—Hay algo que tengo que decirte primero.

Me tensé.

—¿Qué?

Frotó su nariz con la mía y me rodeó el cuello con los brazos.

—Te quiero, Bennett Fox.

Dejé caer la cabeza y solté una gran bocanada de aire.

—¿Intentas provocarme un infarto con ese «hay algo que tienes que decirme»? He pensado…, ni siquiera sé qué he pensado. Pero, joder, no sonaba bien.

Annalise se rio.

—Lo siento.

Entrecerré los ojos.

—Ya haré yo que lo sientas. ¿Por qué has tardado tanto en decírmelo? Me has dejado colgado durante semanas.

Me agarró por la camiseta y tiró de mí hacia ella.

—Quería dejar los analgésicos y los medicamentos que me atontaban para que no tuvieras dudas de que lo decía en serio.

Eché el cuello hacia atrás.

—¿Has dejado los medicamentos? ¿El médico te ha dado permiso?

Bajó la mirada y me pasó la uña por el brazo. Luego me miró por debajo de las pestañas, con unos ojos de lo más *sexys* que decían «tómame».

—También ha dicho que puedo reanudar todas mis actividades. Solo tengo que ir con cuidado.

Se me había empezado a poner dura desde que había entrado por la puerta y la había visto agachada. Necesitaba una confirmación antes de hacerme ilusiones. Habían pasado tres semanas desde su accidente.

—¿Todas las actividades?

Movió las cejas.

—Todas.

La encimera de la cocina estaba a la altura perfecta, y no la aplastaría en esta posición. Además, no perdería tiempo caminando hasta el dormitorio. Llevé la mano a su trasero, la acerqué al borde de la encimera y presioné mi creciente erección entre sus piernas. Sentí el calor de su sexo a través de mis pantalones y gemí.

¿He mencionado que habían pasado tres semanas?

—Lo correcto sería hacerte el amor ahora mismo, pero hacértelo lento y con delicadeza deberá esperar porque necesito empezar duro y rápido antes de estar lo bastante calmado para ir despacio.

Me pasó la lengua por el labio inferior y luego lo mordió de forma inesperada.

—Duro me parece bien.

Se quitó la ropa en dos segundos. Chupé sus preciosas tetas y las mordí hasta que soltó un sonido que era una mezcla entre un gemido y un aullido. Dios, la había echado de menos. Había echado de menos estar dentro de ella y enterrarme tan profundo que mi semen no encontrara la salida. Era surrealista lo mucho que deseaba a esta mujer. Necesitaba a esta mujer. La ansiaba, incluso cuando no quería.

Tomé su boca y murmuré contra sus labios:

—Te quiero, joder.

Sentí la sonrisa, aunque no la viera en su cara.

—Yo también te quiero, joder.

Besé cada parte expuesta de su piel que pude alcanzar mientras me bajaba la cremallera de los pantalones. Cuando mis bóxers se unieron a ellos en el suelo, mi erección se balanceó contra mi abdomen.

Tuve que hacer acopio de toda mi fuerza de voluntad para frenarme. Me levanté y la miré a los ojos.

—¿Estás bien? ¿Respiras bien?

Ella respondió y miró entre nosotros antes de pasar el pulgar por la cabeza brillante de mi pene y llevarse el dedo a los labios para lamerlo.

—Mmmm… Todo bien. ¿Y tú?

Gemí y me la agarré para introducirla entre sus piernas y tantear el terreno. Resultó estar gloriosamente húmeda. Sentí que estaba a punto de explotar, incluso antes de empezar, la penetré con un golpe largo y fuerte y la besé hasta que empecé a preocuparme por su respiración agitada.

Me sonrió entre jadeos, pero parecía estar perfectamente. Le devolví el gesto y me moví despacio y con firmeza, sin dejar de mirarla mientras entraba y salía de ella.

«Dios, esta mujer». Me había pasado media vida construyendo un millón de obstáculos que poner en el camino del amor. Sin embargo, cuando conocí a Annalise, todas las trabas no hicieron más que mostrarme lo mucho que valía la pena saltar por encima de cada una de ellas.

Intenté contenerme y cerré los ojos con fuerza para no ver lo guapa que era. Pero cuando susurró mi nombre como una plegaria, ¿cómo no iba a mirar?

—Bennett. Oh, Dios. Por favor.

No había sonido más dulce que el de la mujer que amabas gimiendo tu nombre. También era realmente *sexy*. Eso fue todo. Me vine abajo.

Aceleré mis embestidas y la penetré cada vez más fuerte. Cada músculo de mi cuerpo se tensó y ella se apretó a mi alrededor. Me clavó las uñas en la espalda cuando llegó el orgasmo. Ver mi polla entrar y salir de ella era un espectáculo impresionante, pero saber que me quería lo hacía mucho más dulce. Dios sabe por qué narices me había entregado su corazón, pero yo no tenía intención de devolvérselo jamás.

Cuando su cuerpo empezó a relajarse, me bastaron unas pocas embestidas para alcanzar mi propia liberación. La besé en los labios y la estreché entre mis brazos, con cuidado de no presionar demasiado el pecho.

Apoyé la mejilla en la parte superior de su cabeza; me sentía casi satisfecho. Casi. Solo me molestaba una pequeña cosa.

—Bueno, no he escuchado un sí definitivo como respuesta.

—¿Cuál era la pregunta?

—¿Te vienes a vivir conmigo?

Annalise echó la cabeza hacia atrás.

—Pero ¿qué haría yo entonces con ese bonito sombrero de vaquero que me regalaste el segundo día que nos conocimos si me quedara aquí en California?

—Hace meses que fantaseo con que lleves esa cosa y me montes. Te lo pondrás mucho.

Soltó una risita, pero pronto se daría cuenta de que no estaba bromeando. Me moría de ganas de verla jugar a ser la vaquera.

—Entonces, ¿eso es un sí?

—Sí. Vendré a vivir contigo. —Detuvo mi sonrisa cuando levantó el índice—. Pero con una condición.

Levanté una ceja.

—¿Una condición?

Asintió.

—Yo pago la mitad de los gastos. Como soy la única que va a tener trabajo muy pronto, quiero pagar la mitad, o más si puedo permitírmelo, mientras tú buscas un nuevo empleo.

De ninguna manera iba a permitir que pagara nada, no en el sentido tradicional.

—En realidad, no voy a buscar trabajo.

Arrugó la frente.

—¿Por qué no?

—Porque tengo algo mejor en mente.

—Vale…

—Y esperaba que tal vez tú también estuvieras interesada en un nuevo puesto.

Ladeó la cabeza.

—¿Un nuevo puesto? Déjame adivinar… ¿de espaldas o a cuatro patas?

Sonreí y le di un golpecito en la nariz con el dedo.

—No estaba pensando en eso, pero me gusta cómo piensas, guarrilla.

—Estás siendo muy impreciso, Fox. Escúpelo. ¿Qué pasa?

—Voy a empezar mi propia agencia, y quiero que vengas a trabajar conmigo.

Epílogo

Annalise

Hace dos años, tal día como hoy, estaba destrozada.

Encendí las dos últimas velas y atenué las luces del salón. Perfecto.

La chimenea estaba encendida; la mesa, puesta con la vajilla que mi madre me había regalado cuando me mudé; dos docenas de velas creaban un ambiente romántico y tenía la comida favorita de Bennett en el horno. Miré a mi alrededor y sonreí. Este hombre por fin tendría una cita con una novia el día de San Valentín.

El año pasado había planeado un 14 de febrero especial, pero como casi todo desde que conocí a Bennett Fox, nuestra noche no salió como esperábamos. Esa mañana recibimos una llamada de Lucas. Estaba en el hospital con su abuela. Al despertar, la había encontrado inconsciente y había llamado al 911. Resultó que había tenido un derrame cerebral.

Una semana después, falleció mientras dormía en la UCI. Y nuestras vidas volvieron a dar un giro inesperado.

Hace dos años, mi novio, con él que había estado ocho años, me había dejado el día de San Valentín. Hoy estoy criando a un adolescente con un hombre al que deseaba estrangular y montar al mismo tiempo. Sin embargo, nunca había sido tan feliz.

Al día siguiente de la muerte de Fanny, Bennett solicitó al tribunal la custodia temporal. Unos meses después, pedimos la custodia permanente. Insistí en que Lucas acudiera a un psicólogo, porque me preocupaba que lo estuviera pasando mal tras la pérdida de la segunda mujer que lo había criado. Como su tutor, Bennett lo acompañó durante algunas sesiones, y él acabó yendo al psicólogo por su cuenta varias veces, para superar el persistente sentimiento de culpa por la pérdida de Sophie. A los dos les hizo mucho bien.

Tomé la foto enmarcada de la estantería del salón y pasé el dedo por la cara sonriente de Sophie.

—No te preocupes. Son felices. Estoy cuidando bien de tus chicos.

Durante el último año, había encontrado algo de consuelo al hablar con ella en diferentes momentos: cuando Lucas se portaba mal o cuando Bennett me frustraba con su incesante sobreprotección. Me sentía eternamente en deuda con ella por la preciosa vida que tenía hoy, y se lo decía a menudo.

Oí la llave en la puerta, me incliné sobre la encimera de la cocina y dejé a la vista mi escote mientras esperaba a que mi loco entrara. Abrió la puerta y se fijó de inmediato en lo que mostraba. Tiró las llaves sobre la encimera y dejó dos bolsas. Sus ojos se posaron en los míos y volvieron a mi escote dos veces antes de darse cuenta de que el apartamento estaba lleno de velas.

—¿Dónde está Lucas?

—Duerme en casa de su amigo Adam —dije con una tímida inclinación de cabeza.

Una sonrisa perversa se dibujó en el rostro de Bennett. Caminó hacia mí con una mirada tan intensa que se me puso la piel de gallina. Tuve que esforzarme para quedarme quieta y no retorcerme por la anticipación.

Me rodeó la cintura con un brazo y me apretó contra él, mientras con el otro me agarraba la nuca.

—Voy a hacerte gritar tan fuerte que los vecinos llamarán a la policía.

Su beso me dejó sin aliento. No me cabía duda de que iba a cumplir su amenaza.

Habíamos tenido que reducir un poco el ritmo de nuestra vida sexual en casa desde que nos habíamos convertido en padres a tiempo completo de un adolescente. Mientras que antes practicábamos sexo por todo el apartamento —contra la pared, en el suelo del salón, en la encimera de la cocina, en la ducha—, después de la llegada de Lucas, nuestra actividad, y el volumen, se había reducido un poco.

Aunque eso no había detenido a Bennett, solo se había vuelto más creativo. Enviaba a todo el personal a casa antes de tiempo para que folláramos de forma desinhibida en la oficina. Eso ocurría después de que discutiéramos sobre cómo debía gestionarse una determinada cuenta. Puede que ahora estuviéramos en el mismo equipo, pero un desacuerdo acalorado seguía poniendo juguetón a mi hombre. A veces, lo exasperaba a propósito precisamente por eso.

—¿Cómo ha ido la reunión de hoy con Star? —pregunté—. ¿Le has dicho a Tobias que le mando saludos?

Los ojos de Bennett brillaron.

«¿Ves? Así de fácil». Una de las maneras más fáciles de sacarle de quicio era pinchar al león celoso. Era un tema delicado el hecho de que Star hubiera cambiado de opinión en el último momento y se hubieran decantado por mi campaña. Tobias había convencido a los demás de que era lo mejor, y eso no había hecho más que avivar la llama de los celos que Bennett llevaba dentro. Ah, y por cierto, Productos para mascotas y más también eligió mi campaña; eso significaba que yo había ganado dos de tres, y que Bennett tendría que llevar las botas de vaquero. Pero al final todo había salido bien. Cuando dejé Foster, Burnett & Wren y me fui a trabajar a la Agencia Fox, me llevé mis dos nuevas cuentas y muchas otras.

—Me estás pidiendo que te haga andar raro mañana, ¿no, Texas? —Me había quedado con el apodo.

Sonreí.

—Feliz día de San Valentín, cariño. Hemos roto tu racha.

Bennett frunció el ceño.

—Nunca has tenido una cita con una novia en San Valentín, ¿recuerdas?

—Ah. Es San Valentín. —Sonrió con picardía—. Lo había olvidado por completo. Odio estropear tus planes. —Miró alrededor de la habitación—. Parece que te has tomado muchas molestias. Qué pena.

Fruncí el ceño. ¿Se había olvidado de San Valentín? ¿Tenía otros planes?

—¿En serio? ¿Tenemos toda la casa para nosotros solos durante una noche y has hecho planes en San Valentín?

—Lo siento, cariño.

Hablando de decepción, la tapa de la olla llena de agua para cocer la pasta empezó a hacer ruido. Al parecer, ahora había dos cosas hirviendo.

Pasé junto a Bennett y fui a la cocina. Saqué una manopla del cajón, bajé el fuego y levanté la tapa para que el vapor saliera. Sin embargo, a medida que pasaban los segundos, me enfadaba cada vez más con el hecho de que Bennett me hubiera estropeado la velada que había planeado. Incluso le había preparado algunos regalos que ya no me apetecía darle.

Como nunca me contengo cuando se trata de pelearme con él, dejé la tapa sobre la encimera y decidí decirle lo enfadada que estaba.

Pero cuando me giré, ya no estaba ahí de pie.

Estaba arrodillado.

Me quedé sin aliento.

Bennett tenía una caja de terciopelo negro en la mano y sonreía con satisfacción.

—Ibas a matarme, ¿verdad?

Casi se me salió el corazón del pecho. Me lo cubrí con las manos.

—Claro que iba a hacerlo. ¿Por qué me has engañado así?

Extendió la mano y me la cogió.

—Has preparado todo esto porque nunca he tenido una cita con una novia en San Valentín. Espero que la racha continúe y tenga una cita con mi prometida.

Empecé a llorar.

Me apretó la mano y noté que la caja de su otra mano temblaba. Mi confiado némesis convertido en el amor de mi vida estaba nervioso porque iba a pedirme matrimonio. Bajo todo ese exterior duro había un hombre con un corazón gigante y tierno; por eso había sufrido tanto durante tanto tiempo y había levantado un muro para protegerlo y evitar que volviera a romperse.

Bennett tragó saliva y la sinceridad sustituyo el talante de su rostro.

—Cuando te conocí, estaba roto y no quería que me arreglaran. Me destrozaste el coche, intentaste quitarme el trabajo y me llamaste cabrón a las pocas horas de entrar en la oficina. Hice todo lo que pude para odiarte, porque en algún lugar de mi interior, sabía que eras una amenaza para mi necesidad de ser miserable. Cuando te insulté, me invitaste a una reunión a pesar de que eras mi competencia y podrías haber ido sola. Cuando hice el ridículo al decir que tu madre me estaba tirando los tejos, me animaste a quedarme a cenar. Cuando murió la abuela de Lucas, fuiste tú quien de inmediato dijo que teníamos que llevárnoslo. Deberías haber corrido hacia otro lado, pero tú no eres así. Eres una mujer preciosa. Sin embargo, la verdadera belleza que brilla en ti viene del interior. —Sacudió la cabeza—. No merezco un amor tan desinteresado. No imagino cómo he llegado a merecerte. Pero si me dejas, quiero pasar el resto de mi vida intentando estar a la altura de la mitad de lo que, de algún modo, ves en mí.

Una cálidas lágrimas rodaron por mi cara.

—Annalise O'Neil, quiero discutir contigo todos los días en la oficina y reconciliarme contigo cada noche en nuestra cama. Quiero llenarte la barriga de bebés rubios con el pelo alborotado que se parezcan a ti y que inunden nuestra casa de felicidad. Quiero envejecer contigo. Así que, ¿quieres dejar de ser mi novia y hacerme el honor de convertirte en mi prometida este San Valentín?

Me dejé caer al suelo y casi lo derribé al rodearle el cuello con los brazos.

—Sí. Sí. —Le besé la cara una y otra vez—. Sí. Sí, me casaré contigo.

Bennett nos estabilizó y presionó sus labios contra los míos. Me secó las lágrimas con los pulgares.

—Gracias por quererme incluso cuando me odiaba a mí mismo.

Mi corazón dejó escapar un gran suspiro. Así es el amor. No nos enamoramos de la persona perfecta; nos enamoramos a pesar de las imperfecciones de una persona.

—Te quiero —le dije.

Me levantó la mano y deslizó un hermoso diamante de corte esmeralda en mi dedo.

—No te vi venir, Texas. No te vi venir.

—No pasa nada. —Sonreí—. Porque ahora tampoco me verás marchar.

Agradecimientos

A vosotras, las lectoras. Gracias por acompañarme en este viaje y permitir que Bennett y Annalise entren en vuestras mentes y corazones. Con tantos libros para elegir, me siento honrada de que muchas de vosotras hayáis estado conmigo durante tanto tiempo. Gracias por vuestra lealtad y apoyo.

A Penelope: no imagino hacer esto sin ti a mi lado. Gracias por aguantar lo puñeteramente neurótica que soy a diario. ¡Qué ganas de ver cuál será nuestra próxima aventura!

A Cheri: ¡gracias por ser la mejor asistente en las firmas que una chica podría pedir! Y por estar siempre ahí para apoyarme en todo momento. Los libros nos unieron, pero la amistad nos hizo para siempre.

A Julie: gracias por tu amistad, tu inspiración y tu fuerza.

A Luna: eres la primera persona con la que hablo cada mañana, y siempre puedo contar contigo para empezar el día con una sonrisa. Gracias por tu amistad y tu apoyo.

A mi increíble grupo de lectores de Facebook, Vi's Violets: gracias por el entusiasmo y la emoción que aportáis cada día. Vuestro estímulo es mi motivación diaria.

A Sommer: gracias por envolver mis palabras dentro de hermosas portadas. ¡Tus diseños dan vida a mis libros!

A mi agente y amiga, Kimberly Brower: gracias por todo y por hacer siempre más de lo necesario. No hay ninguna agente tan creativa y abierta a nuevas oportunidades como tú.

A Jessica, Elaine y Eda: ¡gracias por ser el equipo ideal de edición! Hacéis que mis historias y yo seamos mejores.

A Mindy: ¡gracias por mantenerme organizada y por ponerlo todo en orden!

A todos los blogueros: lo he dicho durante años, pero hoy sigue vigente: sois el pegamento del mundo del libro, mantenéis a los autores y los lectores conectados y trabajando de forma incansable para compartir vuestra pasión por los libros. Gracias por dedicar vuestro valioso tiempo a leer mis historias, escribir reseñas reflexivas y compartir gráficos que dan vida a mis libros.

Con mucho cariño,
Vi

Chic Editorial te agradece la atención
dedicada a *No deberíamos,* de Vi Keeland.
Esperamos que hayas disfrutado de la lectura
y te invitamos a visitarnos
en www.chiceditorial.com,
donde encontrarás más información
sobre nuestras publicaciones.

Si lo deseas, también puedes seguirnos
a través de Facebook, Twitter o Instagram
utilizando tu teléfono móvil
para leer los siguientes códigos QR: